DISQUE**T** PARA TITIAS

DISQUET PARA TITIAS

JESSE Q. SUTANTO

Tradução de Luciana Dias e Maria Carmelita Dias

Copyright © 2022 by PT Karya Hippo Makmur
Publicado pela primeira vez pela Berkley, um selo da Penguin Random House LLC.

Direitos de tradução acordados com Jill Grinberg Literary Management LLC e Sandra Bruna Agencia Literaria, SL.

Todos os direitos reservados.

TÍTULO ORIGINAL
Dial A for Aunties

COPIDESQUE
Ana Beatriz Omuro

REVISÃO
Midori Hatai
Mariana Gonçalves

DESIGN DE CAPA
Vikki Chu

ADAPTAÇÃO DE CAPA E DIAGRAMAÇÃO
Victor Gerhardt | CALLIOPE

CIP-BRASIL. CATALOGAÇÃO NA PUBLICAÇÃO
SINDICATO NACIONAL DOS EDITORES DE LIVROS, RJ

S966d

    Sutanto, Jesse Q.
        Disque T para titias / Jesse Q. Sutanto ; tradução Luciana Pádua Dias, Maria Carmelita Dias. - 1. ed. - Rio de Janeiro : Intrínseca, 2022.
    Tradução de: Dial A for aunties
    ISBN 978-65-5560-425-2

    1. Romance indonésio. I. Dias, Luciana Pádua. II. Dias, Maria Carmelita. III. Título

22-77494   CDD: 828.995983
                                         CDU: 82-31(594)

Meri Gleice Rodrigues de Souza - Bibliotecária - CRB-7/6439

[2022]
Todos os direitos desta edição reservados à
EDITORA INTRÍNSECA LTDA.
Rua Marquês de São Vicente, 99, 6º andar
22451-041 – Gávea
Rio de Janeiro – RJ
Tel./Fax: (21) 3206-7400
www.intrinseca.com.br

Para Mama e Papa,
que com certeza me
ajudariam a desovar um cadáver.

Caro Leitor,

Muito obrigada por escolher *Disque T para titias*. Este livro é uma carta de amor para minha família — uma turma ridiculamente grande e marcada por uma longa história de imigração. Todos os meus quatro avós emigraram da China para a Indonésia entre 1920 e 1930 e, ao chegarem, trocaram seus sobrenomes chineses por indonésios, a fim de evitar a xenofobia. Chen se tornou Sutanto. Ho virou Wijaya. Ao se integrarem completamente na cultura indonésia, o mesmo aconteceu com seus filhos. Meus pais cresceram falando indonésio como primeira língua e mandarim como segunda.

No caso da minha geração, meus pais nos enviaram a Singapura para evitar os conflitos da década de 1990, que culminaram em protestos contra a população chinesa. Felizmente, hoje a Indonésia é um país com uma diversidade maravilhosa, em termos de raça e religião, e podemos contar com o tipo de liberdade que nossos pais não tiveram. Quando estávamos em Singapura, meus primos e eu logo adotamos o inglês como primeira língua. Alguns de nós (leia-se: eu) se esqueceram do indonésio quase completamente. Sempre que meus pais nos visitavam, precisávamos nos esforçar para nos comunicarmos.

O resultado de todos esses deslocamentos é uma confusão de idiomas. Minha família é tecnicamente trilíngue, mas cada uma das três línguas que falamos é, digamos, "imperfeita" de alguma maneira. Eu me sinto mais confortável em inglês; depois, em mandarim, porque estudei o idioma por dez anos em Singapura; e por último, em indonésio. Meus pais são fluentes em indonésio e mandarim, mas falam um inglês limitado e hesitante. Quando conversamos, as frases são irregulares e truncadas, e, com frequência, temos que nos esforçar para transmitir o que queremos dizer. Esse é o preço que meus pais pagaram para que meu irmão e eu nos mantivéssemos em segurança.

Algumas das tias em *Disque T para titias* falam o inglês vacilante da geração dos meus pais. No entanto, seu conhecimento da língua inglesa não reflete sua inteligência, e sim o sacrifício que fizeram por nós. Elas são, em essência, trilíngues, e sinto muito orgulho desse legado. Tenho consciência de que, ao escrever isso, estou me posicionando sobre uma linha muito tênue entre a autenticidade e o estereótipo, e espero que eu consiga desconstruir o segundo. Este livro não representa a comunidade asiática em termos absolutos; é impossível que apenas uma obra seja capaz de representar uma comunidade tão vasta de indivíduos.

Espero que esta história lhe proporcione uma pequena amostra do intenso amor com que minha família nos criou e que nos protege até hoje.

Saudações,

Jesse

Prólogo

Oito anos atrás

Minha família sofre com uma maldição que nos segue desde a China, onde vitimou meu bisavô (um acidente bizarro na fazenda envolvendo uma porca prenhe e um ancinho lamentavelmente fora de lugar), até a Indonésia, onde atingiu meu avô (um derrame aos trinta anos, nada tão dramático quanto o falecimento do meu bisavô, mas ainda assim bastante perturbador). Minha mãe e minhas tias imaginavam que uma maldição chinesa não as seguiria até o Ocidente; assim, depois de se casarem, todas se mudaram para San Gabriel, na Califórnia. Mas a maldição não apenas as encontrou, como sofreu uma mutação. Em vez de matar os homens da família, fez com que eles as abandonassem, o que é muito pior. Pelo menos Yeye morreu amando minha Nainai. O primeiro a ir embora foi o Grande Tio. Depois foi a vez do Segundo Tio, e aí... aí foi meu pai, que foi embora na calada da noite, sem dizer uma palavra sequer. Simplesmente desapareceu, como um fantasma. Acordei uma bela manhã, perguntando por ele, e Ma me jogou uma tigela de congee, um mingau de arroz chinês, e ordenou: "Coma." Foi então que eu soube que a maldição o alcançara. Quando meus primos homens acabaram a escola, também foram embora, optando por universidades como a NYU ou a Penn State, em vez de qualquer uma das excelentes universidades da Califórnia.

— Ah, Nat, você é sortuda demaaaais — diz a Grande Tia, no dia em que minha mãe anunciou que me inscrevera em oito universidades, todas na Califórnia. A mais distante foi a de Berkeley, e tivemos uma infinidade de discussões por causa disso. Ma acha que qualquer universidade mais distante que a UC Irvine é longe demais; assim, ela não vai poder aparecer sem avisar e limpar meu dormitório e importunar minha colega de quarto para dormir cedo e beber litros de água. O filho da Grande Tia, Hendra, está matriculado em Boston e ignora 99,99 por cento de seus telefonemas. O 0,01 por cento restante acontece quando ele fica sem dinheiro e precisa pedir mais.

— Ah, sortuda demais — repete a Segunda Tia, dando tapinhas no peito e sorrindo tristemente, talvez pensando no meu primo Nikky, na Filadélfia, que nunca liga e só aparece uma vez por ano. Seu outro filho, Axel, está em Nova York. A última vez que o vi foi dois anos atrás, quando ele saiu de casa. *Até que enfim*, dissera ele. *Quando chegar a sua vez, Meddy, voe para bem longe e não olhe para trás.* — As filhas nunca te abandonam. Ter menina é uma bênção — continua a Segunda Tia, enquanto estica o braço e belisca minha bochecha.

A Quarta Tia resmunga alguma coisa e continua a descascar sementes de abóbora torradas e salgadas. Ma é sua maior rival, e ela prefere se engasgar com uma semente de abóbora a concordar que minha mãe é a mais sortuda das irmãs. Quando Ma não está olhando, porém, ela se vira na minha direção e pisca para mim. *Estou orgulhosa de você, menina.*

Abro um sorriso amarelo. Porque eu meio que menti descaradamente para Ma. Eu de fato me inscrevi em oito universidades na Califórnia, mas também tentei uma nona. Columbia. Não sei por que fiz isso; não é como se eu fosse conseguir entrar, e, além do mais, como pagaríamos a anuidade exorbitante?

Meses depois, seguro a carta de admissão e a encaro, e encaro, e...

E a amasso. Jogo no lixo. Não sou que nem meus primos homens. Não sou que nem meu pai e meus tios. Não posso abandonar minha família. Principalmente minha mãe. Não sou idiota de achar que a maldição não vai me atingir. Daqui a alguns anos, quando meu futuro marido me largar, tudo o que vai me restar serão Ma e minhas tias. Então, anuncio a elas que vou para a UCLA. Ma chora. Minhas tias (até a Quarta Tia) berram e me cercam, me abraçando, apertando minhas bochechas e lamentando o fato de não terem filhas.

— Você é sortuda demais — diz a Grande Tia para Ma pela milionésima vez. — Ela vai ficar com você a vida toda. Você sempre vai ter companhia.

Será? Será que estou condenada a viver grudada nelas, só porque sou a única que não é insensível a ponto de abandoná-las? Forço um sorriso e assinto enquanto elas fazem uma algazarra ao meu redor, e tento ver o lado bom de ficar o resto da vida aqui nessa mesma casa com minha mãe e minhas tias.

PARTE 1

♦

GAROTA ENCONTRA RAPAZ

(Pode rolar um amor à primeira vista e talvez alguém morra. Veremos.)

1

Presente

Inspiro profundamente antes de passar pelas portas vaivém. Há barulho em todo canto, uma cacofonia de mandarim e cantonês. Dou um passo para o lado e deixo minha mãe entrar antes de mim. Não se trata de educação — quer dizer, estou sendo gentil, mas também sensata. Minha mãe cresceu na Chinatown de Jacarta, um local apinhado de gente, por isso sabe abrir caminho na multidão. Qualquer multidão. Se eu fosse na frente, toda hora balbuciaria: "Com licença... Ah, desculpe, Ah Yi... Hum, será que eu podia só... Tenho uma reserva...". Minha voz nunca seria ouvida em meio ao tumulto, e não conseguiríamos entrar no restaurante. Pelo menos não até passar a hora do rush do dim sum, por volta das duas da tarde.

O que acontece é que as pessoas se amontoam atrás da minha mãe à medida que ela atravessa a multidão de famílias à espera de suas mesas, e eu me perderia dela se não segurasse seu braço com força, como se eu ainda tivesse três anos de idade. Ela não se dá ao trabalho de parar na recepção, apenas passa direto como se fosse dona do lugar, com os olhos de águia esquadrinhando o enorme refeitório.

Como posso descrever o caos em que se transforma um restaurante de dim sum no coração do Vale de San Gabriel às onze horas? O espaço está repleto de mesas redondas, quase cem, cada uma ocupada por uma família, muitas delas com três ou quatro gerações presentes: há as Ah Mas grisalhas, de rosto enrugado, com bebês rechonchudos no colo. Carrinhos fumegantes são empurrados pelas garçonetes — se bem que se você as chamar de "garçonetes", elas nunca o atenderão. Tem que chamá-las de Ah Yi — Tia — e acenar freneticamente enquanto elas se deslocam pelo ambiente até se aproximarem de você. E, assim que elas param, os fregueses atacam como urubus e disputam as cestinhas de bambu, onde os dim sums são cozidos a vapor, fumegando no carrinho. As pessoas gritam, perguntando se elas têm siu mai, har gow ou lo mai gai, e as Ah Yis localizam os pratos solicitados no fundo dos carrinhos.

Meu mandarim é horrível; meu cantonês, nulo. Ma e minhas tias sempre tentam me ajudar a melhorar, conversando comigo em mandarim ou em indonésio, mas logo desistem e mudam para inglês porque só consigo entender cerca de metade do que falam. O conhecimento delas da língua inglesa é um pouco limitado, mas mil vezes melhor do que meu mandarim ou indonésio. Esse é outro motivo pelo qual acho ainda mais difícil pedir comida no dim sum. Com muita frequência, tudo o que é bom já acabou na hora em que a Ah Yi repara em mim e entende meu pedido. Então, o que sobra são as coisas sem graça, como os bolinhos vegetarianos massudos ou o bok choy cozido no vapor.

Mas hoje, ah, hoje é um ótimo dia. Consigo pegar duas porções de har gow, algo que a Grande Tia certamente vai apreciar, e um lop cheung bao — um pãozinho com salsicha chinês. Quase faz valer a pena todo o suplício de comparecer ao dim sum semanal.

A Grande Tia faz um gesto de aprovação quando a Ah Yi coloca as cestas de bambu no centro de nossa mesa, e sinto uma necessidade quase irresistível de bater no peito e me gabar. Eu consegui esses bolinhos de camarão! Eu!

— Coma mais, Meddy. Você tem que manter suas forças para amanhã — diz a Grande Tia em mandarim, jogando dois pedaços de costelinha de porco refogada no meu prato enquanto cuidadosamente distribuo os bolinhos e sirvo chá.

A Segunda Tia parte os char siu baos em dois e coloca cada metade no prato de cada pessoa. Como a mesa é redonda, os presentes conseguem alcançar todas as travessas, mas uma refeição familiar chinesa só é tradicional quando todos servem comida para os outros, um gesto de amor e respeito, e todos temos que fazer isso chamando o máximo de atenção possível. Qual é o sentido de dar à Grande Tia o maior siu mai se ninguém vai reparar?

— Obrigada, Grande Tia — agradeço respeitosamente, deixando um gordo har gow em seu prato.

Sempre respondo em inglês, seja lá qual for a língua que minha família estiver falando, porque a Segunda Tia diz que escutar meu mandarim ou indonésio macarrônicos faz sua pressão subir.

— Coma mais também. Estamos todas contando com a senhora amanhã. E a senhora também, Segunda Tia.

O segundo maior har gow vai para o prato dela. O terceiro vai para a Quarta Tia e o último para Ma. Isso mostra que minha mãe me educou bem: devemos cuidar dos outros antes de nós mesmos.

Com a mão cheia de joias, a Grande Tia acena para mim em desdém.

— Todas contamos umas com as outras. — Cabeças com grandes e esmerados penteados assentem. A Quarta Tia tem a maior cabeleira, algo sobre o qual Ma sempre reclama quando estamos a sós.

— Sempre quer ter o cetro das atenções — disse minha mãe uma vez, o que foi hilário.

Perguntei onde tinha ouvido aquela expressão, e ela alegou que foi da nossa vizinha, Tia Liying, uma mentira deslavada. Mas morei vinte e seis anos da minha vida com minha mãe e sei que não dá para discutir com ela. Apenas falei que o certo era "ser o centro das atenções", e não "ter o cetro das atenções", e ela assentiu e resmungou "centro, como cem", antes de voltar a picar cebolinha.

— Ok — diz a Grande Tia, batendo palmas uma vez. Todo mundo se endireita na cadeira. A Grande Tia é dez anos mais velha que a Segunda Tia, e basicamente criou as irmãs enquanto Nainai ia para o trabalho. — Cabelo e maquiagem?

A Segunda Tia assente, pegando o celular e colocando os óculos. Ela usa o dedo indicador para teclar e murmura:

— *Apa ya*, o nome daquele aplicativo que Meddy me faz usar para ver penteados. Pin alguma coisa.

— Pinterest — arrisco dizer. — Posso ajudar a senhora a encontrar...

A Grande Tia me lança um olhar sério, e eu me retraio.

— Não, Meddy. Você não tem que ajudar. Se a Segunda Tia não conseguir encontrar o aplicativo amanhã quando estiver com a noiva, vai ser um constrangimento para todas nós. Temos que mostrar que somos profissionais — argumenta ela. Ou pelo menos acho que é o que ela diz. Ela fala tão rápido que é difícil acompanhar, mas definitivamente captei as palavras em mandarim para "vai ser um constrangimento", uma de suas expressões favoritas.

A Segunda Tia franze os lábios, o que faz sua bochecha esquerda estremecer um pouco. Assim como a Quarta Tia vive irritando Ma, existe uma baita tensão entre a Segunda Tia e a Grande Tia. Não me pergunte por quê. Talvez tenha a ver com o fato de serem as mais velhas. Talvez tenha acontecido algo em seus passados complicados. A família da minha mãe passou por muitos momentos dramáticos, principalmente quando moravam em Jacarta. Há anos escuto trechos dessas histórias aqui e ali, quase sempre contadas por Ma.

— Rá! — gaba-se a Segunda Tia, brandindo seu celular com o Pinterest aberto como se fosse a Excalibur. — Consegui. Esse é o estilo que a noiva escolheu. Pratiquei no cabelo de Meddy e ficou maravilhoso. — Ela se volta para mim e passa a falar inglês: — Meddy, tem foto do seu penteado?

— Tenho — respondo, rapidamente pegando meu celular. Localizo a imagem, e a Segunda Tia a compara com a do telefone dela, exibindo as duas fotos para todo mundo.

— Uau — exclama minha mãe. — Ficou tão parecido com o da modelo! Muito bom, Er Jie.

A Segunda Tia lhe dá um sorriso cálido.

A Quarta Tia assente e responde em inglês:

— Sim, são quase idênticos. Impressionante.

Seu inglês é o melhor dentre elas, outra coisa que Ma nunca vai perdoar, mesmo que ainda fale melhor do que as irmãs mais velhas. Ma insiste que a Quarta Tia tem uma inclinação para usar palavras longas (isto é, qualquer coisa com mais de duas sílabas) só para provocá-la. Acho que Ma talvez tenha alguma razão aqui, mas é uma das muitas verdades que nunca vamos descobrir.

— Cachos não combinam bem com o cabelo asiático — comenta a Grande Tia.

O fato de estar falando inglês significa que a crítica é meio que dirigida a mim. Minhas entranhas se contorcem de culpa, mesmo que eu definitivamente não possa ser responsabilizada.

— Por que você escolheu penteado louro?

A Segunda Tia fecha a cara.

— Não escolhi. A noiva escolheu. A cliente sempre tem razão, lembra? — Ela enfia a faca no seu har gow e dá uma mordida com raiva.

— Humm. — A Grande Tia solta um suspiro. — Devia ter dito a ela que o penteado fica diferente no cabelo asiático. Mas — acrescenta, quando a Segunda Tia parece estar prestes a explodir — não tem importância. Agora é tarde demais. Vamos seguir na frente...

— Em — intervém a Quarta Tia.

— Quê? — pergunta a Grande Tia.

— Em. É "seguir em frente", não "seguir na frente". Seguir na frente é quando todo mundo está atrás de você.

— Vamos seguir em frente. Tudo bem. — A Grande Tia sorri para a Quarta Tia, e a Quarta Tia abre um sorriso tão largo que parece criança de novo. Ma diz que a Quarta Tia é a favorita da Grande Tia porque é a caçula da família, e era um bebê tão carente que roubou o coração da irmã mais velha.

— Ela o arrebatou direitinho — resmungou Ma muitas vezes.

Não tive coragem de lhe perguntar se, por ser a segunda mais nova, ela fora a favorita da Grande Tia até o nascimento da Quarta Tia.

— Flores? — indaga a Grande Tia em mandarim mais uma vez. Relaxo um pouco.

Ma se empertiga.

— Tudo providenciado. Lírios, rosas, peônias. Ah Guan vai levar tudo para a ilha de manhã.

A ilha a que ela se refere é Santa Lucia, uma grande ilha particular na costa do sul da Califórnia que ostenta praias douradas limpíssimas, penhascos impressionantes e, desde o mês passado, um dos resorts mais luxuosos e exclusivos do mundo: o Ayana Lucia. Amanhã tem início a espetacular festa de casamento, que vai durar o fim de semana inteiro, de Jacqueline Wijaya, filha do maior empresário da indústria têxtil da Indonésia, e — não estou brincando — Tom Cruise. Quer dizer, Sutopo. Sim, o nome verdadeiro do noivo é Tom Cruise Sutopo. Eu verifiquei. É exatamente o tipo de coisa que os sino-indonésios adoram fazer: dar a seus filhos nomes de pessoas famosas e/ou marcas conhecidas (tenho um primo chamado Gucci, que viajou para bem longe assim que teve condições para tanto), ou com a grafia diferente de um nome ocidental popular. Um exemplo claro: Meddelin. Meus pais estavam pensando em Madeleine. Na infância, meus primos me chamavam de Meddelin Metida, e é por isso que jamais, em tempo algum, me meto nos problemas dos outros, jamais. Bom, por causa disso e porque minha mãe e minhas tias já se metem o suficiente nos problemas da família toda.

Seja como for, os pais de Tom Cruise Sutopo são donos de... alguma coisa. Alguma coisa imensa. Plantações de dendê, minas de carvão, esse tipo de coisa. Assim, o casamento entre duas famílias bilionárias em um resort recém-inaugurado explica por que a Grande Tia e todas nós estamos compreensivelmente nervosas. Como conseguimos conquistar esse pessoal como clientes, não faço ideia. Quer dizer, faço, sim. O marido da Quarta Tia é — vou deixar bem claro — irmão do sogro da prima de Jacqueline. Então, somos praticamente parentes. Na cultura sino-indonésia é assim: de uma forma ou de outra, todo mundo é aparentado com todo mundo, e os negócios acontecem porque o cunhado ou o sogro de uma pessoa conhece o primo do amigo de outra pessoa.

Achei que o slogan absurdamente brega da nossa empresa — *Para o seu grande dia, não dê chance ao azar. Dê chance às Chans!* —, que enche a Grande Tia de tanto orgulho, afugentaria os noivos, mas na verdade eles acharam engraçado. Disseram que ficaram ainda mais confiantes de que queriam nos contratar para o seu grande dia.

Ma continua tagarelando sobre como conseguiu as flores mais raras.

— Os arranjos vão parecer... Como se diz em inglês, Meddy? Requentados?

— Você quer dizer "requintados"? — sugere a Quarta Tia, e Ma lança para a irmã o olhar de soslaio mais fulminante da história de todos os olhares de soslaio.

— Muito bem — interveio logo a Grande Tia, rompendo os olhares radioativos entre minha mãe e a Quarta Tia. — Última coisa: as músicas, está tudo certo?

A expressão da Quarta Tia muda do olhar gélido para um sorriso de satisfação.

— É lógico, a banda e eu estamos praticando noite e dia. As pessoas não param de ir ao estúdio para me ouvir cantar, sabe.

Existem duas versões para a história da vida da Quarta Tia. A primeira tem a ver com a criança prodígio que ela foi, dotada de uma voz que os jornais descreviam como "angelical" e "um tesouro nacional". Ela estava a caminho de alcançar a fama, mas decidiu deixar tudo para trás quando as irmãs resolveram se mudar para a Califórnia. Na segunda versão, ela era uma cantora mediana que espertamente convenceu a família inteira a abandonar a cidade onde haviam criado raízes e a se mudar para a Califórnia, de modo que ela pudesse perseguir seu sonho impossível de conquistar a fama em Hollywood. A primeira versão é da Quarta Tia; a segunda, de Ma.

— E o bolo? — pergunta a Segunda Tia, mirando a Grande Tia com o canto do olho. — Nosso centro de mesa precisa ser perfeito, ao contrário daquele negócio triste que você preparou para o casamento da filha de Mochtar Halim. — Ela solta um suspiro afetado. — Todo mundo ficou imoral. — Humm, a frase pode não estar correta. Analiso as palavras lentamente na cabeça. Acho que ela quer dizer que a Grande Tia nos deixou desmoralizadas. Preciso aprimorar meu mandarim.

Bom, a verdade é que foi golpe baixo Segunda Tia. O casamento de Cheriss Halim é o seu assunto predileto, porque Cheriss pediu um bolo diabolicamente complicado: uma torre de cinco andares de cabeça para baixo, com a camada de baixo sendo a menor e a de cima a maior. A Grande Tia, com anos de experiência como chef confeiteira do Ritz-Carlton Jacarta, tinha certeza de que era capaz de realizar o desejo. Porém, algo deu errado. Não sei, talvez ela não tivesse construído uma estrutura sólida ou talvez fosse uma tarefa impossível para um casamento na praia em pleno verão do sul da Califórnia. Seja lá qual tenha sido o motivo, em meio aos suspiros horrorizados dos convidados, a imensa torre arriou em câmera lenta antes de desabar em cima de uma das daminhas. Foi a única vez que viralizamos, e desde então a Segunda Tia não deixa a Grande Tia esquecer o incidente.

As narinas da Grande Tia inflam.

— Só estou aqui para comprar molho de soja.

Bem, isso definitivamente não pode estar correto. Eu me aproximo de Ma e sussurro:

— Por que a Grande Tia está falando de comprar molho de soja?

— Tsc — faz minha mãe. — É por isso que sempre digo para prestar atenção nas aulas de mandarim! A Grande Tia está dizendo para a Segunda Tia cuidar da própria vida.

— Obrigada por ser tããão zelosa, Meimei — diz a Grande Tia. Nossa, ela agora está bem irritada. Só se refere às outras como Meimei, irmãzinha, quando quer salientar que é a mais velha.

— É óbvio que está tudo pronto. O bolo vai ficar excelente. Por favor, não se preocupe comigo. — Ela dirige à Segunda Tia um sorriso que só posso descrever como "tão doce que faz mal" e depois volta sua atenção para mim.

Eu me remexo na cadeira. A Grande Tia faz jus ao seu título e é maior do que todas as irmãs. Acho que isso é o resultado de vinte anos como chef confeiteira. Ela faz bom uso de seu porte, que a torna ainda mais majestosa, mais convincente. Há um motivo para ela ser a pessoa que se reúne com os clientes em potencial. Detesto pensar em decepcionar Ma, mas a ideia de decepcionar a Grande Tia na verdade me tira o sono. Talvez seja o efeito de passar a maior parte da minha vida na mesma casa que minha mãe e as irmãs dela. Ma e eu acabamos nos mudando para nossa própria casa apenas um ano atrás, depois que o negócio da família começou a dar lucro de forma consistente. Ainda moramos no mesmo bairro, a apenas dez minutos a pé umas das outras, e sinto o peso da expectativa delas, como se eu tivesse quatro mães e todos os sonhos e esperanças estivessem sobre os meus ombros. Sou movida a uma mistura de cafeína e culpa familiar.

A Grande Tia se volta para me encarar, e instintivamente ajeito minha postura. Talvez ela perceba meu nervosismo sobre o evento de amanhã, porque abre um sorriso de incentivo e passa a falar inglês por minha causa.

— Meddy, tudo certo com a câmera, *ya*? Pronta para o grande dia?

Assinto. Ontem verifiquei duas vezes minha câmera, minha câmera reserva e todas as minhas cinco lentes. Elas foram enviadas para manutenção e limpeza semanas atrás, como um dos preparativos para esse casamento. Detesto ser a responsável por registrar o árduo trabalho da minha família: os bolos de vários andares da Grande Tia, os penteados complicados e a maquiagem impecável da Segunda Tia, os lindos arranjos de flores de Ma e os dinâmicos espetáculos da Quarta Tia. Em cada casamento, tento capturar tudo e, em cada um deles, perco alguma coisa. No último, esqueci de tirar fotos da Quarta Tia no seu "lado bom, que me faz parecer ter vinte anos de novo" e, no evento anterior, deixei de fotografar o centro da mesa 17, que, ao que tudo indica, era significativamente diferente de todos os outros centros de mesa.

— Meu equipamento está em perfeitas condições — respondo, tentando tranquilizá-la —, e memorizei a lista de fotos que preciso tirar para nossas redes sociais.

— Que boa menina, que boa filha, Meddy — elogia a Grande Tia, e forço um sorriso.

Ah, piedade filial, a base da família asiática. Desde que me entendo por gente, me ensinaram a colocar os mais velhos (ou seja, minha mãe e minhas tias) acima de qualquer coisa. É por isso que, dos sete filhos da minha geração, eu sou a única envolvida nos negócios da família, mesmo querendo desesperadamente sair. Verdade seja dita, eu finjo amar tudo isso — a confusão, a megaprodução e tudo o mais —, mas o trabalho vem lentamente erodindo aquilo que amo na fotografia. Já faz alguns meses que penso em deixar o ramo de casamentos, em voltar ao que realmente gosto: trabalhar no meu ritmo e experimentar a luz, as lentes e os ângulos diferentes, em vez de disparar várias fotos do mesmo material em tempo recorde. Não que algum dia eu possa revelar esse sentimento para a minha família.

— Sim, você é uma boa menina, uma boa filha — reafirma Ma em indonésio. Ela e minhas tias são fluentes tanto em mandarim quanto em indonésio e vivem trocando de um para o outro. Ma exibe um sorriso largo demais. Opa... por que ela está sorrindo? — É por isso que temos uma surpresa para você.

Agora todas as minhas tias sorriem maliciosamente para mim. Eu me encolho no assento, o siu mai na minha boca virando pedra.

— O que está acontecendo? — pergunto, minha voz em um tom ainda mais baixo do que costuma ser quando estou com a família.

— Encontrei o marido perfeito para você! — revela minha mãe.

Ao mesmo tempo, todas as minhas tias exclamam:
— Surpresa!

Começo a pestanejar, perplexa.

— Desculpe, a senhora encontrou o quê?

— O marido perfeito! — repete Ma.

Olho por cima do ombro, esperando que algum rapaz que Ma provavelmente emboscou no mercado apareça atrás de mim.

— *Aiya*, ele não está aqui, bobinha — avisa ela.

— Ele está amarrado dentro do porta-malas do seu carro?

— Sem brincadeiras, Meddy. — A Grande Tia faz um ruído de desaprovação. — Sua mãe está fazendo tudo isso para que você possa ter uma vida confortável.

Assinto, contrita. Sou adulta, mas uma mera reprimenda da Grande Tia é o que basta para que eu me sinta com três anos de novo.

— Desculpe, Ma. Mas eu não...
— Não venha com nenhum "mas" — interrompe. — Por que é tão difícil levar você para um encontro? Tentei marcar um entre você e o filho do Tio Awai, mas, não, você não deixou. Tentei marcar com o meu fornecedor de lírios, Ah Guan, que é muito atraente, sabe, mas você também recusou. Nem quis conhecer o rapaz.

— Meddy provavelmente está cautelosa porque a última vez que você tentou alguma coisa, com o filho de Wang Zhixiang, ele acabou se mostrando um... você sabe — comenta a Quarta Tia.

Minha mãe abanou a mão, irritada.

— Por que você vive lembrando essa história do filho do Zhixiang? Ele no fim das contas era um maníaco, e daí? Como é que eu ia saber?

— Cleptomaníaco — murmuro.

No momento em que nosso encontro terminou, ele já tinha pegado meu nécessaire de maquiagem da bolsa e, não sei como, um dos meus sapatos. Quer dizer, o rapaz é um babaca, mas merece algum crédito. Ou roubar você.

— Bom, *sayangku* — diz Ma, usando o termo afetuoso em indonésio que ela guarda para ocasiões muito especiais, como no dia em que me formei na UCLA —, esse rapaz é muito bom. Estou dizendo, não tem melhor. Tão bonito, tão gentil e tão inteligente. E...

Ah, meu Deus, aí vem coisa. O golpe de misericórdia. O que vai ser dessa vez? Com a sorte que eu tenho, ele provavelmente é um primo em segundo grau ou coisa parecida.

— Ele é o dono do hotel! — grita a Quarta Tia.

Minha mãe a fuzila com o olhar.

— Eu estava prestes a contar. Você roubou a minha fala!

— Você demorou muito — diz a Quarta Tia.

Todas se voltam para mim, sorrindo, cheias de expectativa.

— Hum. — Abaixo meus *kuàizi*. — Quer dizer... é para eu ficar feliz com a notícia? Me parece uma responsabilidade colossal. Será que preciso atualizar vocês sobre como sou péssima em encontros? Qual parte disso tudo é exatamente uma boa ideia?

— Ah — murmura Ma, sorrindo convencida. — Eu sei que você não se sai muito bem nos encontros...

— É porque você é uma moça muito boa — intervém a Grande Tia, leal.

A Segunda Tia assente.

— Isso, você não é uma vagabunda, é por isso que seus encontros são tão ruins.

— Tia! Podemos não ser preconceituosas com as mulheres, por favor?

Ela dá de ombros, nem um pouco arrependida.

— Mesmo assim — diz minha mãe —, não importa. Tudo bem que você é um horror nos seus encontros amorosos, porque esse rapaz, ah, ele está tão apaixonado por você, Meddy. Ele conhece todos os seus defeitos e sabe que você é esquisita pessoalmente e tudo, mas já falou que isso o faz gostar ainda mais de você!

— Ei, ei. — Ergo as mãos. — Espere aí. Tudo bem. — Inspiro profundamente. — Tem muita informação aqui para processar. Podemos, por favor, voltar para o inglês? Porque tenho certeza de que estou entendendo tudo errado. Em primeiro lugar, ele conhece todos os meus defeitos? Mas que p...? Como assim, Ma? Como é que ele sabe alguma coisa sobre mim?

— Ela encontrou o rapaz na internet! — grita a Quarta Tia, triunfante. Imagino que ela passou esse tempo todo morrendo de vontade de contar o segredo, porque seu rosto inteiro se ilumina. — Sua mãe entrou em um site de relacionamento e está conversando com ele há semanas!

— O quê? — Ah, meu Deus, então não me perdi na tradução. Ela realmente fez isso e marcou um encontro com um cara aleatório. — Ma, isso é verdade? — É! Ótima ideia, não? Dessa forma, você e ele já se conhecem antes mesmo do encontro, que é hoje à noite.

— Hoje à noite? — pergunto, minha voz um chiado. — Mas eu *não conheço* esse cara! Não sei nada sobre ele, além do fato de que ele está batendo papo com a minha mãe há semanas. Quer dizer, pelo amor de Deus, isso é uma puta confusão, Ma.

— É por isso que estou contando agora — retruca ela, totalmente imperturbável. Enquanto isso, minhas bochechas ardem tanto que quase derretem. — Ah, ele é um rapaz tão bom, que respeita tanto os mais velhos.

— E como a senhora sabe? — Percebo que estou quase gritando quando as cabeças da mesa vizinha se viram para nós. Falar alto a ponto de atrair a atenção em um restaurante de dim sum durante o horário de pico é uma tarefa quase impossível, o que mostra bem o nível da minha fúria.

— Ele comprou uma casa para os pais! Uma mansão em San Marino, localização excelente.

Minhas três tias assentem solenemente. San Marino é basicamente o Santo Graal da minha família — perto o suficiente do Vale de San Gabriel para aqueles bubble tea de Taiwan no fim de noite, longe o suficiente para ser cercado de não imigrantes. Ma e as irmãs estão de olho em San Marino desde que se mudaram para a Califórnia.

— E ele adora cozinhar — continua Ma, lançando um olhar afiado na minha direção —, o que é muito bom, porque já te ensinei mil vezes, e você não consegue aprender. Como pode ser boa esposa se não sabe nem fazer arroz?

— Não mude de assunto — repreende a Quarta Tia.

Para variar, minha mãe escuta a irmã.

— Ele tem dois cachorros. Você sempre quis um cachorro. Agora pode ter dois! Eles têm o pelo tão bem aparado. Olhe! — Ela exibe uma foto de dois golden retrievers brilhantes tão dourados e tão bem tosados que parecem ser modelos de revista de animais de estimação. — Eu digo para ele "Sou fotógrafa de casamento", e ele diz "Uau, impressionante!" e eu digo...

— Espere aí. — Preciso de um segundo para compreender as palavras dela. — A senhora simplesmente... Ma. A senhora... entrou em um site de relacionamentos como se fosse *eu*? — Permaneço boquiaberta, sem respirar, piscar ou qualquer coisa.

— É óbvio que sim! — responde a Segunda Tia. — Como é que ela ia encontrar o rapaz? Se ela diz a idade verdadeira, cinquenta e seis...

— Cinquenta e três — corrige Ma.

A Quarta Tia bufa.

— Se ela fala a idade verdadeira, então vai combinar com homens da mesma idade — explica a Segunda Tia bem devagar, assentindo e sorrindo de modo encorajador. — Viu? Por isso ela fingiu ser você.

Nem consigo acreditar. O que é a minha vida? Enquanto minha mente tenta desesperadamente entender a situação, Ma me mostra mais algumas mensagens profundas e comoventes que Jake, o dono do hotel, me enviou. Ele viu minhas fotos e aparentemente me acha "deslumbrante".

— A senhora pelo menos tem alguma foto dele?

— Eu já pedi, mas acho que ele é um pouco tímido — responde ela.

— Você percebe que isso significa que ele é um completo *troll*? — comenta a Quarta Tia.

Ma abana a mão, desconsiderando o comentário.

— Acho que ele é tão bonito que não quer se exibir, ele quer ter certeza de que você vai se apaixonar por ele, e não pela beleza.

— Outra coisa: ele é de Taiwan, então fala mandarim muito bem — argumenta a Segunda Tia. — Quem sabe você consegue melhorar seu mandarim com ele? Sempre que você fala mandarim, nossa, me dá dor de cabeça.

— Desculpa — balbucio. Estou tão perturbada com a enxurrada de informações que não sei como reagir. — Preciso... Posso ver essas mensagens do chat?

— *Aduh*, não há mais tempo — diz Ma. — Confie em mim, está bem? Esse rapaz é muito bom. Muito bom. Se você não for, vai perder uma ótima oportunidade.

E, para meu horror, apesar da monstruosidade disso tudo, parte de mim está sendo conquistada, o que nitidamente significa que perdi a merda do meu juízo.

Mas a última vez que saí com um cara foi...

No verão passado? Outono passado? Meu Deus. Será que faz tanto tempo assim? E nem vou mencionar a última vez que fiz sexo. Como minha melhor amiga Selena gosta de me lembrar: "Menina, você precisa dar umazinha antes que essa coisa feche para sempre." Olho para o meu colo, para a "coisa". Por que Selena não diz simplesmente "vagina"? *Você não vai fechar para sempre, vai?*

Que bom, comecei a conversar com a minha vagina. Talvez Ma tenha razão. Preciso desesperadamente de um encontro. E daí que foi marcado da maneira mais esquisita e bizarra possível?

— Você tem que ir, *ya* — fala minha mãe, sem saber que em silêncio já convenci a mim mesma, e à minha vagina, a concordar.

— Não pode cancelar — diz a Grande Tia. — Se você cancelar no último minuto, é tão ofensivo, sabe.

— *Tão* ofensivo — enfatiza a Segunda Tia. — Mas sabemos que você não vai fazer isso. Você é uma moça educada.

— Você iria pôr em risco o fim de semana do casamento — complementa a Quarta Tia. — Você tem que ir e mostrar essa pessoa doce e adorável que você é. Ele vai se apaixonar, não tenho dúvidas.

Encaro minha mãe e minhas tias. Elas me encaram de volta, sorrindo e assentindo daquele jeito que os gatos fazem quando encurralam um rato.

— Tudo bem. — Solto um suspiro. — Me contem tudo que eu preciso saber sobre esse cara.

2

Segundo ano da faculdade, sete anos atrás

— Você NÃO está colocando salsicha e kimchi no seu bolo — digo, franzindo o nariz.

— Ah, beleza, você pode pôr esse negócio de panda no seu, mas eu não posso colocar salsicha e kimchi no meu? — reclama Nathan, batendo sua bizarra massa de bolo de caneca.

— Pandan é um sabor de bolo legítimo, seu homem das cavernas. Que tipo de bolo de caneca tem salsicha e kimchi?

— O melhor — rebate Nathan sem pensar duas vezes.

— Você sabe que o meu vai ficar mil vezes mais gostoso do que o seu, e aí você vai acabar comendo tudinho.

— Impossível.

Dez minutos depois, dou um grito de frustração quando raspo o fundo da caneca do bolo de Nathan.

— É só isso? Acabou?

Nathan ri.

— Eu falei. Se bem que, preciso admitir, esse panda é delicioso.

— É pan-DAN. Não estamos comendo o bicho. É uma planta.

— Ah! Esse tempo todo achei que estávamos comendo, tipo, uma secreção das glândulas do panda ou coisa parecida.

Agora é minha vez de rir. Sério, esse cara é uma piada.

— Você é bobo demais. Ai, meu Deus, não acredito... Que glândula?

— Anal, é lógico.

— Que nojo.

Ele abre aquele sorriso, aquele que quase faz seus olhos se fecharem. Aquele que me dá vontade de vomitar. Só para elucidar, me dá vontade de vomitar porque é tão fofo que me causa umas coisas estranhas na barriga, não porque me deixa enojada. Quando contei a Selena sobre o sorriso que me deixa enjoada, ela disse: "Bom, ou você tem gastroenterite ou está apaixonada. Seja qual for, fique longe de mim. Não posso ficar doente."

Apaixonada. Observo enquanto Nathan se levanta e vai até a geladeira para fazer outro bolo de caneca de salsicha e kimchi para mim, e eu sei, é óbvio que sei, que estou apaixonada por ele. Uma paixão idiota, do tipo irritante, que me faz checar o celular a cada cinco minutos. Desde que nos conhecemos durante a semana dos calouros, Nathan e eu nos tornamos ótimos amigos. Parece predestinado. Até temos o mesmo sobrenome: Chan. Uma incrível coincidência. Tudo bem, sei que é o sobrenome mais comum em Hong Kong, a terra natal do pai dele, e um dos mais populares da China, a terra natal do meu avô, mas parece destino. A gente se vê quase todo dia e fazemos um monte de coisas aleatórias. Encontramos os melhores lugares para cochilar na biblioteca, descobrimos o melhor combo de sanduíche de sorvete no Diddy Riese (chocolate branco, biscoito de macadâmia com creme amanteigado de noz-pecã), e hoje ele veio até o espaço comum do meu dormitório para preparar bolos de caneca. É como a minha amizade com Selena, só que com essa atração que me dá um frio na barriga. Quanto a ele...

Bom, não sei dizer. Às vezes, acho que ele também se sente atraído por mim. Às vezes, eu o pego me observando com carinho, o que faz meu estômago revirar (obrigada, estômago). Mas depois ele faz coisas como descansar o cotovelo na minha cabeça quando estamos esperando o sinal abrir, e aí tenho certeza de que ele me vê apenas como amiga. O que é bastante aceitável. Eu topo amizades platônicas, sim. Estou tranquila. Totalmente de boa.

Nathan coloca a mão no meu ombro e quase dou um pulo na cadeira.

— Ei, você está bem?

Bufo.

— É lógico, por que eu não estaria? — Não é como se ele tivesse interrompido meus devaneios diurnos sobre seu abdômen, que, juro, dá para ver através do moletom da UCLA.

— Você ouviu o que eu disse?

— Sobre o quê?

— Sobre a festa na Phi Kappa?

Faço uma careta.

— Festa de fraternidade? O que é que tem?

— Humm, quer ir comigo? Tenho um amigo que faz parte, e ele disse que as festas de lá são ótimas. Pode ser divertido.

— Você sabe que festa de fraternidade é onde tudo de ruim acontece, né? Intoxicação por álcool, estupro, trotes...

— Tá bom, tá bom. — Nathan ri. — Já entendi, não precisa ir se não quiser.

Argh, por que eu tenho que ser tão desmancha-prazeres? Na verdade, eu quero ir. Eu só… Não sei, acho que morro de medo de Nathan notar que estou a fim dele, e isso seria muito constrangedor.

Felizmente, o micro-ondas apita. Nathan se levanta para tirar o bolo de caneca. Ele se move com tanta facilidade na cozinha comunitária, sempre com essa graça fluida, que me faz pensar em uma criatura felina. Como um leão ou um lince. Ele salpica cebolinha recém-cortada na caneca e me oferece. Agradeço, mesmo tendo perdido o apetite.

— Bom, tenho que ir agora. Prometi a Matt que vou à academia com ele.

— Obrigada pelo bolo — digo com a voz mais casual do mundo. — Boa malhação! — grito no último minuto, mas me arrependo na mesma hora. Parece que estou pegando no pé dele.

Ele abre aquele sorriso de novo e sai. Volto para o meu quarto, desanimada. Selena mal ergue os olhos do livro de cálculo quando desabo teatralmente na cama.

— Tá na seca, é? — pergunta ela, escrevendo no caderno.

— Uma seca sem fim — resmungo, enterrada no travesseiro.

— Certeza absoluta de que o filme se chama *A história sem fim*.

Viro o rosto e a encaro, emburrada.

— Você não está ajudando.

— Ele te convidou para ir à festa da Phi Kappa?

— Como é que você sabe?

Selena revira os olhos.

— Porque eu tenho vida social? E Nathan me perguntou se você iria, assim, como quem não quer nada.

Solto um resmungo.

— Sou péssima em festas. Se algum dia ele me vir em uma, vai perceber que sou a pessoa mais desinteressante do mundo.
— É por isso que você não vai a nenhuma festa da faculdade?
— Selena olha para mim, pasma. — Nossa, você é complicada mesmo. Está decidido. Nessa festa você vai.
— Não.
— Vai, sim.
— Não, você não pode me obrigar. Eu não vou, não!

Na noite de sexta-feira, Selena e eu nos encontramos diante da Phi Kappa, uma casa que está literalmente vibrando com a música. Quer dizer, posso ver de fato as janelas chacoalhando a cada batida.
— Não é uma boa ideia — resmungo.
Só gosto de festas em que posso ficar sentada jogando jogos de tabuleiro.
— Foco — diz Selena, segurando meus ombros. — Você está gostosa pra cacete, nós vamos entrar ali, você vai encontrar Nathan, eu vou encontrar um cara gostoso ou uma garota gostosa, o que aparecer primeiro, e a gente vai se dar bem hoje.
— A gente vai se dar bem? — pergunto.
— Você sabe, trepar.
Estreito os olhos ao encará-la.
— Foder? Fornicar? Preciso mesmo dizer "ter um intercurso sexual"?
Minha voz sai várias oitavas mais alta do que as vozes humanas em geral.
— Eu não ia... não estou pronta para...
Selena cai na gargalhada.
— Meu Deus, olha a sua cara. Estou brincando. Nada de trepar hoje, ok? Você e Nathan são fofos demais para fazer

sexo casual à base de álcool. Vamos só encontrar Nathan, ele vai dar uma olhada em você nessa roupa, e pronto. Ele vai MORRER.

— Não literalmente, espero — murmuro baixinho, só para o caso de a maldição estar escutando. Inspiro profundamente e vou atrás de Selena, que desfila segura de si rumo à fervilhante casa da fraternidade.

Lá dentro é ainda pior do que eu imaginava. A música está tão alta que trinco meus dentes com a batida. Selena mergulha na multidão, deslizando entre corpos quentes e pulsantes, me arrastando junto. Não faço ideia de aonde estamos indo ou mesmo como ela sabe aonde ir. Alguém derrama uma bebida gelada no jeans justo que Selena me emprestou e dou um gritinho, soltando a mão dela, mas qualquer som que emito é imediatamente engolido pelo barulho. Os corpos se agitam e se fecham atrás de Selena. Grito seu nome, mas nem eu consigo ouvir minha própria voz.

E aí fico sozinha. Inspiro profundamente, o que é um erro. Casas de fraternidade provavelmente não cheiram bem nem nos melhores momentos e, depois de uma hora de festa animada, o odor é radioativo. Engasgo, me preparo e mergulho de novo na multidão, chamando por Selena. Um cara bêbado cambaleando esbarra em mim, me fazendo tropeçar com o impulso repentino. Estou prestes a ser pisoteada. Não é um bom jeito de morrer...

— Opa, ei — diz alguém, me erguendo do chão grudento.

— Nathan — sussurro.

Ele pisca repetidamente.

— Meddy? — Depois ele parece me enxergar pela primeira vez, pois arregala os olhos. — Uau.

Mordo o lábio. Selena ficaria tão orgulhosa pela reação dele, mas eu me sinto uma idiota, como se estivesse usando as roupas de outra pessoa. O que é um fato. Selena me enfiou em uma calça jeans tão apertada que com certeza vai precisar ser cortada na hora de tirar, e uma blusa cintilante de frente única, que não permite o uso de sutiã. Ela disse que não tem importância, porque os sutiãs só servem mesmo para mulheres com peito. Cruel, mas verdadeiro.

— Ah, oi — falo, como se eu não estivesse esperando vê-lo ali, como se eu não tivesse ido à festa seminua com o objetivo exclusivo de surpreendê-lo e fazê-lo retribuir o meu amor.
— O quê? — grita ele.
— Eu disse "Oi!" — grito de volta.
— Oi você — grita ele. Pelo menos, acho que é isso.
— O quê? — grito. Balançamos a cabeça e rimos, e qualquer sensação de estranheza que havia entre nós se dissolve como marshmallow. Ele pega minha mão e a pressiona antes de me conduzir para o outro lado da sala. Meu coração se aperta terrivelmente (argh, ele vai reparar como a palma das minhas mãos está suada e então vai soltá-la e vou perdê-lo no meio da multidão do mesmo jeito que perdi Selena), mas Nathan continua segurando meus dedos com firmeza e ziguezagueia no meio da multidão lentamente, virando-se para trás a cada poucos passos para se assegurar de que estou bem. Então, de repente, estamos do lado de fora, no quintal, o frio noturno gelando meu rosto e minhas costas nuas, me provocando arrepios. Nathan fecha a porta de vidro quando saímos, acabando com a batida da música, graças a Deus.

— Você veio — diz Nathan, me dando um abraço de um braço só. — Cadê a Selena?
— Lá dentro em algum lugar. — Checo meu celular e lhe envio uma mensagem avisando que estou no quintal.

Enquanto digito, Nathan cumprimenta outras pessoas por perto. Todas têm nas mãos copos de plástico vermelho ou garrafas de cerveja. Tudo bem, eu consigo fazer isso. Está muito mais tranquilo aqui fora. Enfio as mãos nos bolsos ou pelo menos tento. Acontece que essa calça jeans idiota está tão apertada que mal dá para encaixar o dedo mindinho. Nathan me apresenta aos amigos, cujos nomes esqueço imediatamente, mas, quando digo o meu, alguns deles se iluminam e lançam um olhar para Nathan, que os encara com os olhos semicerrados. Meu coração bate com força no meu peito. *Será que isso significa que ele contou aos amigos sobre mim? SERÁ QUE ISSO SIGNIFICA QUE ELE ME AMA E NÃO ME VÊ APENAS COMO AMIGA?*

Tudo bem, vá com calma, sua obcecada. Isso não significa nada. Uma garota me passa uma garrafa de cerveja e me oferece um abridor.

— Depois de usar, pendure ali. — Ela aponta para um gancho pregado em uma árvore no meio do quintal.

Faço o que ela manda e, quando me viro para me afastar da árvore, dou de cara com o peito de Nathan.

— Opa.

— Você está bem? Desculpa, pensei que você soubesse que eu estava logo atrás de você.

Esfrego o nariz.

— Nossa, você está usando uma armadura embaixo da camisa?

Ele flexiona os bíceps de um jeito dramático.

— O que posso dizer? Meu peitoral é muito bem definido.

— Está mais para ossudo.

Mas não é verdade. Nem de longe. Desvio meu olhar de tesão. Por que eu gosto tanto do peitoral dos homens? É como um homem tarado por seios, mas ao contrário. Uma garota tarada por peitos masculinos. Depois olho para as mãos de Nathan e penso: *Hum, ele tem mãos bonitas.* Talvez eu seja uma garota tarada por mãos. Ou talvez eu seja uma garota tarada por tudo o que Nathan tem.

Eu me encosto no tronco da árvore em um esforço para parecer, hum, espontânea, mas acaba sendo um enorme erro. Dica de quem entende: não se aproxime do tronco de uma árvore se estiver usando uma blusa de frente única.

— Merda — sibilo, passando a mão. — O que tem nessa árvore idiota? Gilete?

— Hum, só a casca da árvore. Deixa eu ver as suas costas.

E antes que eu dê por mim, os dedos de Nathan estão tocando minha pele nua. Uma mão forte e quente contra as minhas costas geladas. Meus músculos se derretem. Meu estômago se transforma em uma poça. Engulo em seco, prestando atenção em respirar.

— É só um arranhão. Você vai sobreviver. — Mas a mão dele não sai das minhas costas. Ao contrário, seus dedos correm pela pele, fazendo meu corpo todo arrepiar. — Está com frio?

Mal consigo responder quando ele tira o casaco e o coloca sobre os meus ombros. Chegou a hora. Chegou a hora de contar que tenho tido sonhos eróticos com ele; não, que sou totalmente a fim dele, que o acho o ser humano perfeito. O casaco dele é tão largo que nem encaixa nos meus ombros.

— Alguém já lhe disse como você é ridiculamente pequena?

— Espere aí, tenho um metro e cinquenta e sete...

— Em um bom dia, usando salto alto — murmura Nathan, sorrindo com aquelas covinhas. Ele me cobre melhor com o casaco e me dá um aperto gentil, como se não quisesse soltar. Não quero que ele solte. — Oi — diz ele, a voz suave como veludo.

Ergo o olhar e o encaro.

— Oi.

Dessa vez, não trocamos piadas nem comentários sarcásticos. A camada de amizade entre nós se esvai. Só ele e eu, e a noite fria e deserta, e os cordões de luzinhas brilhando como estrelas ao nosso redor.

— Estou feliz por você ter vindo — diz Nathan.

E, dessa vez, sou cem por cento sincera com ele.

— Vim para ver você.

Ele abre aquele sorriso de novo, então ele inclina a cabeça para baixo enquanto eu ergo a minha, e nossos lábios se tocam num encontro suave que apaga qualquer pensamento.

Tudo bem, tudo bem. Tudo bem. Já beijei outros garotos. Tá bom, dois garotos. Tá bom, um dos beijos foi nas costas da minha mão. O beijo com o outro garoto não foi legal. Quer dizer, para falar a verdade, minha mão foi melhor. Jamais gostei daqueles beijos hollywoodianos de boca aberta; eu como pasta de camarão demais para me considerar alguém que sabe beijar bem. Quando o assunto é beijar, só aceito de boca fechada.

Mas isso… Puta merda. Nathan é o oposto perfeito para a minha boca recatada. Seus lábios são macios, e seu hálito é uma mistura inebriante de rum e hortelã, e ele não apenas enfia a língua como Christian Miller fazia no nono ano. Nathan vai tranquilo, tocando seus lábios nos meus de um modo tão delicado, suave como uma pluma, e faz eu me sentir uma gelatina. Passo os braços em torno de seus ombros largos e fortes, e ele quase me ergue do chão. E aí, antes que eu me dê conta, minha boca se abre, e estou beijando Nathan Chan de verdade, e é gostoso demais.

Nesse momento, percebo que chegou a hora. Não existe ninguém como Nathan, não da maneira como ele me abraça, com tanta firmeza, meu corpo todo grudado no dele. No instante em que noto isso, sei que estou completamente ferrada.

3

Presente

Meddy [19:03]: Essa ideia é horrível. Que droga, como fui deixar que elas me convencessem a fazer isso?

Selena [19:04]: Sendo você mesma?

Meddy [19:04]: 🖕

Meddy [19:05]: É tudo culpa sua! Se você tivesse ido ao dim sum, teria interferido e eu não estaria aqui esperando um cara que a minha mãe conheceu fingindo ser eu!

Selena [19:06]: É lógico, como se eu fosse me atrever a impedir os planos da sua família de armar uma para você. Além do mais, estou achando engraçado!

Meddy [19:08]: Você é péssima. Sabe o que eu vou fazer? Vou contar para elas que o encontro foi tão bom que elas deviam fazer a mesma coisa para você.

Selena [19:09]: Se a sua mãe conseguir me achar um cara rico e dono de hotel, estou dentro. Qual é o problema?

Solto um suspiro e pouso o celular na mesa. Se eu dissesse a verdade, que ainda estou apaixonada pelo Nathan, ela ia me mandar parar de ser ridícula.

— Olá, Meddelin? — fala uma voz baixa e afetuosa.

Levo um susto, o que faz dissipar todos os pensamentos sobre Nathan. *Não comece esse encontro assombrada pelo fantasma de Nathan.* Ergo o olhar e... Ok, Ma, mandou bem. A Quarta Tia estava errada. Jake definitivamente não é um *troll*. Ele não é tão arrasadoramente maravilhoso quanto Nathan — ei, pare com isso, menina —, mas é com certeza atraente. Sem dúvida se encaixaria em um grupo de K-Pop. Alto, gracioso, pele perfeita e um sorriso ligeiramente travesso que achei impossível não retribuir. A Quarta Tia logo ia se engraçar para o lado dele. Eu me levanto para dar ao belo homem diante de mim um... Ah, meu Deus, um abraço ou um aperto de mão? Ele estende o braço e me puxa para um abraço, resolvendo minha pequena crise e ocultando minha inépcia social, a mão se prolongando na parte inferior das minhas costas. No momento em que nos separamos, estou corando de leve. Esse não foi um abraço normal do tipo "prazer em conhecê-la". Ou foi? Será que fiquei fora de circulação tanto tempo assim?

Jake deve ter sentido meu ligeiro desconforto, porque sorri de modo constrangido e diz:

— Desculpa se exagerei. É que estou muito animado de finalmente conhecer você pessoalmente.

É lógico. Para ele, não somos totalmente estranhos. Estamos batendo papo há semanas. Que ingênuo, coitado. Não acredito que minha mãe se passou por mim para me conseguir um namorado. Tudo bem, foco. Consigo abrir um sorriso.

— Hum, eu também.

— Você é ainda mais bonita ao vivo — diz ele, estendendo os braços sobre a mesa para pegar minhas mãos.

Errr.

Minha boca congela em um sorriso-careta à la Chrissy Teigen, mas Jake não parece notar. Ele chama um garçom.

— Traga uma garrafa do seu melhor champanhe.

Será que existe uma forma educada de retirar minhas mãos? Minha mente está entrando em curto-circuito, tentando pensar em uma solução no meio dessa bagunça. Certo, obviamente as coisas ficaram mais sérias para esse cara. Mais sérias do que Ma me levou a acreditar. Maldição, por que não insisti mais para ver as mensagens do bate-papo? Se eu puxasse as mãos, ele se sentiria magoado? Traído? Ah, Jesus, pior ainda, e se ele perceber que não estava conversando comigo, mas com a minha mãe? Vai perder a cabeça, sem sombra de dúvida, e aí será que vai nos demitir? Ou, no mínimo, falar mal de nós para os noivos? E se nos processar? Será que isso é possível?

— Você está bem? — pergunta ele.

Pisco e me concentro nele de novo. Inspiro profundamente.

— Desculpe, sim, estou bem.

— Está preocupada com alguma coisa?

Com a possibilidade de você processar minha família e a mim por fraude.

— Err, não. São só... questões de trabalho, acho.

Ele assente.

— Como eu disse antes, acho seu trabalho incrível.

Sinto um calor subir pelo pescoço. Quase deixo escapar "Você já viu meu trabalho?", mas consigo me controlar a tempo. É óbvio que ele viu meu trabalho. Seria uma das primeiras coisas que Ma revelaria sobre mim. Nosso site, com milhares de fotos de casais felizes, é bem impressionante, modéstia à parte.

— Você capta todas aquelas emoções tão bem — continua ele. — Para falar a verdade, às vezes penso, puxa, Jake, como você teve tanta sorte?

Dou uma risada fraca. Ele está totalmente envolvido, o pobre coitado. Vou ser agradável. Tenho que tentar me esforçar nesse encontro, ao menos para não decepcionar esse cara. Quase pergunto, feito uma idiota, no que ele trabalha, quando lembro que na verdade sei o que ele faz.

— Você é muito gentil. Então, me conta, como entrou no ramo hoteleiro?

Jake dá de ombros.

— Comecei a trabalhar com finanças logo depois da faculdade. Trabalhei em Wall Street por um tempo, então pensei: *Bom, já ganhei uma fortuna... uma fortuna imensa, na verdade...* — Ele ri. Não vejo a menor graça, mas rio também, e depois me sinto uma idiota completa. — Fiquei brincando com algumas ideias e aí decidi que queria construir um resort onde minha família e meus amigos pudessem se divertir. Por que não, certo? É um dos privilégios de ser podre de rico.

Sou poupada de ter que responder quando o garçom aparece com nosso champanhe. É difícil imaginar como esse cara conseguiu encantar minha mãe para... Ah, quem estou enganando? Com vinte e seis anos, sou quase considerada uma solteirona. Ma teria me empurrado para qualquer sujeito contanto que ele estivesse vivo. Já estou tão nervosa que tomo um gole de champanhe antes de Jake dizer "Saúde".

— Certo, desculpa. Saúde. — Bato minha taça na dele e viro a bebida. Se vou ter que atravessar essa noite toda, será preciso um bocado de champanhe.

Talvez seja o álcool, talvez seja o fato de que a comida do restaurante é excelente. Seja qual for o motivo, no meio do jantar percebo que até estou me divertindo. Jake tem uma forma de enfiar na conversa pequenas pistas detestáveis sobre como é rico — "tão rico que, quando suo, transpiro gotas de diamantes" —, mas, fora isso, ele tem senso de humor e parece genuinamente interessado em mim, o que é uma surpresa agradável. Em geral, meu trabalho não interessa aos homens; na realidade, a maioria deles parece pensar que, só porque estou no ramo de casamentos, isso significa que também estou louca para casar. A verdade é que estar nesse ramo é uma maneira infalível de me fazer fugir de casamento a todo custo.

Digo isso a Jake, que começa a rir.

— Talvez seja apenas porque você não encontrou o homem certo — concluiu ele.

Meu coração se aperta e meu sorriso desaparece. Não é que eu não tenha encontrado o homem certo, quero dizer a ele. O fato é que eu o encontrei, e sei que ninguém chega aos pés dele. No entanto, tenho bom senso suficiente para não fazer esse comentário. Além do mais, já faz quatro anos desde que Nathan e eu terminamos, e preciso mesmo esquecê-lo. Tenho quase certeza de que ficar presa a um ex por quatro anos, se não é patético é, no mínimo, bizarro.

— Você deve encontrar muitas noivas neuróticas — comenta Jake.

— Para falar a verdade, as noivas em geral são legais, com exceção de uma ou duas. O surpreendente é que os noivos é que são os mais complicados.

— Sério? É difícil acreditar. As noivas não costumam pedir que você use o Photoshop para parecerem mais magras, ou coisa parecida?

Dou de ombros, tomando outro gole de champanhe.

— Com certeza, às vezes. Mas emagrecer alguém é fácil. Sabe o que é realmente trabalhoso? Quando os noivos me pedem que os façam ficar mais altos. Posso deixar o noivo mais musculoso, mas altura é um saco para editar. — Ah, não, estou perto demais de reclamar sobre o meu assunto favorito: noivos neuróticos. Existe uma porção deles, mas, por algum motivo, são as noivas que acabam levando a má fama. — E você? Deve lidar com clientes complicados uma boa parte do tempo, não é?

— Não, contrato pessoas para fazerem isso por mim. É por isso que temos uma equipe completa de serviços dedicada ao cliente, sabe? — Ele ri de novo. Está começando a me irritar. Bebo mais champanhe.

Na hora em que terminamos a refeição, estou alta o suficiente para saber que não devo ir para casa dirigindo.

— Vou chamar um Uber — digo a Jake, pegando meu celular e reparando, desanimada, que a bateria está em quatro por cento.

— O quê? Não. Eu dirijo para você. Me dê as chaves.

— Não tem problema, sério. Vou pegar um Uber e volto para buscar o carro amanhã de manhã.

— O estacionamento abre às oito horas. Você não disse que precisa estar no porto às oito e meia? Não vai dar tempo.

Solto um xingamento em silêncio. Ele tem razão. Preciso do meu carro de manhã cedo. Que droga, garota! Por que você tinha que beber além da conta?

— Mas e você? Não precisa do seu carro de manhã? Não quero atrapalhar seus compromissos porque fiz você se atrasar.

— Tenho outros carros, e o hotel já vai estar funcionando sem problemas a essa altura. As coisas não vão desmoronar só porque vou chegar atrasado umas horinhas. Na verdade, você provavelmente não deve me ver muito amanhã. Vou trabalhar mais nos bastidores — responde ele, descontraído, estendendo a mão. Não consigo encontrar uma maneira de cair fora. Se continuar recusando a oferta, Jake provavelmente vai ficar ofendido, e aí lá se vai nosso grande casamento do fim de semana. Quer dizer, é de esperar que ele seja profissional a ponto de não deixar um encontro ruim interferir nos negócios, mas será que estou mesmo na posição de arriscar o maior casamento do ano da minha família? E, de qualquer forma, é só uma viagem até a minha casa. Nada de mais. Moro com Ma; então, se ele insistir em entrar, posso muito bem usá-la como desculpa.

Quando vasculho a bolsa à procura das chaves do carro, minha mão roça o pesado taser que carrego para todo lado. Eu deveria parar de levá-lo: é pesado, é volumoso e me faz parecer uma paranoica idiota. Ainda assim, quando entrego a Jake as chaves do meu Subaru, não posso deixar de me sentir contente por ter o taser. E aí, obviamente, me sinto uma boba por me sentir aliviada.

Jake coloca a mão na parte inferior das minhas costas enquanto atravessamos o estacionamento, o que acho muito precipitado, mas, de novo, não estou à vontade o suficiente para lhe pedir que pare. Quando entramos no carro e fechamos as portas, de repente só consigo pensar no silêncio. Posso escutar cada ruído que fazemos, cada respiração, e até as batidas do meu coração. Então, Jake liga o carro e o som do Maroon 5 jorra do alto-falante. Relaxo um pouco. Ele sorri para mim, de forma tranquilizadora, enquanto ajusta os retrovisores. Retribuo o sorriso. Está tudo bem. Vou chegar em casa antes que eu me dê conta e amanhã, quando nos encontrarmos, vamos ser amigáveis e, simpáticos e totalmente profissionais. Tudo está óóótimo.

— Então, foi divertido, né? — comenta ele, saindo do estacionamento e entrando na rua escura.

Já é tarde e, apesar de estarmos em uma rua principal, quase não há carros circulando. Ele me dá uma espiada, e assinto.

— Foi, sim, superdivertido. — Superdivertido? Quantos anos eu tenho, quinze? — Gostei da noite — acrescento. É um pouco de exagero, mas acho que a noite não foi *ruim*, então...

— Eu também. Você é uma garota e tanto, Meddy. — Ele dá uma piscadela, e aí (ah, meu Deus) ele estica o braço e pousa a mão no meu joelho.

Eu me remexo, me encolhendo, mas a mão dele permanece lá, seu calor irradiando pela minha coxa. Vamos lá, cara, esse é o sinal universal para *Tira sua maldita mão da minha perna!* Tudo bem, não consigo. Não consigo continuar com isso. Nem mesmo pelo negócio da família. Ma e tias que me desculpem. Com o coração disparado, gentilmente empurro sua mão para longe, como se fosse um hamster que eu preciso tratar com cuidado. Ele me olha e abre um sorriso.

— Então, esse é o seu jogo, é?

Uma sensação de náusea borbulha no meu estômago.

— Hum. — *Pense rápido, Meddy.* — Acho que estou me sentindo bem agora. Você pode parar bem aqui. Posso dirigir no resto do caminho.

Ele faz beicinho.

— E me abandonar no meio do nada?

— Hum. Vou chamar um Uber para você, e espero até ele chegar. Não quero mesmo incomodá-lo, e amanhã vai ser um longo dia para nós dois...

Ele ri.

— Meu Deus, você é um doce — diz ele de um jeito que não soa como um elogio. Soa malicioso, como se estivesse falando de um pêssego muito maduro que ele não vê a hora de degustar.

Ele entra em uma rua secundária, e é como se tivéssemos deixado Los Angeles para trás. Tudo aqui é escuro, até as árvores parecem ameaçadoras, e não há um único carro ou uma única pessoa à vista.

— Pare o carro — peço, minha voz tensa de medo. — Pare agora!

Em vez disso, ele acelera. Tento abrir a porta de qualquer jeito, mas está trancada e, mesmo em pânico, sei que estamos andando rápido demais para eu tentar pular. Na melhor das hipóteses, eu ia quebrar um braço. Na pior, morrer.

Ah, meu Deus.

De repente, sou atingida por uma constatação nauseante. Posso de fato morrer hoje. A bile sobe pelo meu esôfago. Não sei dizer quanto tempo fico sentada ali, imobilizada, enquanto nos distanciamos cada vez mais da civilização. Não reconheço mais os arredores. Lá fora, só vejo construções que parecem fábricas abandonadas. Não há ninguém para me salvar.

— Calma, Meds. Ah, por favor, a gente só está se divertindo, né? — Ele me dá uma olhada e sorri. — Não fique me provocando; eu sei que você não é tímida. Aquelas mensagens que você me enviou, eu sei que lá no fundo você é uma garota safada. Então, vou contar o que vai acontecer. Vamos encontrar um lugar legal e ficar bem juntinhos...

Os dardos do taser são disparados e o atingem direto no pescoço. Jake dá um solavanco como um boneco. O carro dá uma guinada para o lado.

Abro a boca para gritar.

Escuridão total.

4

Terceiro ano da faculdade, seis anos atrás

— Isso é surreal. — Suspiro enquanto olho pela janela do avião.

— Pois é.

Baixo o olhar para minha mão, aninhada na de Nathan. Parece tão pequena perto da dele. Ele a aperta, e sorrimos um para o outro. Puta merda, estou realmente fazendo isso. Em cerca de dez horas, vamos aterrissar no Aeroporto de Heathrow, em Londres, onde seremos recebidos pelos pais dele. Ah, meu Deus. Não vou conseguir.

— Pare de surtar.

— Não estou surtando.

— Tudo bem, então diga para a sua cara parar de surtar.

Forço um sorriso, que mais parece uma careta.

— Esse é oficialmente o sorriso mais esquisito da história dos sorrisos — retruca ele, inclinando-se para me beijar.

— Hum, adoro beijar seus dentes.

Isso me arranca uma risada, o que faz eu me sentir um tiquinho melhor. Mas não muito. Porque, PUTA MERDA, cara! Estou em um avião com Nathan! Para conhecer a família dele! No Natal! Na Inglaterra! Que vida é essa?

— Ei, como é que você não tem sotaque britânico? Nunca pensei no assunto, mas, agora que efetivamente estamos viajando para Londres, me dou conta de que Nathan soa tão norte-americano quanto qualquer outro.

— É porque meus pais se mudavam bastante quando eu era criança. Por isso, sempre estudei em escolas internacionais. Mesmo na Inglaterra, eles me matricularam em uma escola internacional. Mais fácil de fazer a transferência de notas. Quer que eu pareça inglês? Posso falar com um sotaque britânico para você, amor.

— Ah, meu deus. Tá bom, você não consegue. — Estremeço, e ele ri.

— Aliás, dei de Natal para Selena aqueles AirPods que ela estava louca para ter. Assinei com os nossos nomes.

Fico perplexa.

— Sério? Que generoso. — Eu tinha dado a ela um conjunto de cremes hidratantes da Bath and Body Works.

— Bom, sim, nada disso teria sido possível sem a ajuda dela.

— Verdade.

Nos últimos dois anos, Selena foi para minha casa em muitos fins de semana. Ela é um sucesso na minha família; minhas tias dizem que ela é a filha que gostariam de ter tido (o quê... oi, e eu?), e Ma diz que ela é a irmã que eu não tive, e aí eu sou obrigada a concordar. E quando Nathan me convidou para passar o Natal na casa dele, Selena me deu o melhor presente que alguém poderia oferecer. Ela disse a Ma que queria que eu fosse passar o feriado com ela no norte da Califórnia, e Ma concordou sem hesitar, já que minha família não celebra o Natal mesmo.

Nathan tira o tablet da mochila e o abre em nossa mesinha.
— Baixei *Imortais* para o voo.
— Ah, você é um presente dos deuses, Nathan Chan.
— Imaginei que cenas de Henry Cavill sem camisa iam ajudar a distrair a sua cabeça da perspectiva de conhecer meus pais.
Reviro os olhos.
— Tem muita mulher mostrando o peito em *Imortais*, você não está sendo altruísta.
— Verdade. — Ele ri e depois se inclina e abaixa a voz: — Mas os seus são os meus favoritos.
Dou um tapa no braço dele, mas, francamente, estou meio que sorrindo com o comentário. Ele me puxa para perto e descanso a cabeça em seu ombro. Assim, nos acomodamos para ver o filme. Em algum momento, nós dois caímos no sono. Quando a comissária nos desperta algumas horas mais tarde, descubro, com imenso pavor, que minha cabeça está presa em um ângulo esquisito.
— Ah, não. Não, não. — Tento girá-la, mas a dor percorre a minha espinha e solto um grito agudo.
Nathan se espreguiça, bocejando.
— O que foi, tampinha?
— Dormi de mau jeito e agora minha cabeça não quer virar.
Ele me encara por dois segundos antes de explodir em uma gargalhada.
— Você é uma mulher de noventa anos disfarçada?
— Não me insulte, garoto. Só tenho oitenta e sete. Argh. Não posso conhecer seus pais assim! — Faço um gesto descoordenado em direção à minha cabeça torta.
— Calma. Venha cá. — Nathan coloca a mão na minha nuca e começa a massagear.
— Au, ai, ah. — Está doendo ou está gostoso? Não consigo me decidir.

— Pare de se mexer.
— Por favor, apertem os cintos de segurança e sentem-se com as costas eretas — pede um comissário com um olhar sério.

Fazemos o que mandaram. Apesar dos esforços de Nathan, minha cabeça ainda está empacada em um ângulo estranho. Sempre que isso acontece, tenho que dormir para recuperar a flexibilidade normal do pescoço. Quer dizer. Vou realmente conhecer os pais de Nathan com a cabeça torta. Tudo bem, está tudo ótimo. Não estou surtando nadinha por causa disso.

Quando descemos do avião, Nathan tenta de novo uma massagem para eu poder recuperar os movimentos da cabeça e dos ombros, e depois diz:

— Bom, isso vai ser engraçado. — Ele ri quando dou um soco nele, agarrando meu punho e o beijando. — Você é tão fofa quando me dá um soco com sua mãozinha em miniatura. Vai dar tudo certo. Eles vão gostar tanto de você que não vão deixá-la voltar para os Estados Unidos.

E, apesar de meu pescoço torto, ele tem razão.

Assim que coletamos nossa bagagem e nos encaminhamos para a área de desembarque, ouvimos um grito, e de repente os pais dele estão logo ali. A mãe, uma mulher branca, loura alta e bonita, me dá um abraço rápido, e o pai, um homem com traços asiáticos cuja aparência é aquela que imagino que Nathan terá daqui a uns trinta anos, me dá um daqueles abraços esquisitos que minha mãe e minhas tias fazem com frequência.

— Ah, é maravilhoso ter vocês dois aqui!! — exclama a mãe de Nathan.

— Olá, sra. Chan.

Ela faz um gesto de desdém.

— Me chame de Annie, nada dessa história de sra. Chan. E esse é o Chris. — Ela aponta para o pai de Nathan, que está sorrindo.

— Tudo bem, filho? — pergunta Chris.
— Tudo bem, pai.
Hum. Afinal de contas, Nathan tem mesmo sotaque britânico.

Quando saímos do terminal, engulo em seco com o frio intenso e implacável, que atravessa meu moletom com capuz. Nathan pega um casaco que trouxe para mim, três tamanhos maior que o meu, mas deliciosamente quente e com o cheiro dele.

O trajeto do aeroporto até Oxford leva quase duas horas e, quando saímos da rodovia, estou exausta. Embora sejam muito simpáticos, Chris e Annie são tão diferentes de Ma e das minhas tias que estou sempre nervosa, desesperada para passar a melhor impressão. A conversa com eles é um pouco afetada, e fico pensando se esse é o jeito dos ingleses, se todos usam palavras como "adorável" e "encantador" em vez de gritar e se agitar como a minha família.

Isso apenas consolida a decisão que tomei de manter Nathan afastado da minha família o máximo possível. O que está se tornando cada vez mais difícil. Nathan quer conhecer Ma. E todas as minhas tias. É o ponto fraco de nossa relação, pois, fora isso, é perfeita. Fico preocupada de ele pensar que não o apresentei a elas porque tenho vergonha dele. Ele costuma perguntar por que não o levo para casa em algum fim de semana. Elas ficariam encantadas. Ficariam mesmo, se soubessem da existência dele.

Porém...

Não são nem mesmo apenas as gritantes diferenças entre nossas famílias que me impedem de levá-lo à minha casa. Durante toda a minha vida, segui todas as regras de Ma. Até escolhi ficar em Los Angeles por causa dela. Amo a minha mãe, mas também quero ter uma vida independente. Estremeço só de pensar nisso; parece muito uma traição. Mas eu quero. Sou uma pessoa horrível e egoísta, e sei que preciso enterrar essa parte de mim. Sei que, após a faculdade, terei que voltar para casa e ficar com Ma. Mas, por enquanto, quero Nathan todo para mim. Quero mantê-lo o mais longe possível dela e das minhas tias. Se isso é egoísmo, então sou mesmo egoísta, por enquanto, só até a nossa formatura. Não quero que ele seja engolido pela minha família barulhenta e dominadora. Não quero que ele veja como sou calada e pacata perto delas. Quero que ele veja o meu verdadeiro eu — como quando estou na universidade, sendo eu mesma, livre, sarcástica e perspicaz. Um desafio, e não uma sombra. Aí, certamente, entra a questão da maldição. E se levá-lo para casa significar que a maldição vai me atingir mais cedo do que atingiu minha mãe e minhas tias? Já tentei explicar meu raciocínio para mantê-lo afastado, mas nunca consigo colocar em palavras, e aí a conversa termina com Nathan magoado e decepcionado.

    A residência dos pais dele merece estar em uma revista de decoração. Na realidade, já foi matéria da *Home & Garden*, como Nathan me conta quando entramos na casa e fico boquiaberta.

    Nathan me leva para seu quarto e me admiro de ver como tudo é arrumado e de bom gosto. É decorado em tons de azul-marinho, e posso imaginar que garoto organizado ele deve ter sido, porque tudo está em seu devido lugar. Penso no meu próprio quarto em San Gabriel e em como, só no fim de semana passado, encontrei uma caneca de café esquecida na qual estavam brotando cogumelos de verdade. Não apenas fungo, mas cogumelos desenvolvidos, com caules, cabeças, tudo.

    — Então, esta é a casa onde eu cresci e aquela é a minha família — diz Nathan, deixando nossas malas tombarem no chão acarpetado. — Você está bem? Desculpe, sei que às vezes eles exageram.

— Você está brincando? Eles são incríveis. E sua casa é incrível.

Ou seja, nada parecida com a minha, mas não falo isso, porque, na verdade, estou envergonhada. Ma e minhas tias são acumuladoras. Elas dizem que é porque cresceram pobres. O banheiro, por exemplo, não tem menos que vinte e sete frascos de creme facial. Eu sei, eu contei quando tinha quinze anos, e a pilha não mudou nos últimos cinco. Estão todos quase vazios. Quando perguntei a Ma por que ela não jogava tudo fora, ela respondeu: "Talvez eu precise algum dia, quem sabe?" Acho que uma pessoa que deixa cogumelos crescerem em canecas de café não tem moral para julgar.

Nathan coloca as mãos na minha cintura, seus dedos roçando por baixo da minha camisa. Estremeço quando ele toca minha pele.

— Ei, nada disso, não agora. Seus pais estão bem aqui embaixo — repreendo, dando um tapinha no braço dele.

Ele abre um sorriso e me beija.

— Não estou fazendo nada — diz, entre os beijos. — Só adoro tocar você aqui. — Ele espalma as mãos nas minhas costas, e eu me derreto toda.

— Você está com a sua cara de tesão — digo.

— Como é a minha cara de tesão?

Eu me inclino para trás e tento imitar, e Nathan cai na gargalhada.

— Sério? Se essa é minha cara de tesão, por que é que você começou a transar comigo?

— Por pena. — Depois dou um gritinho quando ele me agarra e me joga por cima do ombro como se eu fosse um saco de batatas. — Não me faça peidar enquanto minha bunda está colada na sua cara!

— Eu te desafio. — Nathan ri, mas então me coloca delicadamente na cama e me beija de novo, dessa vez lenta e profundamente. Quando para, estou sem fôlego e cheia de desejo. Ele pressiona a testa contra a minha. — Estou tão feliz por você estar aqui.

— Eu também.

Mordo o lábio ainda sorrindo, depois engulo em seco quando ele começa a chupar levemente o meu pescoço. Talvez seja porque éramos amigos antes de namorar. Seja o que for, Nathan parece saber exatamente o que eu quero e como eu quero. Cada toque é viciante, seu cheiro me deixa extasiada. É esquisito descobrir que não somos compatíveis apenas como amigos. Camisas voam, calças jeans são abaixadas, e logo estamos só de roupa íntima, e o toque de sua pele contra a minha é tão bom que todo o meu corpo enrubesce. Já fizemos isso umas cem vezes, mas, quando Nathan tira meu sutiã, ainda o faz com reverência, a respiração lenta e prazerosa à medida que meus seios ficam nus diante dele.

Como sempre, tenho que lutar contra o instinto de cobri--los, mas Nathan é doce demais, curvando-se para me beijar no queixo, no pescoço, no peito, antes que sua boca encontre meu mamilo e eu me perca. Esqueço tudo — a maldição, Ma, minhas tias, até o meu próprio nome. Enterro os dedos em seu cabelo, e só existimos Nathan e eu. Tudo de Nathan. A boca de Nathan, os dedos de Nathan, o corpo de Nathan. A primeira vez foi um pouco esquisita e durou só quatro minutos. Mas agora já aprendemos um ritmo que expulsa todos os pensamentos e me transforma em um ser cheio de desejo. E quando nossos olhos se encontram, nenhum dos dois desvia o olhar até o último gemido.

Mais tarde, deitada na cama ao lado dele, percebo uma coisa. Estamos juntos há quase dois anos, e ele é a primeira pessoa a quem conto tudo quando recebo de volta meus trabalhos da faculdade, quando nos passam uma tarefa insuportável, quando o líder do clube de fotografia fala alguma coisa idiota, o que acontece o tempo todo. E ele age da mesma forma, me contando cada detalhe interessante sobre suas aulas de economia, compartilhando seus sonhos mais malucos de ter um hotel chique no futuro, até mesmo me contando o peso que está levantando na academia. Acho que, nesse último caso, ele está se exibindo, mas não me importo. Eu gosto que Nathan queira me impressionar, porque também quero impressioná-lo. E realmente fico impressionada com ele. Mesmo após dois anos, o que envolve peidos e outros constrangimentos (flatos vaginais, alguém aí?), ainda fico tremendamente impressionada com Nathan. Eu o amo. Quero viver uma vida com ele.

Dane-se a maldição da família. Não importa. Estou em Oxford, Inglaterra. É aqui que as maldições vêm para morrer. Ao pensar nisso, quase solto uma gargalhada. Nunca parei para refletir sobre como a crença na maldição, mesmo que em parte, me puxa para baixo, mas agora percebo que ela sempre me espreitou, me atribuindo uma data de validade. Porém, é uma estupidez. Por que amaldiçoar o relacionamento se não há nada de errado? Tomo uma decisão.

Quando voltar para casa, vou contar à minha mãe sobre Nathan. Vou lhe contar tudo. Vou contar até para as minhas tias. Vou contar no dim sum de domingo, já que sempre ficam felizes quando comem dim sum. Tudo vai acabar bem.

5

Presente

— Pooorra.

Dor. Muita dor, vinda das profundezas do meu ser, apertando meu peito como um punho vermelho, para então irromper de mim em um gemido. E o som da minha voz, que, de tão rouca de dor, chega a soar diferente, me faz recobrar os sentidos. Pisco. Pisco de novo. Certo. Estou no meu carro. Não na Inglaterra com Nathan. Meu carro. Uma luz cintila intermitente na minha visão periférica. É a seta do carro, que emite um barulho infernal de clique. Estendo o braço para desligá-la, e o movimento faz a dor explodir no meu peito.

— Meu Deus...

Com uma última tentativa heroica, consigo tocar o controle da seta. Doce e abençoado silêncio. Olho para baixo, não me atrevendo a virar demais a cabeça. O cinto de segurança aperta meu peito. Engolindo em seco, empurro o corpo ligeiramente para trás, ainda insegura sobre quais partes estão quebradas ou não. O movimento alivia um pouco a sensação de esmagamento em torno do meu peito. Inspiro superficialmente. Depois, respiro fundo. Dói, mas não tanto. Costelas machucadas, mas não quebradas. Solto uma risada trêmula. Inacreditável. Estou bem. Estou...

Viro a cabeça e mal contenho o grito agudo que sobe até minha boca.

Jake!

— Ai, meu Deus — gemo. — Jake... — Minha voz falha. Todas as perguntas que me vêm à mente parecem idiotas demais, desnecessárias demais. *Você está bem?* É óbvio que não, não quando ele está caído sobre o painel desse jeito. *Você está... morto?* Gemo de novo. Ai, meu Deus. Acho que sim. Há sangue pingando de sua maldita orelha, descendo pelo pescoço, manchando o colarinho da camisa. De alguma maneira, é aquele detalhe, a mancha de sangue cada vez maior em sua camisa polo branca, que faz cair a ficha. Ele está morto. Eu o matei.

Minha respiração ofegante, cheia de pânico, enche o carro silencioso. Olho em volta, desnorteada.

— Socorro — sussurro.

No entanto, não há ninguém à vista. A rua está deserta. Nem sei onde estamos. Bato na trava do meu cinto de segurança, abro a porta com violência e saio do carro cambaleando, mal conseguindo chegar à calçada antes que meu jantar voltasse inteiro do estômago.

Há um homem morto no meu carro.

Um homem. Morto. No assento do motorista do meu Subaru. Isso não é coisa de um Subaru. Subarus não são carros de assassinos. Os Jeep Wranglers é que são. Ou aquelas vans brancas sem janelas. Quem fabrica aquelas coisas, afinal? Quer dizer, elas são bizarras para c...

Foco!

Solto um soluço alto. Não. Não posso me dar ao luxo de perder o controle agora. Se eu começar a chorar, nunca mais vou parar. O que eu faço?

A polícia.

Sim. O número da emergência. Certo.

Abro a porta do banco traseiro e tateio lá dentro, desviando meu olhar do corpo de Jake, concentrada em encontrar minha bolsa — aqui está ela. Celular. Nada acontece quando pressiono o botão de ligar. Solto um gemido. Não, por favor. Sem bateria. Trêmula, inspiro e procuro no bolso de Jake. Talvez o celular dele esteja lá. Quando toco sua calça com a ponta dos dedos, cerro os dentes com tanta força que quase quebro os molares.

Vazio.

A ideia de apalpar a calça de Jake à procura de seu celular é repugnante.

Tudo bem. Tranquilo. Totalmente tranquilo. Vou só... vou só esperar aqui até outro carro passar.

Mas... só Deus sabe há quanto tempo estamos aqui e ninguém passou. Não há casas nem lojas de conveniência nem nada que possa conter vida humana por perto. Parece que as fábricas não são usadas há anos; muitas das janelas estão quebradas e há um silêncio absoluto. Não posso esperar aqui por muito mais tempo. Não vou suportar. Dou uma olhada no carro de novo. Por incrível que pareça, apesar de ter batido em uma árvore, aparenta estar em bom estado de modo geral. O capô está amassado, é óbvio, e há uma rachadura enorme na lateral do para-brisa, mas, fora isso, acho que dá para dirigir.

— Não — murmuro para mim mesma. Não posso dirigir o carro. Principalmente porque tem um cara morto no assento do motorista.

Então tire o homem de lá.

Meu corpo inteiro se contrai ao pensar em encostar nele de novo. Mas minha mente é como um animal selvagem enjaulado, rosnando e jogando-se contra as grades. *Preciso* sair daqui. Não posso ficar aqui nem mais um minuto, na esperança de que alguém passe, na esperança de que esse alguém seja legal e vá parar e me ajudar.

Com a respiração entrecortada, abro a porta do motorista, dando um grito quando o corpo de Jake desaba na calçada. Ai, meu Deus, eu não esperava que isso acontecesse. Espere aí. Eu deveria verificar o pulso dele. Será que devo? Ele está obviamente morto. Sim, sim, eu devo. Choramingando um pouco, pressiono um dedo trêmulo em seu pulso. Consigo mantê-lo lá por dois segundos inteiros antes de recolher a mão e limpá-la furiosamente na camisa. Morto. Cem por cento defunto. Respiro fundo de novo, abanando o rosto para apagar as chamas nas minhas bochechas, e aí estico o braço e agarro os braços de Jake.

Ainda estão quentes. Argh. De alguma maneira, isso piora tudo. Sinto a bile subir pela garganta, mas cerro os dentes e o puxo com força. Devido ao meu trabalho, tenho que fazer exercícios físicos religiosamente — carregar minhas duas câmeras pesadas e todas as lentes por dez horas seguidas é como o inferno nas minhas costas e nos meus ombros; por isso, faço todo o possível para aumentar força e resistência. Até me dou ao luxo de pagar uma aula semanal com Dinah, a melhor personal trainer da minha academia. O que significa que, quando puxo, o corpo de Jake de fato se desloca, de uma maneira surpreendentemente fácil. Dinah ficaria orgulhosa.

Tudo bem, Dinah não ficaria orgulhosa de eu conseguir mover um homem morto de mais de oitenta quilos. E por que estou pensando na Dinah justo agora? Porque — argumenta minha mente enquanto arrasto Jake pela calçada até a traseira do carro — você precisa pensar em alguma coisa, qualquer coisa que não seja "Puta merda, estou arrastando um cadáver!".

Puta merda, estou arrastando um cadáver.

Onde? Para onde eu o levo? Não posso largá-lo aqui. É cruel demais. Mas não tenho estômago para acomodá-lo no banco traseiro do carro enquanto dirijo. Olho o porta-malas. Certo. Vai ser no porta-malas.

Pensando melhor, pego um moletom que guardo no banco traseiro e enrolo no rosto dele. Jake era um babaca quando vivo, mas, agora que está morto, sinto uma necessidade inexplicável de tratá-lo com respeito. Vou precisar de muita terapia para processar tudo isso.

Depois de fechar o porta-malas e tirar Jake do meu campo de visão, sinto-me um pouco melhor. Mais no controle. Controle? Quem estou tentando enganar? Tenho um cadáver de verdade dentro do meu carro. Balanço a cabeça. Não vamos nos atormentar com isso agora. Com um calafrio, volto para o assento do motorista. Por favor, pega, por favor...

O motor liga com um ronco assim que giro a chave. Solto um suspiro de alívio e aguardo um pouco para me acalmar. Ou pelo menos tentar. Só vou dirigir até encontrar um telefone público e aí vou ligar para o número da emergência. Certo.

Recuo lentamente, estremecendo com o som de raspagem que o meu para-choque produz no asfalto da estrada. Talvez eu devesse descer do carro e tentar consertar isso, mas não. Não tenho estômago para mais um segundo nesse lugar amaldiçoado. Minha respiração ainda sai em arfadas rasas e apavoradas à medida que sigo pela via e, quanto mais iluminadas ficam as ruas, mais pânico sinto. Isso é maluquice. O que foi que eu fiz? Guardei um corpo no porta-malas do meu carro. O que os policiais diriam quando eu os chamasse? O que eu ao menos teria para dizer? Por que diabos fiz isso? Que pessoa em sã consciência faria uma coisa dessas?

As perguntas invadem minha mente, uma atrás da outra, até que solto um grito. Naquele instante, percebo que não posso ir à polícia. Vão pensar que cometi um assassinato, que sou uma homicida maluca, e vou ser presa.

Há um posto de gasolina mais à frente. É a minha oportunidade. Posso parar ali, correr até lá dentro e suplicar por ajuda. Mas meu pé pisa firme no acelerador, recusando-se a sair de lá, e passo em disparada pelo posto. É como se meu subconsciente tivesse se apoderado do meu corpo e o forçasse a continuar dirigindo, sem olhar para trás, até eu alcançar a saída para a 405. Entro nela, o coração martelando dolorosamente com a placa de trânsito conhecida, a cabeça latejando quando me junto ao trânsito da rodovia. Estou seguindo pela 405 com um cadáver no porta-malas. Solto uma risada histérica. Soa entrecortada, ligeiramente enlouquecida. As lágrimas saltam dos meus olhos quando vejo a placa para a 10. Tão perto de casa. Da segurança. Sinto um bolo na garganta. Pela primeira vez em anos, mal posso esperar para chegar em casa e ver Ma.

6

Terceiro ano da faculdade, seis anos atrás

O cenário está montado. Por cenário, me refiro ao fato de que nossa mesa está rangendo sob o peso de todos os pratos do dim sum empilhados no meio, e servi chá para todas, e agora tudo o que preciso fazer é... contar a elas. Bota tudo para fora, Meddy. Anda logo. Desembuche!

— Hum, então...

— Temos uma grande novidade! — exclama Ma em mandarim. Seus olhos brilham como estrelas. Sério, parecem luzes de Natal. Ela bate palmas como uma criança empolgada.

— É? — Recuo no encosto, o coração martelando por quase ter despejado a notícia sobre Nathan. Calma, coração. Vou tentar de novo após a grande novidade.

Ma faz um aceno para a Grande Tia, que se empertiga de maneira majestosa. Ela limpa a garganta.

— Decidimos abrir um negócio de família.
— Hum. Tudo bem... uau. Incrível. — Minha mente flutua. Que tipo de negócio elas poderiam abrir?
— Todas nós — diz a Grande Tia e, para variar, a Segunda Tia não a contradiz. Todas estão sorrindo e me encarando.
— Tá bom...
Por que estão me olhando desse jeito? O pavor se instala no meu estômago. Ai, meu Deus, é agora que elas vão contar que usaram a casa como garantia para os empréstimos que fizeram para esse negócio misterioso. Ou talvez o negócio seja traficar cocaína. Ou pessoas. Uau, tenho uma opinião bem ruim sobre a minha família.
— Que tipo de negócio? — pergunto, sem conseguir mais conter a curiosidade.
— Casamentos! — grita a Quarta Tia, jogando a mão para cima em um floreio. A Grande Tia franze a testa para ela.
— Eu já ia contar isso — repreende a Grande Tia.
— Desculpe — diz a Quarta Tia, sem parecer arrependida.
— Casamentos? — Franzo a testa.
— Isso mesmo — responde a Grande Tia. — Vou fazer os bolos. Já faço grandes bolos de aniversário, e muito bons.
Assinto lentamente, pensando nos bolos de aniversário de múltiplas camadas da Grande Tia. É verdade que seus bolos são bons, não há como negar. Mas as outras...
— Vou me ocupar da maquiagem e do penteado da noiva — diz a Segunda Tia. — Tenho muitas freguesas fiéis no salão. Se eu sair, todas vão me seguir.
— Vou fazer os buquês e os arranjos de flores — diz Ma.
— E eu vou ser responsável pelo entretenimento — conclui a Quarta Tia. — Tenho muitos fãs na comunidade asiática, sabe. Sem dúvida eles vão querer me contratar como cantora de casamento.

Minha mãe revira os olhos e sussurra alto:

— Ela só está de penetra, na nossa aba. Mas, como faz parte da família, temos que lhe dar uma tarefa.

— Diz a funcionária de supermercado que ganha salário mínimo — murmura a Quarta Tia.

As duas se olham de cara feia até a Grande Tia estalar os dedos entre as irmãs e falar:

— E Meddy, querida Meddy.

Todos os olhares se voltam para mim. Me encolho mais na cadeira.

— Sim? — pergunto, em tom agudo.

— Você vai ser a fotógrafa.

De repente, fico sem fôlego. Acho que eu devia ter adivinhado. É óbvio que elas iam me querer como fotógrafa. Faz sentido; afinal, estou estudando fotografia. Mesmo assim.

— Hum. Me deem um minuto.

Pulo da cadeira e atravesso a multidão, ziguezagueando pelo salão até sair do restaurante. Inspiro fundo algumas vezes e tento deixar o turbilhão de pensamentos menos revolto. Estou aborrecida, mas não sei exatamente o motivo. Acho que uma parte de mim está lutando e gritando: "Não posso eu mesma escolher o que vou fazer com o meu diploma?" Porém, quando de fato paro e penso no assunto, gosto da ideia de fotografar casamentos. Acho que estou ofendida pelo fato de elas terem decidido tudo sem me consultar. O que é uma tolice, né? Eu não devia sentir raiva por elas terem tomado uma decisão acertada. E *é* uma decisão acertada; elas têm razão, cumprem bem todas essas tarefas. Os arranjos de flores de Ma são maravilhosos. O talento da Grande Tia é desperdiçado em aniversários e a Segunda Tia realmente tem uma clientela fiel no salão. Quanto à Quarta Tia, bom, ela acha que é uma celebridade, e tem uma voz decente. É um negócio que tem boas chances de prosperar.

Logo que penso nisso, lampejos de entusiasmo brotam dentro de mim. Podemos levar isso adiante. Talvez assim minha família saia da porcaria de casinha onde estamos amontoadas.

A porta do restaurante se abre e o barulho invade a rua. Ma se ilumina ao me avistar.

— *Aiya*, por que veio aqui para fora? Fui procurar você no banheiro, mas você não estava lá. — Ela me examina e franze a testa. Deve ter sentido que estou passando por Um Momento, porque muda de indonésio para inglês. — Você está bem? Por que tão triste? — O fato de ela trocar para inglês, apesar de não ser fluente, faz meu estômago se revirar de culpa. Ela já sacrificou tanta coisa por mim, e não posso nem mesmo me comunicar com ela em sua língua materna.

Forço um sorriso.

— Não estou triste. Só estou tentando digerir toda essa história de negócio da família.

— Ah, é. Muito importante. Mas se você não se interessar, está bem. Não precisamos de fotógrafa.

Eu a encaro.

— Mas, lá dentro, vocês estavam tipo "Meddy, você tem que ser a nossa fotógrafa".

— Sim, é lógico que queremos você como fotógrafa. Você é a melhor.

Dou uma risada amarga.

— Ma, não tem como a senhora saber disso. Sou uma mera iniciante. Provavelmente vou fazer um monte de besteira.

— Tudo bem, somos todas de início ainda. Vamos começar devagar. Você faz aquilo, como chama? Perseguir outro fotógrafo?

— Acompanhar.

— Ah, isso. Você acompanha um fotógrafo de casamento, aprende primeiro, depois você se forma, e começa a fazer. Mas se você não gostar dessa coisa de fotografar casamento, então não precisa entrar para o negócio da família, está tudo bem.

Pego suas mãos entre as minhas. É difícil para ela me dizer que está tudo bem, que não preciso entrar no negócio da família, porque posso ver nitidamente quanto ela está entusiasmada com a ideia de todas trabalharmos juntas.

— Vou trabalhar com vocês, Ma.
— Sério? — A felicidade que ela demonstra parte meu coração.
— Sim, é lógico. Vou pesquisar sobre fotografia de casamentos. Quero fazer isso com vocês.
— *Aduh, sayangku.* — Ma me puxa para um abraço. Não é tão apertado quanto os que a família de Nathan me dá, mas é doce à sua maneira. — Você deixa sua mãe muito feliz.

Eu a abraço também e fecho os olhos. Acho que vou lhes contar sobre Nathan em outra hora.

7

Presente

Sentada na garagem pelo que parecem horas, fico refletindo sobre como diabos minha vida saiu tanto do controle. E o que, afinal, estou fazendo aqui? Por que estou em casa, e não na delegacia? Talvez não seja tarde demais. Talvez eu ainda possa procurar a polícia e explicar tudo. Eles entenderiam, quem sabe. Porém, quando penso em ligar o carro e sair da garagem de novo, cada gota de energia do meu corpo desaparece. Desabo no volante, sem forças. Só preciso ficar aqui um pouquinho. Reunir coragem. Decidir o que vou dizer à polícia.

Ouço uma batida seca à janela. Levo um susto tão grande que dou com a cabeça no teto do carro. Agora sei o que significa "pular de medo".

— O que você está fazendo aí? Está bêbada? *Aduh*, você dirigiu bêbada? — grita Ma em indonésio, a voz abafada pela janela fechada.

Abro a porta do carro, o coração palpitando.

— Ma, a senhora me assustou!

Ela faz uma careta.

— O que foi, Meddy? O que aconteceu?

Eu não tinha intenção de lhe contar nada. É lógico que não; a última pessoa para quem quero contar é Ma. Ela não saberia o que fazer ou o que dizer ou...

— Ma, eu matei o cara. — As lágrimas brotam dos meus olhos quando me ouço dizer aquelas palavras em voz alta. Eu matei um homem. Quantas vezes mais terei que admitir isso?

— Matou? Matou o quê? *Aduh*, Meddy, quantas vezes tenho que lhe dizer para não beber demais? Olha só, você está falando coisas sem sentido.

— Eu matei o cara, Ma. Jake. O cara com quem a senhora marcou um encontro para mim! — Finalmente deixo as lágrimas escorrerem, porque mencionar o nome dele é horrível. Não há apenas um corpo no meu porta-malas, mas um corpo que antes era uma pessoa.

Ma se interrompe. Fecha a boca e me encara por uns minutos. Quando volta a falar, muda para um inglês hesitante.

— É como você e Selena gostam de dizer? Quando vocês dizem "Uau, você me matou de rir!"? É assim, não é?

— Não! — grito. — Estou dizendo que matei de verdade, Ma! — Sem saber o que fazer, tiro a chave do carro e pressiono um botão. O porta-malas se abre com um estalo que podia muito bem ser um tiro de revólver dentro da nossa pequena garagem. De repente, o barulho todo é amplificado; consigo escutar os batimentos do meu próprio coração, e a inspiração pronunciada e profunda de Ma.

— Meddy — sussurra ela —, isso é uma brincadeira, não é? Brincando comigo?

— Não, Ma, não é brincadeira.

Ma abafa uma risada, depois balança a cabeça.

— Vocês, jovens, sempre querendo fazer graça. — Ela agita um dedo para mim e caminha até a traseira do carro, ainda balançando a cabeça. — Minha filha, tão brincalhona, tão... *AIYA wo de tian ah!* — Ela recua, cambaleando, as mãos cobrindo a boca.

Eu me retraio.

— Meddy — sibila ela. — Meddy! Isso não tem graça nenhuma. — Ela olha para o porta-malas e para mim sem parar. — Essas pernas são de mentira? Como você chama... manequino?

Balanço a cabeça, novas lágrimas brotando nos meus olhos.

— Não, Ma, não é um manequim. É o Jake mesmo, juro por Deus.

Ela solta um ruído que é algo entre um uivo e um ganido, depois para um pouco e se endireita antes de examinar o porta-malas mais de perto. Choraminga de novo quando vê o restante do corpo. Fico pensando o que ela vê, de sua posição. Primeiro os sapatos (mocassins marrons, sem meias), depois as pernas, o tórax e, por fim, o moletom cobrindo o rosto dele.

— Por que você cobriu o rosto dele? — pergunta ela. — Aconteceu alguma coisa horrível com o rosto, foi? — Ela estremece. — Tem alguma coisa espetada nos olhos? *Aiya*, não conta, não quero saber. — Ela faz uma careta. — Tem caco de vidro no olho dele?

— Não, Ma. Não tem nada espetado no olho dele. Só achei que seria, sei lá, mais respeitoso.

— Ah. — Ela assente. — Sim, você tem razão, mais respeitoso. — Ela me dá um tapinha na bochecha. — Eduquei você tão bem.

Sinto a histeria emergir e tenho que engolir o sentimento. Só Ma mesmo para ficar orgulhosa da boa educação que me deu depois de lhe mostrar um homem morto no porta-malas do meu carro.

— Eu acabei de matar uma pessoa, então não sei se a senhora pode dizer que me educou bem.

— Ah, ele deve ter merecido.

Mordo o lábio para não cair no choro de novo. Estou tão agradecida de não ter que me explicar para ela.

— Tudo bem! — exclama minha mãe, se empertigando, de repente assumindo o controle. Ela não está mais com a respiração forçada. Há um brilho em seu olhar, aquele que aparece na semana anterior ao Ano-Novo Chinês, quando ela fica absolutamente frenética e limpa a casa como Marie Kondo à base de crack. — Você. Para. Dentro. Já. — Ela fecha o porta-malas e me conduz pela porta dos fundos.

No interior, me manda sentar junto à bancada da cozinha. Sigo suas instruções, exausta e abalada demais para argumentar. E, por mais que odeie admitir, fico feliz por ela tomar as rédeas, porque não sei o que diabos fazer em uma situação dessas. Assim, desabo em uma cadeira, descanso os cotovelos na bancada da cozinha e enterro o rosto nas mãos. Por favor, quero acordar e descobrir que tudo isso não passa de um pesadelo.

Uma xícara de chá fumegante aparece na minha frente.

— MTC — diz Ma. — Beba agora. Você está *yang* demais, seu interior está muito quente. Seu hálito cheira mal. — Ela sai da cozinha arrastando os pés.

Eu a observo enquanto ela se afasta. É sério? Medicina tradicional chinesa? Quem ia pensar em mau hálito num momento como esse? Mesmo assim, tomo um gole, e o chá de ervas desce como um elixir, espalhando seu calor doce por todo o meu corpo, até minhas mãos geladas. Tomo outro gole, depois outro, e em pouco tempo bebo a xícara toda e, de fato, me sinto um pouco melhor.

Minha mãe volta para a cozinha a passos largos.

— Muito bem, já liguei para a Grande Tia. Ela vai chegar em poucos minutos.

— O QUÊ? — Salto da cadeira. — Ma, ai, meu Deus, não acredito que a senhora fez isso.

Por um segundo, ela parece genuinamente confusa, mas aí seu rosto se ilumina e ela ri, fazendo um gesto de desdém.

— Ah, não se preocupe, não se preocupe, ela diz que vai chamar todo mundo, tá bom? Não vai ser apenas a Grande Tia, não se preocupe, todas as suas tias também vêm.

— O QUÊ? — grito. Jogo a cabeça para trás e fito o teto. Isso não pode estar acontecendo. — Ma, essa não é a... a gente não deveria contar isso para todo mundo!

Ma franze a testa.

— Não é todo mundo. São as suas tias.

— É todo mundo!

— Meddy — Ela estala a língua, em um gesto de desaprovação. — Elas são da família. É diferente.

— É assassinato! — grito. — Quer dizer, não assassinato exatamente, está mais para legítima defesa, mas mesmo assim... Ma, tem um homem morto no meu carro. Não é o tipo de coisa que você compartilha com todo mundo, ainda que todo mundo seja da família.

— É exatamente o tipo de coisa que você compartilha com a família — rebate Ma.

— Como assim, "é exatamente o tipo de coisa que você compartilha com a família"? Que outras coisas a senhora compartilhou com as minhas tias?

Minha mãe abana a mão com desdém.

— Venha, me ajude a cortar manga para as suas tias. Se não oferecermos alguma coisa para comer, não vai ser nada bom.

— Sério, Ma? A senhora está preocupada em manter as aparências justo agora? Acho que já passamos dessa fase, não?

Ela me lança um olhar significativo enquanto se curva para abrir a gaveta de frutas da geladeira.

— Meddy, como pode dizer uma coisa dessas? Suas tias vêm aqui, tão tarde da noite, para ajudar a sumir com um corpo, e nem oferecemos comida? Como pode? Ah, temos pitaia, ótimo, ótimo. A preferida da Grande Tia. *Wah*, tem pera também. Excelente. Me ajude a descascar, não seja grosseira com suas tias, você vai passar vergonha.

— Ah, certo, não ter frutas para oferecer é o que vai me fazer passar vergonha, não o corpo no porta-malas.

Porém, menos de um minuto depois, estou na bancada da cozinha com um descascador em uma das mãos e uma pera-asiática na outra. Minha mente continua repetindo: *Aaaah, isso é surreal. Tem um homem morto no meu carro e estou aqui descascando fruta!* Por algum motivo, continuo a descascar e picar. Suponho que deva fazer isso porque não tenho nenhuma ideia melhor.

Assim que termino de cortar a pera gigantesca, a campainha toca.

— Abra a porta — ordena minha mãe, enquanto termina de fatiar a última pitaia.

Eu ando até a porta da frente, ainda naquele estado catatônico. Nem sei o que dizer para as minhas tias. "Obrigada por virem ajudar a decidir o que fazer com esse cara que eu matei"?

No entanto, sou poupada dessa tarefa, pois, no minuto em que abro a porta, a Grande Tia dá uns tapinhas na minha bochecha e fala em indonésio:

— Minha querida Meddy, está tudo bem, não se preocupe. Vá se sentar — manda ela, e passa por mim apressada. A Segunda e a Quarta Tia a seguem, cada uma delas cacarejando:

— Não se preocupe, estamos aqui agora, pare de chorar.

— Não estou chorando...

A Segunda Tia faz um ruído de censura, como se o fato de não chorar fosse uma afronta pessoal, antes de se juntar às irmãs na cozinha. Ouço barulhos explodindo no aposento, mas nada do tipo "Ah, meu Deus, Meddy fez o quê?". Eram mais do tipo "*Wah*, pitaia! *Aduh*, não precisava ter esse trabalho!". Posso ouvir Ma puxando as cadeiras e gritando alegremente para elas se sentarem e comerem as frutas.

— Ah Guan me deu uma caixa inteira quando voltou da Indonésia. Uma caixa inteira!

Respirando fundo, eu me estabilizo e entro na cozinha.

— Meddy! — grita a Grande Tia.

Ah, meu Deus, lá vem. Agora vão começar a ficar histéricas por causa do corpo.

— Já comeu? — indaga a Grande Tia. — Venha! Venha cá e se sente. Ah, você está tão pálida. — Ela se levanta.

É como se eu virasse uma chave dentro de mim. Automaticamente aperto o passo e me aproximo, conduzindo-a de volta para a cadeira e dizendo:

— Por favor, Grande Tia, não se preocupe. Vou pegar uma cadeira. Sente-se a senhora e aproveite as frutas, tá bom? Está precisando de mais alguma coisa?

Do canto do olho, sinto a aprovação de Ma, e isso me faz querer gargalhar *e* chorar. Quer dizer, não é possível, acabei de matar um homem, e ela ainda fica preocupada se estou tratando os mais velhos com respeito.

A Grande Tia espeta uma fatia de manga e dá uma mordidinha.

— *Wah*, tão gostoso. — Dá outra mordida e suspira. — Nada se compara às mangas da Indonésia.

— Sim, as mangas da Indonésia são as mais doces — concorda Ma. — Alguém quer chá de ervas? Fiz um bule para Meddy e ainda sobrou.

— Tchi, não, obrigada, não acredito nessa coisa antiquada de MTC — diz a Quarta Tia.

Minha mãe a olha de cara feia.

— A medicina tradicional chinesa é uma medicina autêntica! — Ela despeja um de seus discursos sobre como foi comprovado que a MTC realmente funciona em termos médicos e se mostrou muito melhor do que a medicina ocidental.

Estou presa em um pesadelo. Sei disso. Talvez tenha batido a cabeça no acidente. Talvez eu tenha entrado em coma, e meu cérebro inventou esse cenário bizarro, porque não é possível que eu esteja realmente sentada aqui, na cozinha, observando minhas tias mais velhas comendo manga, e Ma e a Quarta Tia discutindo enquanto Jake jaz cada vez mais frio no porta-malas do meu carro. Justo quando estou a ponto de explodir, a Grande Tia pousa o garfo com um barulho significativo.

Todas prestam atenção.

— Então — começa ela, virando-se para mim e mudando para o inglês. Por trás das gentis rugas que conheço tão bem a ponto de poder desenhá-las dormindo, seu olhar é aguçado como o de uma águia. — Conte para a Grande Tia o que aconteceu. Desde o início.

Não hesito. Existe algo na Grande Tia, uma mistura de autoridade firme e calor maternal, a que ninguém consegue dizer não. Estou me sentindo tão culpada por elas terem vindo aqui às pressas no meio da noite — sobretudo por terem vindo me ajudar a lidar com um cadáver — que tento relatar a história em indonésio. Porém, antes de terminar uma única frase, a Segunda Tia diz que meu indonésio terrível está lhe dando dor de cabeça e que devo voltar ao inglês. Com certo alívio, eu narro o encontro com Jake, sobre como ele insistiu em dirigir meu carro até aqui, e as coisas que ele falou.

Minhas tias e minha mãe cobrem a boca, horrorizadas, e balançam a cabeça.

— Como você pôde marcar um encontro para Meddy com um desgraçado desses? — dispara a Quarta Tia para Ma.

O rosto de Ma está vermelho como a sola de um Louboutin.

— Ele era tão gentil na internet! Um perfeito cavalheiro, até ofereceu para cozinhar terong para mim... quer dizer, para Meddy.

— O que é terong? Aquela pasta de camarão fermentado? — pergunto.

— *Tchi*, não — diz minha mãe, mudando para inglês. — A pasta de camarão é terasi. Terong é berinjela.

Alguma coisa estala dentro de mim.

— Ele se ofereceu para cozinhar berinjela para mim? Muito específico e esquisito.

Ma assente furiosamente.

— É por isso que eu acho, *wah*, que esse rapaz foi feito para você. Ele até sabe qual é sua comida favorita.

— Preciso ver as mensagens do bate-papo.

Ma pega o celular do bolso, e todas as minhas tias colocam os óculos. Quando Ma vai me entregar o aparelho, a Quarta Tia o surrupia de sua mão.

— Ei! — exclama Ma.

A Quarta Tia a ignora e começa a rolar a tela. Suas sobrancelhas se erguem, quase desaparecendo na linha de seu cabelo, e ela explode em uma risada histérica.

— Por que está rindo? O que é tão engraçado? — dispara Ma.

Ainda gargalhando a ponto de perder o fôlego, a Quarta Tia empurra o celular para mim. Passo pelas mensagens e... Ai. Meu. Deus. É muito pior do que eu pensava.

Jake1010Hoteleiro: Ei

DISQUE T PARA TITIAS 81

Meddelin Chan: Olá!

Ergo o olhar para Ma, horrorizada.
— A senhora usou meu nome verdadeiro nesse site? E essa é... — Toco no pequeno ícone perto do meu nome, e a imagem aumenta para mostrar uma foto real minha.
— Não sabia que você devia usar um nome falso! Como eu ia saber disso?
— Talvez não fingindo que sou eu e criando um perfil de relacionamento falso? Quer dizer, pelo amor de Deus, olha isso, Jake não postou nenhuma foto dele! — Ma parece tão magoada que imediatamente me arrependo de criticá-la.
— Desculpa, Ma. Sei que a senhora só queria ajudar.
Ela assente muito de leve, e continuo a ler.

Jake1010Hoteleiro: Adorei sua foto

Meddelin Chan: Obrigada!! Você tão gentil!!

Cerro os dentes, fazendo esforço para não reclamar de novo. Quantos pontos de exclamação uma mulher pode usar em uma única resposta?

Jake1010Hoteleiro: Então, fotógrafa de casamento, hein? Deve ser interessante.

Meddelin Chan: Ah, é sim! Muito interessante!! O que você faz?

Jake1010Hoteleiro: Como você deve ter adivinhado pelo meu nome de perfil, sou hoteleiro. Proprietário de hotéis. Muitos hotéis, para falar a verdade.

Meddelin Chan: Wahhh! Estou impressionada!

A conversa continua nesses termos durante um tempo, Jake se vangloriando, descrevendo nos mínimos detalhes cada um de seus hotéis, e Ma respondendo do jeito mais idiota possível. Qualquer um que lesse as conversas pensaria que estou desesperada para obter a aprovação de Jake, mas eu sei que essa é a maneira de Ma demonstrar polidez. Foi assim que ela me criou, encorajando os outros a falarem de si mesmos e depois descobrindo as coisas boas nessas falas e demonstrando grande interesse. Não sei dizer se é um traço chinês ou indonésio, mas, seja o que for, funcionou com Jake. Após apenas alguns dias de conversa, ele enviou esta mensagem:

Jake1010Hoteleiro: Eu me sinto tão à vontade conversando com você, Meddy.

Meddelin Chan: Eu também!

Jake1010Hoteleiro: É muito difícil encontrar alguém com quem eu me conecte de verdade, sabe? É como se eu te conhecesse há muito tempo.

Meddelin Chan: Concordo!

Jake1010Hoteleiro: Entããão, quer se encontrar comigo?

Meddelin Chan: Quero! Tão feliz que você perguntou! Ontem meu corpo não delicioso, mas hoje está melhor.

Ai. Meu. Deus. Nããão. Em indonésio, a expressão *tidak enak badan* significa "não se sentir bem", mas sua tradução literal

é "corpo não delicioso". Atrás de mim, a Quarta Tia volta a gargalhar, enquanto as outras perguntam:
— O que foi? O que é tão engraçado?
Prossigo a leitura.

Jake1010Hoteleiro: Ah. Uau, ótimo. Puxa, garota, você tem ainda mais sede do que eu pensava. 💦

Meddelin Chan: Haha! Não, não, não é sede! Tenho muito que beber. Estou bem molhada agora.

Jake1010Hoteleiro: Uau. Nossa. Se eu soubesse, tinha te convidado para sair antes. 💦

Meddelin Chan: Wah! Como você sabe que gosto tanto de berinjela??

Jake1010Hoteleiro: Gosta mesmo? Bom, tenho uma bem grande para você.

Meddelin Chan: Ah! Mal posso esperar! AMO berinjela!!

Largo o celular com força na mesa e encaro Ma. A Quarta Tia está literalmente no chão, rindo.
— O quê? O que foi? — pergunta a Grande Tia. — Ele parece um rapaz muito simpático, oferecendo para cozinhar berinjela para você.
— Não é? — exclama minha mãe, fazendo gestos descoordenados. — Li isso e pensei, *wah*, que rapaz tão simpático, tão carinhoso com a minha filha, até perguntando se ela está com sede!
Enterro o rosto nas mãos.

— Nãããoǃ Ma, esses emojis de gotas d'água e berinjela são indiretas de conotação sexualǃ

Três pares de olhos me encaram completamente confusos enquanto a Quarta Tia urra de tanto rir.

— O quê... sexual? Con-nota-a-ação? — pergunta a Segunda Tia.

Não acredito que estou tendo essa conversa com minhas tias e minha mãe justo agora.

— Indiretas de conotação sexual. Sabe, como trocadilhos sexuais. A berinjela simboliza o... hum... o, hum, masculino. Isso é ridículo. Tenho vinte e seis anos, pelo amor de Deus, e ainda não consigo falar a palavra "pênis" na frente da minha mãe e das minhas tias porque uma parte de mim tem certeza de que elas vão me repreender. Em vez disso, uso meu dedo indicador para desenhar no ar o símbolo universal para pênis.

— Berinjela — diz a Grande Tia. — Sim, ele diz berinjela, sabemos disso.

— Não...

— Ela quer dizer PÊNISǃ — berra a Quarta Tia, e aí se dobra de rir novamente.

— O quê? — Ma engole em seco. — Não. Mas...

— Isso não soa bem. Acho que você está errada — acusa a Grande Tia, a voz estridente. Ela arrebata o celular de mim e o olha com a testa franzida. — Veja, ele diz: "Se eu soubesse, tinha te convidado para sair antes... Tenho uma bem grande para você..." Ah. — Ela deixa cair o celular na bancada como se o aparelho tivesse se metamorfoseado em uma barata.

Ma está imóvel, paralisada, o pavor estampado no rosto.

— Ma, a senhora está bem?

Lentamente, ela se vira para me encarar e depois pergunta, a voz cheia de horror e perplexidade:

— Berinjela é pênis?

— É. — Suspiro, sentindo muita vergonha da minha geração.
— Achei que ele falava, sabe, de berinjela frita. Achei... Ela parece tão miúda e perdida que não consigo deixar de sentir pena. Passo o braço pelos seus ombros e a aperto.
— Tudo bem, Ma. Eu sei.
— Sim, está tudo bem. Todo mundo tem que aprender a mandar mensagem safada em algum momento da vida — acrescenta a Quarta Tia.
Eu lhe lanço um olhar de censura.
— Safada? — repete Ma.
— Não se preocupe com isso — digo, dando um tapinha em seu ombro. — Então, hum. Ok, isso explica algumas coisas. Não que justifique o comportamento de Jake, de jeito nenhum, mas deu para entender por que ele estava tão... hum...
— Com tesão? — sugere a Quarta Tia. Ela abre um sorriso quando lhe dirijo mais um olhar de censura.
Minha mãe bruscamente leva a mão à boca de novo.
— Meddy, será que... eu provoquei a morte desse rapaz porque disse que queria comer a berinjela dele?
Abro a boca para responder, mas minhas tias me interrompem, gritando em uníssono:
— NÃO!
— E daí que você disse que queria comer a berinjela? — indaga a Segunda Tia. — Pode ser que um dia você queira comer berinjela, mas em outro você não queira mais, é normal mudar de ideia.
— Sim, ele é um rapaz muito mau, muito mau — critica a Grande Tia.
— Mas se eu não digo "*Wah*, sim, quero comer sua berinjela", aí, quem sabe, ele não fosse tão... vocês sabem...

— Meddy, quando ele falou essas coisas no carro, o que você respondeu? — pergunta a Quarta Tia.

— Eu disse que não, que não estava interessada naquilo. Tirei a mão dele do meu joelho. Fui bem explícita sobre o que eu queria e o que não queria.

— Estão vendo? — diz a Quarta Tia, triunfante. — A berinjela não importa. Era apenas um flerte. Todo mundo faz isso. Mas ele resolveu insistir depois que Meddy disse não. Não é culpa sua.

Assinto de maneira bem enfática.

— De verdade, não foi culpa sua, Ma. — Uma vozinha dentro da minha cabeça sussurra: *Bom, meio que foi, sim. Se ela não tivesse se passado por mim, para início de conversa...*

Abafo a tal voz. Não adianta culpar ninguém agora.

— Muito bem, voltando ao que aconteceu — diz a Grande Tia. — Quer dizer que o desengraçado tentou tocar em você...

— Desgraçado — corrige a Quarta Tia.

A Grande Tia gesticula, ignorando o comentário.

— O desgraçado tenta tocar em você...

— É, e aí eu meio que surtei, entrei em pânico, e ahn... Talvez eu tenha usado um taser nele um pouquinho.

Quatro pares de olhos me encaram horrorizados.

— Meddy — sussurra a Segunda Tia. — Você tem um taser?

Não consigo deixar de me retrair quando confirmo. Lá vem. Elas vão começar a...

— Podemos dar uma olhada? — pergunta a Segunda Tia.

Quê?

— *Wah*, imagino qual é o modelo do seu — comenta a Grande Tia. — É igual ao meu? — Ela pega a bolsa na bancada da cozinha e vasculha lá dentro, olhando por cima dos óculos de leitura.

A Quarta Tia suspira.

— Elas estão divagando de novo. Ei! — Ela bate palmas, como se as outras fossem cachorrinhos barulhentos. — Foco! Já é muito tarde e temos que acordar cedo.

A Grande Tia se empertiga, pigarreando.

— Ah, desculpe. Me mostra taser mais tarde. Muito bem, você usa taser nele. Acerta onde? Pescoço? Bochecha?

Eu olho para ela, perplexa.

— Hum, no pescoço.

Todas assentem.

— Sempre mire o pescoço — diz Ma. — Ouvi falar que pescoço é melhor lugar para acertar taser. Muito sensível. Muito bem, Meddy. — Ela demonstra sua aprovação me dando um tapinha na bochecha.

Levo um segundo para organizar meus pensamentos no meio dessa bizarrice.

— E aí, bem, ele bateu com o carro e, quando recuperei os sentidos, ele estava... err. Bom, já sabemos o resultado.

— Já estava morto — completa Ma, impassível.

Nenhuma das minhas tias parece demonstrar surpresa diante disso, o que significa que minha mãe deve ter contado ao telefone antes de elas chegarem ou talvez signifique que MINHA FAMÍLIA É PSICOPATA. Prefiro a primeira hipótese.

— Então como? — indaga a Segunda Tia.

Essa é a questão. Ficamos imóveis por um instante, caladas, cada uma concentrada nos próprios pensamentos. Para constar, meus pensamentos ainda estão empacados em POR QUE ELAS ESTÃO TÃO CALMAS?, O QUE ESTÁ ACONTECENDO? e AI, MEU DEUS, EU MATEI UM HOMEM.

A Grande Tia tira os óculos de leitura com um suspiro.

— Certo. Onde está Jake agora?

— No porta-malas do meu carro — respondo, estremecendo novamente, porque aquilo parece loucura.

Ela assente.

— Ninguém te viu, certo?

— Acho que não. Não tinha ninguém por perto. Era uma rua deserta, acho que ele escolheu ir até aquela rua porque, ahn, sabe, ele queria... vocês sabem.

Tanto minhas tias quanto minha mãe murmuram xingamentos em vários idiomas: uma porção de palavras que começam com "F" lançadas em mandarim, cantonês, hokkien e indonésio.

— Vou lhe dizer uma coisa, ah — sibila Ma —, ainda bem que ele já está morto, porque senão eu matava esse desgraçado.

Até a Quarta Tia assente, concordando solenemente com Ma. Ouvir isso faz meus olhos lacrimejarem mais uma vez. O fato de nenhuma delas questionar se fiz a coisa certa ao me defender é tão reconfortante quanto um abraço apertado, e só quero me dissolver em seus braços, chorar e deixá-las tomarem conta de tudo.

— Muito bem, então vamos nos livrar do corpo — diz a Grande Tia, com sua autoridade costumeira.

— Calma aí — rebate a Quarta Tia —, por que devemos fazer isso? Por que não procuramos a polícia? Quer dizer, parece um caso de legítima defesa.

Minha mãe a repreende:

— Sim, sabemos que foi legítima defesa, mas polícia não sabe. Se eles veem que tem um homem morto no porta-malas, vão dizer sem dúvida: "Ah, meu Deus, você matou esse homem!"

A Quarta Tia a olha de cara feia, abre a boca para falar alguma coisa, mas se vira na minha direção e pergunta:

— Por que você colocou o corpo no porta-malas?

Apesar de ser a mais nova do grupo, a Quarta Tia é incrível. Todas as mulheres na família são incríveis. Exceto por mim, acho. Estremeço sob o seu olhar e minha voz sai fraca.

— Hum. Entrei em pânico. Eu não queria ficar nem mais um segundo esperando alguém passar por ali, meu celular estava descarregado e eu não queria dirigir com ele do meu lado. Parando para pensar, acho que tomei a pior decisão.

— Não, a pior decisão era deixar o corpo lá, na beira da estrada — retruca a Segunda Tia.

— Ahhh, sim, essa é ainda pior — concorda Ma, assentindo com gratidão antes de fulminar a Quarta Tia com outro olhar. A Quarta Tia a ignora.

— Sem dúvida, se formos à polícia e explicarmos tudo, eles vão ver que Meddy não é uma assassina. Olhe só para ela! De repente sou o foco de quatro pares de olhos perspicazes mais uma vez. Faço um esforço enorme para não me retrair. A Grande Tia troca um olhar com Ma. Embora a pergunta não seja proferida, sei que ela está perguntando: "A filha é sua, o que você quer fazer?"

Ma se endireita.

— Não vamos procurar a polícia. Não, não confio neles. Não sabemos o que eles vão dizer. Eles podem alegar que ela adulou o corpo...

— Adulterou as provas, você quer dizer — corrige a Quarta Tia.

Ma lhe lança um olhar cheio do mais puro veneno.

— Podem dizer que ela bloqueou a justiça...

— Obstruiu a justiça — corrige a Quarta Tia.

— Está muito evidente o que eu quero dizer! — dispara minha mãe. — Sim, nós sabemos que o seu inglês é muito bom, não precisa se exibir, ok?

A Quarta Tia ergue os braços.

— Só estou tentando ajudar!

A Grande Tia capta o olhar dela e faz um pequeno meneio com a cabeça, e imediatamente a Quarta Tia murcha, exalando um suspiro zangado.

— Façam o que vocês quiserem — resmunga.

É como se houvesse um incêndio debaixo da minha pele. Minhas bochechas estão ardendo. Minha mãe e minha tia estão brigando por minha causa. Quer dizer, beleza, Ma nunca se deu muito bem com a Quarta Tia, e elas discutem em qualquer oportunidade, mas ainda assim é horrível ser o motivo dessa discussão.

A Grande Tia concorda com um gesto.

— Certo, nada de polícia. Venham, vamos ver corpo.

8

Último ano da faculdade, quatro anos atrás

— ... e eles dizem que querem doze torres de lírios! — Ma praticamente grita do outro lado do telefone.

— Uau, isso é incrível, Ma — digo, baixando o volume do meu celular para o mínimo. Não consigo ver o rosto dela. Como sempre, ela aponta a câmera muito para cima, de forma que só mostra sua testa e sua franja com permanente.

— Sim, tudo vai tão bem, Meddy. Quando você terminar a faculdade e vier para casa, vai ficar ainda melhor, principalmente quando tivermos fotos de tudo o que fazemos.

Nem preciso forçar um sorriso. O negócio da família tem obtido um sucesso surpreendente mesmo sem mim. Preciso admitir que minha mãe e minhas tias superaram minhas expectativas, ainda que eu tivesse dúvida sobre a ideia no início. Eu as ajudo aqui e ali sempre que estou em casa, tirando a maior quantidade possível de fotos dos arranjos da minha mãe e dos bolos da Grande Tia. Até criei um site para elas. Não está ruim, mas mal posso esperar para poder passar um bom tempo aperfeiçoando tudo e deixando o site bonito e impactante. Por mais esquisito que seja, estou torcendo de verdade para me formar logo e entrar de cabeça no negócio. Quem imaginaria isso?

Alguém bate à porta. Um segundo depois, vejo a cabeça de Nathan. Rapidamente me despeço minha mãe e desligo. Ainda não contei a ela sobre Nathan. Estamos muito perto da formatura. Depois disso, com certeza vou contar sobre Nathan para minha família, porque ele vai aparecer lá em casa o tempo todo. Se elas derem atenção a ele toda hora, vou perdê-lo para elas. Então, até lá, decido ser egoísta de novo. Mantê-lo só para mim, apenas por enquanto. Há tempo de sobra para servi-lo aos tubarões. Pelo menos, com a formatura chegando, Nathan parou de perguntar quando vou apresentá-lo à minha família. Ele sabe que não vai demorar agora, por isso pode se dar ao luxo de ser paciente.

— Tenho novidades — anuncia Nathan, as covinhas visíveis ao extremo quando ele entra no quarto.

— É? — Três anos juntos e ainda fico sem ar quando o vejo. Talvez eu tenha asma. Eu não devia mais ficar sem fôlego por causa de um namorado de tanto tempo. Mas, sério, aquelas covinhas. Deviam ser proibidas.

— Nada de cara de tesão — repreende ele com um largo sorriso. — Pelo menos não ainda. — Ele pega minhas mãos. — Então, lá vai. Sabe o estágio que fiz na JLL no verão passado?

— Eles te ofereceram um emprego? Que notícia maravilhosa! Eu sabia que iam fazer isso.

— Ofereceram.

DISQUE T PARA TITIAS   93

Dou um gritinho e pulo nos braços dele, e ele me levanta do chão, rindo.

— Espere, ainda não contei tudo.

Estou cobrindo seu rosto de beijos, por isso não escuto o que ele fala em seguida. Ou melhor, escuto, mas meu cérebro não registra a informação. Paro no meio de um beijo.

— Como é que é?

— A vaga é em Nova York. É onde fica a sede da empresa.

— Eu... ah. Pode me colocar no chão?

Com delicadeza, ele obedece. Assim que meus pés tocam o piso, começo a andar de um lado para outro no pequeno quarto. Na minha cabeça, os pensamentos sobre a novidade de Nathan estão a mil. O que significa? Significa, idiota, que ele vai se mudar para Nova York. Espera, é isso o que significa? Ele não disse que aceitou. Mas como pode não aceitar? É a maior empresa de consultoria de negócios do país, senão do mundo. E é em Nova York! Mas e quanto ao sonho dele de ficar aqui na Califórnia e abrir um hotel? *E daí? Obviamente era apenas isso: um sonho.*

— Você está bem? — pergunta Nathan, esfregando as mãos nos meus braços. — Eu ainda não acabei.

— Ah, é? — Viro a cabeça para cima como a de um suricato. Talvez ele me conte que conseguiu uma oferta ainda melhor, de uma firma de consultoria ainda maior da qual nunca ouvi falar. O que seria totalmente plausível.

Os olhos de Nathan ficam mais suaves, e ele toma minhas mãos de novo.

— Eu adoraria que você fosse comigo, Meddy.

Minha boca se abre, mas nenhum som sai. Minha mente, ou o que sobrou dela, entrou em curto-circuito.

— Meddy? Humm. Estraguei você? — Ele abana a mão bem na frente do meu rosto. — Ei.

— Desculpa. O quê? Ir com você? Para Nova York?

— Isso. — Ele ri. — Venha comigo. Vamos explorar a cidade. Podemos morar juntos, acordar um ao lado do outro todas as manhãs. Vou preparar café com leite e comprar bagels para você todo dia. É uma cidade incrível para fotógrafos. Você poderia mostrar seu trabalho em galerias, Meddy, tenho certeza. Você é brilhante.

Meus joelhos fraquejam. Meu Deus, desejo tanto essas coisas. Quero ficar com Nathan em um conjugado em Nova York com paredes de tijolo aparente, pisos de madeira e aquecedores antiquados.

Mas há um porém.

Nova York. Fica tão longe que poderia ser até outro país. O que seria de Ma sem mim? Eu faria a mesma coisa que meus primos homens, que saíram de casa assim que possível. Não, eu seria até pior, porque dei falsas esperanças a Ma e às minhas tias, as fiz acreditar que ficaria, mas no fim iria despedaçar seus corações. Ma ficaria arrasada. A Grande Tia balançaria a cabeça, decepcionada, e diria: "*Wah*, acabou que ter uma filha não é uma bênção. Mesma coisa que filho, nos abandona." E a Segunda Tia e a Quarta Tia me lançariam olhares de censura enquanto confortam Ma.

Não, eu sou melhor que meus primos. Melhor que meus tios e, sem dúvida alguma, melhor que meu pai. Não vou abandonar minha família. Nem por amor nem por nada.

— Eu... — Faço uma pausa. Não posso simplesmente dizer a Nathan que não vou com ele para Nova York. E se ele decidir ficar na Califórnia por minha causa? Não posso fazer isso com ele. Não vou fazer isso. Não vou deixá-lo desistir dos sonhos dele por mim, não quando não estou preparada para desistir dos meus sonhos por ele. E não vamos nos esquecer da maldição. Eu sempre soube que nosso relacionamento estava condenado, que chegaria uma hora em que Nathan me deixaria. Devo tomar as rédeas da situação e garantir que tudo corra bem para Nathan. Como deve ser. É uma oportunidade boa demais para ele. Isso tudo me dá vontade de vomitar, mas não há dúvidas do que precisa acontecer.

Este, então, será meu presente para Nathan.

Dou as costas para ele. Não conseguiria fazer isso olhando para seu rosto lindo que eu amo tanto. Forço uma risada.

— Bom, isso é ótimo. Eu, hum, não sabia bem como lhe dizer isso, mas, hum... acho que é melhor nós, hum, terminarmos. É isso.

— O quê?

Meu olhar dispara para ele, só o tempo suficiente para registrar o completo choque estampado em seu rosto.

— Sim, estamos juntos durante quase toda a nossa vida adulta. Eu meio que quero saber o que mais existe no mundo. Você também não quer?

Nathan parece a ponto de dar um soco na parede.

— Não, não quero. Que loucura é essa, Meddy?

Meu peito aperta como se fosse um punho se fechando, ameaçando esmagar meu coração, meus pulmões. Sinto dificuldade para respirar.

— Desculpe. Eu pretendia conversar sobre isso depois da formatura, mas agora parece uma boa hora. Agora que você vai para Nova York e vou ficar aqui em Los Angeles... vai ser o melhor, sabe?

Seu rosto é o retrato da dor e da traição.

— Não, não sei. O que... Há quanto tempo você está sentindo isso?

Faço um esforço enorme para não desabar. Engulo o nó que sinto na garganta. Não chore. Não chore, porra.

— Hum, um tempinho.

— Um tempinho? — Ele olha para mim perplexo por um instante e depois solta uma risada infeliz. — Meu Deus. — Balança a cabeça e passa a mão no cabelo. Inspira longamente, estremecendo. — Eu ia... — Ele balança a cabeça de novo. — Não importa. Eu... eu vou embora. Eu, bem, volto mais tarde para pegar minhas coisas.

Consigo emitir um fraco "Tudo bem" e permaneço imóvel enquanto ele sai do quarto. Deus do céu, o que acabei de fazer? Sinto como se tudo dentro de mim tivesse sido arrancado, deixando apenas a casca vazia de uma pessoa. Não consigo olhar. Não posso ficar aqui vendo o homem que amo sair da minha vida. Mas faço isso mesmo assim. Quando as lágrimas finalmente caem, eu me obrigo a encarar, porque sei que vai ser a última vez que vou ver Nathan e não quero perder um único segundo dele, mesmo quando está indo embora.

9

Presente

A Quarta Tia se anima um pouco quando saímos da cozinha.
— Nunca vi um homem morto — revela.
— Você é muito nova — comenta a Grande Tia. — Espere até chegar aos cinquenta, aí os pais de todos os seus amigos morrem aqui, morrem ali, e aí você vê gente morta o tempo todo.
— Bem, obviamente já fui a enterros. Já vi corpos em caixões. Isso aqui é diferente. Quero dizer que nunca vi um homem morto que não estivesse, sabe, em um funeral.
A alguns passos da garagem, a Segunda Tia de repente engole em seco e diz:
— Esperem! Não podemos ir lá!
Todas nós levamos um susto e, no silêncio que se impõe, juro que posso ouvir nosso coração batendo em um ritmo alucinado.

— O que foi? — pergunta Ma.
O rosto da Segunda Tia mostra sua aflição.
— Não podemos ver o corpo! Não podemos nos aproximar!
— Por que não? — questiona a Quarta Tia, obviamente irritada. Ansiosa, dá uma espiada em direção à garagem.
— Amanhã é o fim de semana do grande casamento. Muito azar se ficamos perto de cadáver agora e depois levamos o azar para o casamento. Como podemos fazer isso? Vamos amaldiçoar noivos e famílias deles!
— Não venha com essa besteira de superstição de novo — resmunga a Quarta Tia.

Não costumo concordar com a Quarta Tia, mas quase acompanho seu resmungo em voz alta, porque, assim que a Segunda Tia faz seu comentário, tanto Ma quanto a Grande Tia efetivamente param e avaliam o que ela disse. Meu pulso está tão acelerado que sinto como se fosse desmaiar. Não acredito que posso acabar indo para a cadeia por causa de uma superstição.

— Mas a crença não é que você não deve comparecer a um casamento depois de ir a um enterro? — observo.

Minhas tias erguem as sobrancelhas.

— Quer dizer, isso não é um enterro, tecnicamente. Não estamos fazendo nenhum ritual ou coisa parecida.

Com os olhos brilhando, Ma estala os dedos e aponta para mim.

— Meddy está certa. Só não enterramos corpo agora. Talvez colocá-lo no freezer? Aí na segunda-feira, depois do casamento, podemos enterrar corpo.

A Quarta Tia empalidece.

— Ei, espere um pouco, eu não queria dizer...

A Grande Tia concorda.

— Está certo, parece bom.

A Segunda Tia morde o lábio, hesitante, e a Grande Tia olha para ela de cara feia.

— E de qualquer modo — diz a Grande Tia —, já que dono do hotel está morto, casamento provavelmente é cancelado amanhã, quando ele não aparece. Então voltamos cedo e aí enterramos corpo.

Com isso, elas retomam o caminho da garagem, a Quarta Tia na liderança, a Segunda Tia sendo arrastada pela minha mãe, e eu por último.

— Ah, deixe a luz acesa — pede a Grande Tia, atravessando a porta dos fundos para entrar na garagem.

— Sim, morto não pode ficar no escuro — explica Ma.

— Isso, bem pensado — concorda a Grande Tia.

— Mais uma superstição besta — murmura a Quarta Tia.

— Espere até ver o que Meddy fez com o corpo. Ela mostrou muito respeito — elogia Ma, orgulhosa.

Não acredito que ela está aproveitando esse momento para se vangloriar da minha atitude respeitosa. É o cúmulo da parentalidade asiática.

Todas nós nos juntamos ao redor do porta-malas do carro.

Fico sem fôlego, meu peito dói de tão apertado, sem espaço suficiente para os pulmões se expandirem e absorverem o ar. Acho que vou desmaiar. Como se sentisse que eu estava em vias de ter uma crise de pânico, Ma dá um tapinha no meu braço antes de abrir o porta-malas.

E lá está ele, exatamente como o deixei, deitado com suas pernas compridas dobradas, os joelhos na altura da cintura, o moletom cobrindo o rosto. Ouço uma mistura de ruídos vindos das minhas tias: a Grande Tia estala a língua e murmura "É isso que acontece quando pais não educam filho direito"; a Quarta Tia o encara, boquiaberta, com o que só posso descrever como um júbilo horrorizado; e a Segunda Tia está...

— O que a senhora está fazendo, Segunda Tia?
Ela mal olha para mim enquanto se agacha, esticando-se.
— Serpente que rasteja — murmura.
— O quê?
— Ela fazendo tai chi — explica Ma. — Médico mandou para pressão alta.
— Hum. Tudo bem. — Imagino que cada um tem sua estratégia para lidar com a tensão.
A Quarta Tia estende o braço para pegar o moletom, e Ma dá um tapa na mão dela.
— Ai! O que foi?
— O que você acha que vai fazer? — indaga Ma.
— Não é óbvio? Quero ver o rosto dele!
— *Aiya!* Você tão desrespeitosa. A pessoa já morta, quer ver rosto para quê?
— Ela tem razão, Mimi — intervém a Grande Tia, delicadamente. — Vamos tentar não perturbar muito o morto.

Tenho que desviar o olhar do corpo. A visão traz de volta o trauma do acidente, e não consigo deixar de vislumbrar cenas de Jake, uma atrás da outra. Jake sorrindo, sua mão no meu joelho. Agora suas mãos estão caídas inertes junto aos quadris.

— E agora? — pergunta a Segunda Tia, fazendo os exercícios de tai chi chuan bem mais rápido do que costumam ser. — Esse rapaz tão alto. Como vamos nos livrar dele? — Ela estremece antes de assumir uma pose diferente, com os braços esticados. — Quem sabe podemos cortar em pedaços, cozinhar com curry e depois descartar?

— Precisa de muito curry — observa a Quarta Tia.

Meu estômago se revira. Calma. Elas não estão falando sério. Não estão, não. Estão apenas agindo da maneira habitual. Da maneira habitual, em modo *assassinato*. O que está acontecendo agora?! Talvez uma das novelas chinesas a que elas sempre assistem

seja um *thriller*. Ou talvez seja uma coisa de mãe: depois que você tem um filho, perde toda a capacidade de se chocar de verdade com qualquer coisa. Quer dizer, isso não é normal, certo? Certo?
— Nada de curry — repreende a Grande Tia.
A Segunda Tia a olha de cara feia e questiona:
— Tem ideia melhor, é?
A Grande Tia solta um suspiro.
— Estou pensando.
— Humm — falo, a voz esganiçada, e todas me fitam. Despejo tudo de uma vez antes de perder o pouco de coragem que ainda me resta. — Quem sabe pudéssemos levar o corpo para o deserto e enterrá-lo?
Elas refletem sobre a sugestão. Já fizemos viagens em família para Vegas algumas vezes; todas conhecem bem o caminho, a aridez vazia entre Califórnia e Nevada, onde as pessoas atravessam, mas nunca param.
— Boa ideia — diz Ma, sorrindo e se sentindo visivelmente orgulhosa.
— Sim, muito boa — concorda a Segunda Tia.
— Melhor do que a sua ideia do curry — critica a Grande Tia. — Muito bem, fazemos isso quando voltarmos do casamento. Definitivamente sem tempo para fazer hoje, precisamos estar no cais amanhã lá pelas oito e meia.
Ai, meu Deus. No meio de tanto pânico e confusão, ainda precisamos trabalhar em um casamento amanhã. Não me esqueci disso, mas me esqueci dos detalhes: o fato de que o evento é em Santa Lucia e temos que nos encontrar amanhã de manhã no cais para apanhar um dos barcos particulares que vai nos levar até a ilha. A perspectiva de fazer isso tudo me deixa exausta. Dirigir até o deserto, cavar um buraco, preenchê-lo e voltar está fora de cogitação para hoje à noite. No momento, mal consigo ficar de pé.

— Não podemos deixar o corpo no porta-malas durante o fim de semana inteiro — argumenta Ma. — Mais tarde vai cheirar mal na minha casa, e aí vai ser muito difícil tirar cheiro.

A Grande Tia concorda de novo.

— Temos que colocar na geladeira.

Deus nos acuda, estamos literalmente falando de congelar o cara.

— Minha geladeira não é grande — diz Ma.

— Só você tem geladeira grande o suficiente — retruca a Segunda Tia se referindo à Grande Tia.

O único sinal que trai a contrariedade da Grande Tia ao se dar conta de que teria que usar a geladeira dela é um tremelique de desagrado, mas depois ela concorda.

— Está bem. Aliás, eu me sinto melhor com corpo na minha geladeira do que na geladeira de outra pessoa. Quem sabe, talvez outra pessoa não seja tão responsável. — Ela olha para a Segunda Tia de soslaio. As narinas da Segunda Tia inflam e sua boca se abre para falar, mas a Grande Tia acrescenta: — Vamos agora.

— Hum, será que podemos levar o corpo para o seu porta-malas? — digo. — Meu carro nitidamente sofreu um acidente e não quero que um guarda nos pare no caminho.

— Está bem. Meu carro na sua entrada. Venha, vamos levar corpo.

Todas nos juntamos em torno do corpo de Jake.

— Não podemos carregar o corpo de qualquer jeito — digo. — E se alguém encontrar a gente?

— Sim, vamos cobrir com alguma coisa — sugere a Segunda Tia. — Nat, você tem sacola grande? Sabe, quando Hendra vai esquiar, ele leva esqui numa sacola bem grande. Sempre penso, *wah*, eu caibo dentro da sacola.

— Por que você pensa isso? Que maneira infeliz de pensar — repreende a Grande Tia.

— Antes que a Segunda Tia possa retrucar com outro comentário sarcástico, Ma interrompe:

— Não, Meddy não esquia. Talvez saco de lixo? Será que dá? Observamos o cadáver.

— Acho que ele é muito alto para caber num saco de lixo, Ma — respondo.

— Primeiro íamos ter que cortar o homem em pedaços — diz a Quarta Tia, os olhos brilhando com o que só posso descrever como um júbilo horrorizado. Será que ela sempre teve essas tendências homicidas? Será que elas sempre foram tão indiferentes com a perspectiva de retalhar um corpo?

— Que ideia boba — zomba Ma. — Vai fazer muita bagunça, e sacos de lixo sempre vazam. Você vai fazer bagunça enorme na minha garagem.

— Isso porque você sempre compra os mais baratos — rebate a Quarta Tia. — Eu já te disse para comprar da marca Glad. Não viu os anúncios deles? Os sacos Glad vão armazenar os pedaços do corpo dele direito, sem vazar!

Inclino a cabeça e olho para o teto. Tenho certeza de que, quando o pessoal da Glad planejou a campanha de marketing, ninguém pensou que seu público-alvo fosse um bando de mulheres chinesas de meia-idade discutindo sobre como se livrar de um cadáver.

— E um cobertor? — sugiro. — Só precisamos cobrir o corpo enquanto levamos para o carro da Grande Tia. É só deixar o corpo parecer menos... um morto.

— Boa ideia — diz a Grande Tia.

Ma cora de orgulho. Essa mulher realmente precisa rever suas prioridades. Corro para dentro de casa, pego dois cobertores velhos da nossa despensa e disparo de volta para a garagem, onde elas continuam a discussão, substituindo a questão do saco de lixo por alguma outra coisa.

— Aqui está! — digo em voz alta.

Entrego um cobertor para a Grande Tia e sacudo o outro. Nós nos aproximamos do corpo, cobertores erguidos, e nos detemos.

— Vamos logo! — resmunga a Quarta Tia.

Com os dentes cerrados, ponho meu cobertor na metade superior do corpo.

— Enfie as laterais por baixo dele — instrui a Quarta Tia.

— Enrole como se fosse um burrito.

— Ai, meu Deus — choramingo, mas faço o que ela manda, enfiando as pontas do cobertor embaixo do corpo, me retraindo ao perceber como ele está quente. — Ele ainda está quente — sibilo, o rosto contorcido de nojo. Hesito. — Nós não devíamos... ahn. Acho que temos que verificar o pulso dele.

— Não, não, traz muito azar tocar cadáver — diz Ma, balançando a cabeça com firmeza.

Eu a encaro.

— Do que a senhora está falando? Eu acabei de tocar nele. Posso também lembrar que há cinco minutos vocês estavam falando de cortar o corpo em pedacinhos? E aí não precisariam tocar nele?

— É diferente — diz Ma. Todas concordam, com exceção da Quarta Tia.

— Como assim, é diferente? — grito.

— Tocar cadáver para cortar em pedacinhos e se livrar dele, tudo bem. Mas tocar cadáver para tentar ver se ainda tem vida, ahhh, muito azar mesmo.

— O QUÊ? — Juro que minha cabeça está explodindo.

— Como assim, cortar um cadáver é melhor do que um leve toque para ter certeza de que está morto mesmo?

— *Aiya*, se você não entende, não adianta tentar explicar — comenta a Segunda Tia. — Quando alguém não entende, aí é exatamente a hora de explicar. — Balanço a cabeça. — Por que estou perdendo um tempo precioso discutindo com elas? Antes de perder a coragem, agarro o pulso de Jake, toda retraída, e tento sentir sua pulsação. Argh, meu Deus, isso é nojento demais. Tento um pouco, pressionando aqui e ali, mas minha mão treme tanto e minha palma está suada e...

— *Sudah!* — dispara Ma, puxando minha mão com força. Ainda a segurando, ela estica o braço e bate na porta, dizendo: — *Aduh*, bate na madeira, por que minha filha insiste em trazer azar para nós? Bate na madeira *deh*.

— *Aiya*, vem cá, deixa comigo. Ele está obviamente morto. — A Quarta Tia me afasta e resmunga enquanto levanta a parte superior de Jake. — Nossa, ele está quente *mesmo*. Interessante! Eu tinha pensado que ele já ia estar todo rígido. Deve ser porque a noite está muito quente. Meddy, puxe o cobertor por baixo dele. Isso, certo, ótimo. Bem embalado. Vamos fazer a mesma coisa com as pernas.

Todas nós a encaramos, aturdidas. A Quarta Tia é uma cantora de pouca fama, uma diva total com cabelo comprido e roupas apertadas e cheias de lantejoulas. Embalar cadáveres com eficiência não é uma qualidade que eu imaginaria para ela. Porém, seu tom de voz é tão autoritário que até a Grande Tia obedece sem questionar. Levantamos as pernas de Jake enquanto a Quarta Tia termina de as enrolar com o segundo cobertor. Quando acabamos, todas recuamos visivelmente trêmulas.

— Muito bem, para o carro de Da Jie! — ordena a Quarta Tia.

Contenho Ma antes que ela abra a porta da garagem, dizendo-lhe que primeiro vou apagar as luzes.

— Ah, sim, bem pensado — diz ela, visivelmente perturbada pela situação toda. Fico de coração apertado ao ver seu rosto marcado. Sou a culpada disso. Deixei-a preocupada. O mínimo que posso fazer é consertar tudo, tentar me manter no controle.

Assim que as luzes se apagam, abrimos a porta da garagem, nos retraindo com o zumbido. Devíamos ter carregado o corpo para dentro da casa e saído pela porta da frente. Meu Deus, espero que o zumbido alto e louco da porta da garagem não acorde nenhum vizinho.

— Vamos — sussurro. Eu me preparo e, antes de perder a coragem, agarro a parte superior do corpo de Jake. Pelo que me lembro, ele não era tão pesado quanto agora. Como diabos consegui carregá-lo do assento do motorista até o porta-malas? Adrenalina. Certo. Meu sangue podia muito bem ser praticamente um Red Bull na hora. Eu poderia ter carregado uma rocha, se tivesse precisado. Agora, porém, horas após o acidente, estou exausta; os braços, fracos; as pernas, rígidas e lentas. Tento levantar o tórax de Jake alguns centímetros, mas meus músculos estão tremendo muito.

— Não consigo fazer isso sozinha — digo arfando. Estou a ponto de deixá-lo cair quando Ma agarra a cabeça dele.

— Er Jie, você pega quadris — vocifera ela. — Da Jie, você pega pernas.

A Grande Tia corre para pegar as pernas de Jake, como minha mãe mandou, mas a Segunda Tia está paralisada, os olhos arregalados.

— Não consigo... Eu não... — A Grande Tia bufa, e a Segunda Tia a olha de cara feia. — O quê? Não quero tocar em um cadáver, estou errada?

— Sua família precisa de ajuda e você nem quer socorrer — reprova a Grande Tia. — Me diz você: está errado ou não?

— Tudo bem, eu pego os quadris — diz a Quarta Tia, se adiantando. Ela faz um gesto para a Segunda Tia se afastar.

— Você abre o porta-malas de Da Jie. — Ela ergue os quadris de Jake, e juntas o tiramos do porta-malas.

É difícil descrever a caminhada até o carro da Grande Tia, que, como prometido, está esperando por nós a apenas alguns metros de distância. Jake está pesado, quente e inerte, e, mesmo sob as camadas dos cobertores, estou totalmente consciente que estamos carregando um homem morto. Nós nos deslocamos o mais rápido possível, mas temos que nos ajustar ao ritmo umas das outras, o que nos faz perder a velocidade. A qualquer momento, o Sr. Kim, nosso vizinho, vai acordar, buscar um copo d'água na cozinha, olhar pela janela e nos ver. Ou talvez, no outro lado da rua, o chihuahua de Mabel vai acordar e pedir para sair.

De alguma forma, conseguimos chegar até o porta-malas da Grande Tia sem nenhum vizinho gritar "Ei, o que estão fazendo?". Com uma sincronia não combinada, baixamos o cadáver lentamente em vez de deixá-lo cair sem cerimônia. Imagino que, afinal de contas, todas nós temos um coração, apesar de termos acabado de mudar um homem morto de lugar.

10

Presente

O trajeto até a confeitaria da Grande Tia, que fica a apenas dez minutos a pé, é tenso e interminável. Ma, a Quarta Tia e eu estamos apertadas no banco traseiro, e ninguém fala uma palavra. A confeitaria da Grande Tia fica no Vale, a alguns quarteirões de distância do enorme supermercado Rancho 99, entre um salão de beleza, que convenientemente pertence à Segunda Tia, e uma floricultura, que convenientemente pertence a Ma. Ela estaciona nos fundos da loja, e pulamos para fora do carro. Respiro fundo, grata por me livrar do silêncio pesado e sufocante do carro.

A essa hora da noite, não há carros circulando, ninguém à vista. É como se o mundo inteiro estivesse dormindo e esse momento pertencesse a nós, esse momento lúgubre e horrível que estará marcado para sempre na memória como a pior noite da minha vida. Sou muito grata que minha família esteja comigo. É algo estranho para se pensar enquanto puxamos Jake do porta-malas do carro da Grande Tia e o carregamos, com extrema dificuldade, pelo estacionamento até a porta dos fundos da confeitaria.

Depois que entramos, a Grande Tia tranca a porta e acende a luz. Uma luz branca brilhante inunda a cozinha, nos cegando.

— *Aiya!* Apague a luz! Alguém vai nos ver! — grita Ma.

— Ninguém vai ver, não tenho janelas aqui — explica a Grande Tia. — Deixe o corpo ali. Não, ali não, perto demais da minha farinha. Sim, aí, ótimo. Cuidado para ele não tocar nada. — Com isso, ela corre até a imensa geladeira de tamanho industrial. Segura o puxador e abre a porta pesada com algum esforço. Nós nos juntamos atrás dela e...

— *Wah* — exclama Ma. — Muito bonito.

Só posso assentir, sem palavras diante da imensa peça de arte que surge em toda a sua glória refrigerada diante de mim. É esplêndida: oito camadas de um bolo impecavelmente redondo coberto de buttercream perfeito, cada camada com cobertura marmorizada em matizes diferentes de cinza e rosa-chá. Está enfeitado com uma cascata de flores delicadamente entrelaçadas, peônias, hortênsias e rosas, as pétalas finas como lenços de papel, confeccionadas com pasta americana por mãos carinhosas. É incrível. Já vi os bolos de casamento da Grande Tia uma porção de vezes, é lógico, mas ela se superou. Sempre fez bem seu trabalho, mas isso não é apenas um bolo, é uma verdadeira obra de arte.

— É impressionante, Grande Tia — sussurro. — Perfeito.

— O mais bonito que você já fez — diz a Quarta Tia.

A Grande Tia é tradicional demais para demonstrar prazer ao receber elogios. Ela faz um gesto, desdenhando dos comentários, e murmura:

— *Ah masa?* Não é nada.

Porém, há uma curvinha nos cantos de seus lábios que torna óbvio que ela está se esforçando para não exibir um enorme sorriso.

— Não está ruim — resmunga a Segunda Tia, e a curva desaparece da boca da Grande Tia.

Sua expressão se endurece.

— Bom, não tem espaço na geladeira para corpo. E agora?

— Tire bolo, ora — diz a Segunda Tia. — Coberto de pasta americana, pode durar para sempre fora de geladeira.

— Não é pasta americana — corrige a Grande Tia, sorrindo triunfante. — Eu sei que talvez você pense que é pasta americana porque superfície muito lisa, certo? Mas é buttercream. A noiva pediu, nada de pasta americana, e eu disse que poderia fazer com buttercream. O cliente sempre tem...

— Não acredito que não é pasta americana — interrompo. Não há como saber quanto tempo vai durar o discurso da Grande Tia, se não for contido. — A Grande Tia tem razão, não podemos correr o risco de estragar o bolo. Talvez possamos colocar o corpo em um dos coolers até de manhã, e aí, depois de tirar o bolo, transferimos o corpo para a geladeira.

A Grande Tia reflete sobre a ideia, mordendo o lábio inferior.

— Podemos. Amanhã Xiaoling e homem do transporte chegam às sete e meia, colocam bolo em caminhonete, e aí vocês podem vir ajudar a colocar corpo na geladeira.

Eu me retraio só de pensar em Xiaoling, a jovem e alerta chef confeiteira que a Grande Tia contratou para ser sua assistente, no mesmo ambiente que o cadáver. Precisamos ter certeza de que ela e o carregador não se aproximem do cooler errado.

— Homem morto na minha geladeira, tão pouco higiênico — diz a Grande Tia com um suspiro.

Uma onda esmagadora de culpa quase me derruba quando penso no problema que estou causando para todo mundo.

— Mil desculpas, Grande Tia. Vou comprar uma geladeira nova para você, ou pagar para fazerem uma limpeza profissional nessa aqui depois.

— *Aduh*, não seja boba, está tudo bem. — Ela se dirige às prateleiras, onde há três coolers gigantescos e numerosas caixas empilhadas em filas organizadas. Ela aponta para o maior cooler e faz um sinal para nos aproximarmos e ajudarmos a deslizá-lo para fora.

É uma coisa monstruosa, certamente grande o suficiente para acomodar Jake, contanto que consigamos dobrar suas pernas, o que é uma coisa horrível de se pensar, mas aqui estamos nós. Olhamos umas para as outras e assentimos. Mãos à obra. Desenrolamos Jake dos cobertores e o carregamos até o cooler. São necessárias algumas tentativas, mais discussões entre minhas tias e minha mãe e uma porção de xingamentos, mas conseguimos enfiar Jake lá dentro. Felizmente, por ser uma noite quente, fomos capazes de dobrar as pernas e os braços de Jake com facilidade, mas tivemos que tirar seus sapatos. Dobramos os cobertores com cuidado e os colocamos em cima dele, cobrindo-o totalmente, e então a Grande Tia nos faz empilhar todo tipo de suprimentos de confeitaria sobre os cobertores, tampando-os. Quando terminamos, estamos todas suadas e o cooler parece cheio de sacos de farinha e de açúcar de confeiteiro.

Ela escreve PROIBIDO ABRIR em um post-it e o cola na tampa do cooler.

— Se você escreve "Proibido abrir", pessoas com certeza abrem — diz a Segunda Tia.

A Grande Tia fica brava com ela.

— Talvez você seja dessas pessoas que abrem as coisas que não são delas, mas a maioria não é assim.

A Segunda Tia dá um estalo de reprovação com a língua e pega uma caneta. Ela escreve o seguinte em um post-it: SUPRIMENTO DE BOLO, NÃO ABRIR, TEM QUE FICAR NO FRIO. E tasca o post-it em cima do bilhete original da Grande Tia.

— Acho que está bom assim — digo rapidamente. — Obrigada, Grande Tia. Obrigada, Segunda Tia — agradeço em indonésio. Elas me ajudaram a carregar um cara que eu matei; o mínimo que posso fazer é agradecer em sua língua preferida. Eu me viro para a Quarta Tia e para Ma e agradeço a elas também.

— *Aiya*, obrigada por quê, não fizemos nada — retruca a Grande Tia, fazendo um gesto com a mão.

— A senhora literalmente acabou de me ajudar a carregar o corpo de um homem. — Não sei como expressar em palavras o que estou sentindo, por isso eu lhe dou um abraço apertado, as lágrimas brilhando nos meus olhos. Normalmente não nos tocamos muito na minha família, mas a Grande Tia aceita o abraço sem reservas, seus braços fortes me envolvendo com força. — Obrigada — sussurro.

— *Ya, sayang* — diz ela, dando tapinhas na parte de trás da minha cabeça.

Nós nos afastamos e empurramos o cooler para perto dos outros, e empilhamos os sacos de farinha em cima. Quando terminamos, parece o cooler mais inocente do mundo, não um recipiente que contém um ser humano morto.

— Amanhã voltamos aqui às sete e quarenta e cinco. Xiaoling já termina de transportar bolo, e aí carregamos corpo para geladeira e eu tranco — diz a Grande Tia, murmurando para si mesma: — Preciso trazer cadeado.

Até a Segunda Tia assente, sem zombar da Grande Tia. Estamos todas tão cansadas a essa altura que mal conseguimos ficar em pé. A cama nunca me pareceu tão convidativa. Ainda bem que moramos na mesma rua. A Grande Tia nos leva de volta de carro, nos deixando em frente às nossas respectivas residências, e Ma e eu entramos em casa arrastando os pés, como autênticas zumbis. Só consigo tirar minhas roupas suadas e tomar uma chuveirada escaldante antes de caminhar lentamente para o meu quarto. Vou ter que cuidar das roupas amanhã. Queimá-las ou algo do tipo. Assim como o meu carro. Limpá-lo, queimá-lo, seja o que for, não tenho energia para lidar com ele agora. Ao avistar minha linda e confortável cama, meus músculos derretem e eu desabo de cara na pilha de travesseiros. Só então me ocorre que nos esquecemos de procurar o celular de Jake. Merda. Faço uma anotação mental para recuperá-lo logo de manhã. Temos tempo. Quando carregarmos o corpo do cooler para a geladeira, teremos tempo de sobra para encontrar o celular, se estiver com ele. O último pensamento que passa na minha cabeça logo antes da exaustão dar cabo de mim é o seguinte: consegui passar por isso. Nada pode ser pior do que hoje à noite. O pior já passou.

11

Presente

— ... dy! Meddy! — a voz de Ma atravessa o quarto, estilhaçando meu sono.

— Hã...? — resmungo, piscando e fazendo careta com a forte luz do sol. Já é de manhã? Eu poderia facilmente dormir uma semana inteira. — Que horas são?

— Hora de sair. Levante agora. Temos que carregar corpo e depois ir para cais.

Os eventos da noite anterior retornam em uma velocidade que me deixa tonta e enjoada. Jake, o acidente — ah, meu Deus —, o cadáver. Afundo o rosto nas mãos. Não foi um sonho. Aconteceu de verdade. Matei um homem de verdade, e minha família me ajudou a carregar o corpo.

Ma entra agitada no quarto com um copo de suco nas mãos.

— Preparei chá de ervas para você. Para acordar. *Cepat*, beba.

Faço o que ela manda, cansada e zonza demais para argumentar, e, detesto admitir, mas ela tem razão. A bebida MTC, seja lá o que ela pôs aqui dentro, sem dúvida me desperta um pouco, deslizando quente e amarga garganta abaixo. Termino de beber a infusão, tomo um banho e, assim que estou vestida com meu costumeiro traje preto de fotógrafa, já me sinto mais ou menos humana e pronta para encarar a tarefa horrorosa que nos aguarda. Envio uma mensagem rápida para Seb, meu assistente, para ter certeza de que ele está pronto para o trabalho do dia. Combinamos que Seb chegaria ao resort uma hora depois de mim para tirar fotos dos padrinhos do noivo enquanto eu lido com o grupo da noiva. Ele responde com um emoji de joinha. Coloco meu equipamento no carro antes de me dirigir à confeitaria da Grande Tia com Ma.

Logo que atravessamos a porta dos fundos, percebemos que alguma coisa está errada. A Grande Tia e a Segunda Tia já se encontram lá e estão trocando farpas entre si em indonésio, tão absortas na discussão que nem mesmo erguem o olhar quando entramos.

— Ei! — Ma precisa gritar para ser ouvida. — *Sudah!* Chega, parem! Parem de discutir, o que foi?

A Segunda Tia zomba e solta uma gargalhada que soa mais como uma mistura de soluço e tosse.

— Conte para elas — diz, fuzilando a Grande Tia com o olhar. — Conte para elas o que aconteceu.

O pavor se instala como uma pedra pesada e pontuda no fundo da minha barriga. Tento engolir, mas minha boca parece um deserto. Não sei o que a Grande Tia vai nos dizer, mas não quero ouvir.

A voz da Grande Tia sai sussurrada, tremida:

— Xiaoling e o carregador chegaram cedo. E...

Nunca em toda a minha vida ouvi a voz da Grande Tia falhar, mas nesse momento ela falhou.
— E eles levaram o cooler! — grasna a Segunda Tia. — Você devia ter vindo mais cedo para supervisionar, mas não veio. — Seus olhos cintilam de triunfo quando se vira para nós. — Ela perdeu a hora.
— Eu estava tão exausta depois de ontem à noite que não ouvi o despertador — murmura a Grande Tia sem nos encarar diretamente.
Ma e eu fitamos desoladas o lugar onde tínhamos deixado o cooler ontem à noite, e dito e feito: está vazio, todos os três coolers desapareceram. Percebo que nem mesmo diante de uma notícia catastrófica para todas nós, incluindo ela própria, a Segunda Tia não deixa de aproveitar a rara oportunidade de esfregar o problema na cara da Grande Tia.
— Irresponsável demais — critica a Segunda Tia. A Grande Tia fica visivelmente enfurecida.
— Eu sou irresponsável? — sibila.
Ma se adianta para se colocar entre as duas irmãs.
— Está certo, *sudah, cukup*. — Ela agita as mãos de leve.
— É melhor ligar para Xiaoling agora, imediatamente!
— Já fiz isso. Ela disse que coolers já foram carregados para barco. — A Grande Tia suspira. — Ela parecia tão feliz e orgulhosa de ter feito tudo sem minha ajuda. *Aduuuh, gimana ya*?
— Vamos para cais agora! Talvez barco ainda não tenha partido! — grita Ma.
Mas já havia partido. Soubemos disso assim que chegamos ao cais, suadas e sem fôlego depois de corrermos do estacionamento.
— Mas, ei, não se preocupem — diz o organizador de barcos do hotel (qual é o nome correto para esse cargo?). — Tem outro chegando em cerca de cinco minutos. As senhoras

estão adiantadas. O que saiu quinze minutos atrás só levava mercadorias, certo? Vocês só têm uma ida marcada para daqui a meia hora — diz ele, verificando seu tablet.

— Preferimos não correr riscos, gostamos de chegar cedo aos lugares — falo, arquejando. — Então, ahn, o que acontece com a carga quando chega à ilha?

— Qual é o tipo da carga?

A Grande Tia e eu nos entreolhamos.

— Bem, bolos, na maior parte. O imenso bolo de casamento e, ahn, uma porção de outras sobremesas.

— Muito bem, isso vai seguir direto para a cozinha. Temos ordens de colocar na câmara frigorífica. Parece bom assim?

Assinto de leve.

— Perfeito.

— Como tudo foi transportado? — pergunta a Grande Tia. — Foi tudo direito?

O organizador abre um sorriso brilhante.

— Sim, tudo está indo muito bem.

— Muito bem.

— Muito bem.

A duras penas, nós nos afastamos alguns metros do homem e formamos um círculo.

— Eles não sabem que Jake está, vocês sabem... — A Grande Tia faz o gesto como se estivesse cortando o pescoço.

— Grande Tia! — sibilo. — Seja mais sutil, por favor. — Só por segurança, mudo para indonésio. — Tudo bem — digo.

— *Kami perlu uh... mikir...* um plano. — Uau, meu indonésio é péssimo. Tento mudar para mandarim. — *Wo men xu yao um... xiang...* um plano.

Ma suspira.

— Gastei tanto dinheiro com aula de mandarim para você, tudo desperdiçado.

Sorrio encabulada.

— Hum, então, um plano?

— *Aiya*, muito simples — diz a Segunda Tia em mandarim.

— Assim que chegarmos lá, encontramos o cooler e uma de nós o traz de volta para cá. Estão vendo? Fácil.

— Fácil — debocha a Grande Tia, balançando a cabeça.

— Não acho que vai ser tão fácil assim.

— Por que não? — questiona a Segunda Tia, levantando o queixo.

A Grande Tia dá de ombros.

— Porque nunca é fácil. Senão, as pessoas iam matar e sair impunes o tempo todo.

Estremeço com a palavra "matar", mesmo que ela tenha falado em mandarim. E, mesmo querendo ter fé no plano simples da Segunda Tia de "chegar lá, encontrar o cooler, trazê-lo de volta", tenho a sensação de que a Grande Tia está certa. Quando se trata de esconder um cadáver, nunca é simples — uma lição que estou aprendendo desde a noite de ontem.

Pegamos nossas coisas da traseira do carro e esperamos a chegada do barco. Alguns minutos depois, já dentro dele, permanecemos sentadas em silêncio enquanto o motor do barco ruge e nos afastamos do cais. A Quarta Tia, a responsável pelo entretenimento, só precisa estar na ilha à noite, por isso a Grande Tia me pede para atualizá-la sobre os últimos acontecimentos pelo grupo da família no WhatsApp. Obviamente não posso dizer nada incriminador no aplicativo, então digito uma mensagem cifrada:

Oi, Quarta Tia, houve um contratempo. Fomos para a ilha mais cedo. Me ligue quando receber esta mensagem.

Ma, lendo por cima do meu ombro, solta um suspiro ruidoso.

— Ela só vai ver quando acordar, depois de meio-dia, aquela preguiçosa.

A Quarta Tia é a única que consegue dormir durante as temporadas de festas de casamento e a que recebe o maior reconhecimento por seu trabalho, e Ma nunca vai perdoá-la por isso, embora tecnicamente não seja culpa da Quarta Tia. Ela adooora esfregar isso na cara de Ma. Imagino que a rixa entre as duas seja igual à da Grande Tia *versus* a Segunda Tia, remontando a décadas passadas, muito mais antiga do que eu e meus primos.

É um típico dia de primavera no sul da Califórnia, ensolarado e abafado, manchas de nuvens brancas no céu de um azul profundo. Fixo os olhos no vasto oceano, na distante faixa de terra que mal posso acreditar que seja o continente. Dessa distância, parece tão pequeno. Por um instante, quase me sinto melhor, distraída de tudo o que aconteceu em casa, mas, quando a ilha de Santa Lucia fica visível, a realidade se impõe novamente. Não estou deixando os problemas para trás. Eles estão bem aqui, esperando por mim. E, pelo que sei, talvez Xiaoling, assistente bem treinada que é, desembale tudo. Esse pensamento é vívido demais. Praticamente posso vê-la desempacotando as coisas, cantarolando ao abrir o cooler. Ela vai se curvar e retirar todos os pacotes de açúcar e os ingredientes que empilhamos nos cobertores. Talvez ela interrompa a tarefa, franzindo a testa, confusa — por que haveria um cobertor aqui? —, e aí ela vai puxar o cobertor e...

Uma buzina berra alto e dou um pulo como se tivesse sido eletrocutada.

— Senhoras e senhores, bem-vindos a Santa Lucia. Esperamos que apreciem sua estada conosco no Ayana Lucia.

Agarrando minha bolsa pesada com o equipamento, ajudo Ma e minhas tias a se colocarem de pé. Todas estão um pouco bambas por causa do barco e se grudam nos meus braços enquanto desembarcamos. Atravessamos a ponte cambaleando. No cais, somos recebidas por outro gerente do hotel segurando um tablet.

— Família Chan, imagino? — pergunta, olhando a bolsa com minha câmera.

— Isso.

Ele nos examina e depois aponta para a Grande Tia.

— Bolo e doces? — indaga.

Meu coração explode em um galope. Ah, meu Deus. É agora. Ele vai nos dizer que encontraram o corpo, e aí os agentes de polícia vão saltar de trás das colunas que ladeiam o cais, e aí...

A Grande Tia deve estar no mesmo fluxo de pensamentos que eu, porque parece paralisada, o ar de incerteza horrorizada estampado no rosto.

— Alô, bolo e doces? — repete o homem. Ele se vira para mim, com uma expressão que diz: *Me ajuda aqui?*

— Hum... tem algum problema com o bolo e os doces? — retruco.

Ele franze a testa.

— Não. Por que teria? — diz, sarcástico.

Todas visivelmente relaxamos de alívio.

— Sim, ela é a confeiteira — confirmo.

— Ótimo. Não foi difícil, né? — Ele bufa e entrega à Grande Tia um crachá com seu nome e a palavra "confeiteira". — Use isso o tempo todo. — Ele se volta para Ma. — E a senhora, quem é?

— Flores — responde ela.

— Florista — acrescento.

— Muito bem, aqui está seu crachá, e a senhora deve ser da parte de penteado e maquiagem? — continua ele, voltando-se para a Segunda Tia, que assente rapidamente. Ele lhe entrega um crachá e depois me dá o último. Eu o reviro na mão, maravilhada ao constatar como esse casamento foi meticulosamente planejado. Não me lembro de algum dia ter trabalhado em um casamento onde tínhamos que usar crachás de identificação.

— Tenho uma pergunta — diz a Segunda Tia.

O homem solta um suspiro impaciente.

— O que é?

— Err, o seu chefe... ele está bem? Muito bravo? De mau humor hoje?

Ele a encara com a expressão mais desprezível do mundo.

— Não sei, não é como se fôssemos melhores amigos ou algo do tipo.

Ela se inclina para mais perto.

— Então, não o viu hoje?

— Argh, sei lá. Sou muito ocupado. Não fico registrando todo mundo que chega e sai nos barcos.

— Não é esse o seu trabalho? Registrar as pessoas que chegam e que vão embora? — pergunto.

Ele me lança um olhar fulminante e fala:

— Bom, aqui está o seu carrinho. Vocês precisam ir agora. Tchau!

Subimos no carrinho, trocando olhares significativos umas com as outras. Ainda não tivemos sorte em descobrir se o hotel sabe ou não que Jake não vai aparecer. Percebo que nem sei se está sendo esperado hoje. Ontem à noite, ele me contou que este é o seu sétimo resort; logo, não é como se esperassem que ele aparecesse em todo evento que acontece em um dos seus hotéis. Porém, trata-se de seu projeto mais ambicioso até agora: uma ilha inteira que lhe pertence, e esse vai ser o primeiro evento de casamento no resort, e os pais da noiva são seus amigos pessoais, então certamente sua presença

seria esperada para garantir que tudo vai correr às mil maravilhas. O que significa que, em algum momento, alguém vai perguntar "Onde está o Jake? Por que ele ainda não chegou?", e aí vão pedir que alguém telefone para o celular dele e...
Puta. Merda.
O celular dele!
Na confusão e no pânico de hoje de manhã, esqueci totalmente essa questão. Dou um salto e quase voo para fora do carrinho em movimento. Ma e a Segunda Tia gritam e me agarram, e o carrinho para de repente, nos jogando contra o assento.
— O que aconteceu? — pergunta o motorista. — Você está bem? Deixou cair alguma coisa?
Só consigo balançar a cabeça e fazer um gesto débil com a mão, indicando que ele deve prosseguir. Quando recupero o fôlego, digo:
— *Kita lupa handphone nya dia.*
— *Handphone siapa... ah* — Ma engole em seco, e imediatamente cobre a boca com a mão. — *Ada dimana handphone nya?*
Não sei onde o celular está. Balanço a cabeça.
— *Pasti didalam kantung celana* — diz a Segunda Tia.
O bolso da calça. Sim, é uma suposição razoável, e só verifiquei um deles. Será que o toque é muito alto? Será que as pessoas conseguiriam escutar o celular tocando dentro do cooler? Provavelmente logo vão começar a ligar para ele, se é que já não o fizeram.
— Chegamos — anuncia o motorista quando o carrinho para na entrada do resort. Com dificuldade, saltamos e depois paramos e encaramos a imponente entrada.
A recepção do hotel foi construída no topo de uma colina. As palavras "majestoso" e "imponente" me vêm à cabeça. O resort foi desenhado tendo como referência a arquitetura

antiga do sudeste asiático, com enfeites ricamente entalhados decorando as colunas gigantescas. A recepção é aberta em dois lados, oferecendo uma vista espetacular do resort e do oceano lá embaixo. O teto é tão alto que preciso jogar a cabeça para trás para vê-lo, e circundando a recepção há um lago tranquilo com carpas de um laranja vibrante e velas flutuantes.

Apesar do lindo cenário, meu peito está apertado; meu estômago, revirado. Ma, a Grande Tia e a Segunda Tia exibem a mesma expressão tensa. Somos recebidas por uma mulher, que tenta nos informar para onde cada uma de nós deve ir, mas é interrompida pela Grande Tia.

— Não, primeiro elas têm que vir comigo — diz ela.

A recepcionista hesita.

— Humm, mas os quartos ficam na direção oposta da cozinha. É um resort grande. A maquiagem e o penteado devem ser feitos na suíte da noiva daqui a pouco. Se vocês forem para a cozinha primeiro, podem se atrasar...

— Tudo bem, somos muito rápidas — corta a Grande Tia, adotando seu melhor tom autoritário.

— Mas... — A recepcionista preocupada localiza uma pessoa e altera todo o seu comportamento, inclinando o rosto em uma expressão doce, sorrindo e piscando. — Ali está o dono. Ele vai ser capaz de resolver o seu pedido.

O dono? Por um segundo, minha família e eu congelamos, trocando olhares de pânico.

— Oi, Jeanine, está tudo bem? — fala uma voz melodiosa e suave, que só pode ser descrita como chocolate derretido.

— Bom dia, senhor — cumprimenta Jeanine. — Eu só estava dizendo a essas senhoras da equipe do casamento para onde devem ir. — Ela pisca de novo, olhando para ele.

Minha família dá meia-volta e se apresenta para ele, mas estou paralisada. Porque, mesmo sem me virar, sei quem é.

Escuto essa voz nos meus sonhos. Ainda sinto o seu toque em mim, suas mãos fortes e gentis na minha pele.
— E você deve ser a fotógrafa? — pergunta ele.
Inspirando profundamente, em uma tentativa de me estabilizar, eu me viro para encará-lo. O homem que foi embora. O homem que levou consigo um pedaço imenso do meu coração, da minha alma.
Seu sorriso congela em seu rosto, e vejo anos de história voarem em sua mente quando digo com a voz rouca:
— Sou eu, sim. Oi, Nathan. Quanto tempo.

PARTE 2

◆

GAROTA ENCONTRA RAPAZ

(em circunstâncias muito bizarras)

12

Os anos foram generosos com Nathan. Fica óbvio que ele continuou malhando; mesmo usando uma camisa social com as mangas dobradas até os cotovelos, posso ver seus bíceps marcando o tecido. Seu rosto perdeu a suavidade da adolescência, dando lugar a um maxilar anguloso que faz meus dentes trincarem porque, porra, ele é muito gostoso. Muito mais do que me lembro, e me lembro dele como o garoto mais lindo em que já pus os olhos na vida. Meu olhar desliza para suas mãos. Nada de aliança. Uma parte de mim — uma parte muito pequena — dá um gritinho de triunfo.

Sua expressão é um mistério — surpreso, evidentemente, mas também exibe toda uma gama de outras emoções que não consigo decifrar. Será que está feliz de me ver? Horrorizado? Talvez as duas coisas?

— Meddy... — diz ele, e sua voz está mais grave, mas ainda dolorosamente familiar.

Por um momento sou distraída pela discussão meio sussurrada da minha família.

— *Setan!* — diz a Segunda Tia. Fantasma!

— Shh — repreende a Grande Tia.

— *Itu setan! It ownernya, kan?* — sibila a Segunda Tia.

— Está tudo bem, senhoras? — pergunta Nathan.

— O senhor é o dono deste hotel? — indaga Ma. — Sr. Jake, não é?

— Não, Ma, este é...

— Meu nome é Nathan. É muito bom finalmente conhecer todas vocês.

Merda, minha família vai ficar tipo "Finalmente? Como assim, finalmente?".

— Só precisamos dar um pulo na cozinha bem rápido — intervenho. — Só precisamos... checar o bolo. É o centro da mesa, sabe. Temos que garantir que vai ficar perfeito. Certo, vejo você depois, tchau!

— Eu levo vocês até lá. — Ele me toca de leve nas costas, e apenas esse breve toque é suficiente para transmitir uma corrente elétrica que acelera até chegar aos meus pés.

— Você deve ter mil coisas para conferir...

— Tenho tempo para isso.

Com minha mãe e minhas tias nos seguindo e cochichando entre si, Nathan me faz atravessar uma porta com a placa "Funcionários", e caminhamos pelo que parece ser um labirinto interminável de corredores.

— Como você tem passado? — pergunta ele, me espiando com o canto do olho.

— Bem! E você?

— Parece que o negócio da sua família realmente decolou. Aposto que você tira fotos incríveis. — Ele abre um sorriso indecifrável.

— É verdade. Para o seu grande dia, não dê chance ao azar. Dê chance às Chan! — Dou uma risada fraca. Meu estômago não está lá muito bom.

Ele retribui com um largo sorriso.

— Você inventou esse slogan?

— É lógico. E *você* se saiu muito bem. Meu Deus, Nathan. Você é o dono desse lugar?

— Bom, um deles — responde ele, com um sorriso que faz aquela covinha aparecer. — São muitos investidores.

— Mas é você que administra?

— Isso.

O orgulho toma conta de mim. Esse sempre foi o sonho de Nathan, desde que o conheci. Ele sempre quis trabalhar no ramo de hotelaria, administrar seu próprio hotel, e definitivamente conseguiu isso com o Ayana Lucia.

— Nathan, uau...

— Com licença, com licença — diz Ma, se metendo entre nós. — Como vocês dois se conhecem? Oi, sou a mãe de Meddy. Pode me chamar de Tia Natasya, ok?

Nathan para de andar e aperta a mão de Ma, olhando direto em seus olhos, e diz:

— Olá, sra. Chan... quer dizer, tia. Sou Nathan. Meddy e eu éramos...

— Colegas de faculdade — completo rapidamente.

Todo mundo me encara. Está óbvio que nem minhas tias nem minha mãe estão acreditando.

— Colegas de faculdade — confirma Nathan, e depois me dá um sorriso forçado que consigo de fato ler. Um que transborda decepção.

Não é você, quero gritar. Sou eu, e minha mãe, e minhas tias, e o fato de que estamos indo conferir o cadáver de um cara que matei na noite passada, que era para ser VOCÊ, pelo visto. Mas não posso lhe dizer nada disso, então caminhamos o resto do trajeto em um silêncio doloroso.

Quase solto um suspiro de alívio quando finalmente atravessamos um conjunto de portas duplas e nos encontramos em uma cozinha agitada. Quase lá. O cooler deve estar por aqui, em algum lugar. Com Nathan como guia, passamos por chefs e assistentes ocupados, todos picando, tostando e misturando. Cada um deles ergue o olhar e cumprimenta Nathan à medida que avançamos, e ele retribui com um sorriso fácil aqui, um tapinha nas costas ali. Nathan tinha um carisma natural, mesmo durante a faculdade, mas agora tem ainda mais. É evidente que todo mundo na cozinha, desde o chef Miguel até o lavador de pratos Ming, o conhece e o adora.

— Esta é a sua estação de trabalho — diz ele para a Grande Tia quando nos aproximamos de uma bancada. Xiaoling já está lá com dezenas de flores de pasta americana espalhadas à sua frente. Ela imediatamente se empertiga, sorrindo de maneira exagerada para a Grande Tia.

— Bom dia, chef — gorjeia ela, e logo arregala os olhos quando nos avista. — Ah, oi, tias. Oi, Meddy. Não estava esperando ver vocês por aqui.

— Xiaoling — diz a Grande Tia, a voz tensa. — Onde estão os coolers?

— Ah! Bom, achei que eu podia começar cedo, fazer alguma coisa a mais, sabe. Queria surpreender a senhora...

— Coolers! — dispara a Grande Tia, e todos levamos um susto, inclusive Nathan. A Grande Tia simplesmente provoca esse tipo de efeito nas pessoas.

— No frigorífico! — grita Xiaoling, correndo até a grande porta de aço. — Tem algum problema? Fiz alguma coisa errada? Eu só queria ajudar...

— Não, você muito boa assistente — diz a Grande Tia, forçando um sorriso. — Você fica aqui e termina as flores, certo? Bom trabalho.

Estou prestes a entrar na câmara frigorífica com minha família quando Nathan pega o meu braço.

— Podemos conversar? — pergunta.

— Agora não. Preciso ajudar com... ahn, os bolos.

Suas sobrancelhas grossas se unem, demonstrando sua confusão, e ele me fita por baixo de seus cílios espessos. Juro por Deus, esse homem e seus cílios.

— Você é a fotógrafa, não é? Por que precisa ajudar com os bolos?

— Para... as... fotos, é óbvio. — Sim, é isso. — Estou tirando fotos dos preparativos do evento. Sabe como é hoje em dia. As pessoas querem saber tudo sobre as festas de casamento, até os preparativos.

— Querem, é? Então tá... — Ele suspira. — Talvez mais tarde? Não sei como está a sua programação. Imagino que esteja bastante agitada, mas se pudéssemos...

Faço um esforço para manter o sorriso no rosto quando Ma surge na janela quadrada da porta de aço, me apressando para entrar lá.

— Tá bom! Certo, vamos conversar mais tarde.

— Ok.

— Ok. — Eu me viro para ir até a câmara, mas Nathan agarra minha mão, apertando-a.

— É bom ver você de novo, Meddy — diz ele suavemente, e a sinceridade em sua voz quase me faz explodir em lágrimas.

Quando ele dá meia-volta e se afasta, sou transportada na mesma hora a uma cena semelhante, alguns anos atrás, no dia em que terminamos: eu me forcei a permanecer imóvel e não fazer nada enquanto ele ia embora, de coração partido.

Todo tipo de emoções jorra de dentro de mim, e tenho que engolir o choro que ameaça brotar. Observo Nathan se afastar, lutando para manter a respiração sob controle, e então sigo para a câmara frigorífica.

— Tranque a porta! — ordena a Grande Tia em indonésio assim que entro.

Faço o que ela manda, imaginando o que ela vai alegar quando alguém precisar pegar algum ingrediente daqui. O espaço é amplo e bem abastecido com caixotes de legumes e frutas e outros ingredientes variados, incluindo engradados sem fim de garrafas de vinho. Há uma parte separada para carnes por trás de uma cortina de plástico. Minhas tias e minha mãe localizaram o cooler correto e o puxaram das prateleiras. Depois, o levaram para a parte de carnes, de forma que não fique visível do lado de fora da geladeira.

— Muito bem — diz a Grande Tia. — *Buka*.

— Abra você. O cooler é seu — diz a Segunda Tia.

Normalmente, eu me conteria e as deixaria discutirem, porque jamais devemos nos meter no meio de uma rixa entre a Grande Tia e a Segunda Tia. Mas esbarrar em Nathan mexeu comigo. Eu me sinto livre, selvagem. Sem uma palavra, me aproximo do cooler e levanto a tampa. Vejo o que há lá dentro e dou um grito.

13

É o caos. A Grande Tia vê o conteúdo do cooler e imediatamente compreende. A Segunda Tia e Ma, com a visão bloqueada pela Grande Tia e por mim, estão agitadas atrás de nós, gritando em um indonésio tão rápido que imploro para voltarem a falar inglês, antes que minha cabeça exploda tentando entender o que está acontecendo. Enquanto isso, a Grande Tia está parada, os olhos arregalados, aflita pela primeira vez na vida, segundo me lembro.

Tudo o que empilhamos em cima de Jake ontem à noite — os cobertores, os ingredientes para bolo — ainda está lá dentro, mas, em vez de uma pilha arrumada escondendo o corpo, agora tudo está bagunçado, pacotes de farinha abertos, pó branco e gotas coloridas para todo lado. E Jake...

Tenho que desviar o olhar antes de perder totalmente o controle. Porque Jake... ah, meu Deus, Jake...

— Ele não morto na noite passada — anuncia a Grande Tia, a voz saindo inteiramente atordoada. — Quando colocamos dentro de cooler, ele ainda vivo.

— O quê? — urram Ma e a Segunda Tia.

Ma me empurra para o lado e dá uma espiada em Jake, que tem o rosto agora descoberto, talvez no seu esforço para tentar sair do cooler, e também grita. Mas o que ela efetivamente diz é:

— EI! ESSE MEU RAPAZ DOS LÍRIOS!

Todo barulho cessa, deixando a câmara fria inteira em silêncio. Todas nós encaramos Ma, que encara Jake. Jake, que está em uma posição muito diferente daquela na qual o deixamos ontem. Jake, cuja boca está aberta e congelada no que deve ter sido um grito de socorro. Jake, que...

... está sendo cutucado na cabeça por Ma com uma cenoura.

— Ma! O que a senhora está fazendo?

— Só checando se talvez dormindo, talvez podemos acordá-lo. Ah Guan, *qi lai ah* — diz ela. — *Shi wo*, Chan Ah Yi. — Ela cutuca a bochecha dele de novo com a extremidade pontuda da cenoura, mas não obtém resposta. — *Aduh*, agora ele morto de verdade. *Wah*, isso muito ruim. Muito ruim!

Meus olhos se enchem de lágrimas. É muita coisa, toda essa situação. Ele era detestável, mas mesmo assim não merecia uma morte tão terrível.

— Ma, sinto mui...

— Quem vai me arrumar lírios agora?

Paro no meio da frase e olho para ela fixamente. Todas nós olhamos.

— Por que vocês todas aí paradas feito estátuas? É problema enorme! Lírio muito caro, sabe? Ah Guan, ele me dava melhor preço e... — Ela fica paralisada, uma expressão de pavor no rosto. Talvez tenha se dado conta de como está agindo de maneira ridícula. — *Aduuuuh!* Ele ficou de trazer último lote de lírios para casamento! — Acho que não. — Agora meus arranjos vão ficar todos desiguais! *Aduh, gimana ya?* Como? Como? — Ela agita as mãos sem parar.

Respira, digo para mim mesma. Felizmente, o pequeno surto de Ma parece provocar um efeito calmante na Grande Tia, que se empertiga e esfrega as mãos nas roupas como se estivesse limpando migalhas invisíveis.

— Certo, San Mei — diz. — Ei! — Ela estala os dedos com força e Ma para de se agitar. — Pare com isso — repreende delicadamente. — Tudo bem. Você não precisa de lírios, seus arranjos vão continuar muito bonitos.

Ma sorri e exibe uma expressão de "Ah, pare com isso!". Quer dizer, francamente, a mulher e suas prioridades.

— Então esse rapaz não é Jake? — pergunta a Grande Tia.

Ma balança a cabeça.

— Esse é Ah Guan, meu fornecedor de lírios. Lembra que ele trouxe mangas da Indonésia para mim? Acho que nome inglês é... Timothy? Tommy? Alguma coisa assim.

— Mas, Ma, como... Não consigo entender — falo. — A senhora disse que o conheceu na internet. Como é que... Nem sei por onde começar. A senhora contou ao Jake... quer dizer, ao Ah Guan... que entrou na internet para me arrumar um namorado?

— É lógico que contei para ele! Contei para todos meus fornecedores! Ah Guan, tia Lin Mei, tia Yi Mei, tio Rong Na, todos sabem. Sempre conto para eles que minha filha, tão bonita e generosa, mas ainda solteira, *aduh*, como se recusa a me dar netos. Toda vez que consigo um bom rapaz para ela sair, ela diz que não quer. Não se lembra? Tentei marcar um encontro entre você e Ah Guan, mas você vivia recusando, me falava um motivo assim, um motivo assado. Ah Guan perguntou por quê. Eu disse que não sabia, mas minha filha está me torturando, nunca quer sair com rapaz...

— Ok, então a senhora tem contado para todo mundo sobre a minha vida amorosa — digo, entredentes.

— Falta de vida amorosa — intervém a Segunda Tia, solícita, do canto mais extremo da câmara fria, onde ela está, de novo, praticando tai chi. — Desenhe grande melancia — fala, em voz baixa, balançando os braços para os lados e para cima — e depois corte ao meio...

Eu a ignoro.

— E o que Ah Guan te disse?

— *Wah*, foi tão prestativo — responde minha mãe, sorrindo e assentindo. — Falou que não tinha importância você não querer sair com ele. Falou que eu devia ir para internet encontrar namorado para você. Eu avisei, *aduh*, Meddy não vai querer fazer isso. Ele falou que não tem problema, que tinha um site muito bom para gente jovem. Mostrou site de namoro e falou para criar um perfil para você, por que não? Ia ficar mais fácil de fazer você usar.

Minha cabeça está girando.

— Então ele sabia que a senhora estava usando o site e fingindo ser eu?

— É lógico que não, bobinha! Fiquei pedindo para você usar site de namoro, mas você não quer, então no fim comecei a usar por você. Não contei para Ah Guan. Só fiquei usando, e então *wah*! Dono de hotel me mandou mensagem, tão gentil, fez par tão perfeito... Ah.

Aí está. Ela finalmente se dá conta. Mesmo a Segunda Tia faz uma pausa no movimento de tai chi para observar enquanto Ma mentalmente digere o que acabou de nos contar. Seu rosto se franze como uma bola de papel, e sua boca se abre em um lamento cheio de raiva.

— Ele me enganou? Me usou para chegar na minha filha? A Grande Tia assente, solene.
— Ouvi falar desse tipo de golpe na internet. É como levar gato por cobra.
— Gato por lebre, a senhora quer dizer — corrijo.
— Não, lógico que não. É gato por cobra, porque rapaz finge que é gato, mas na verdade é cobra.
Não adianta discutir. Equilibrando-se em uma perna, a Segunda Tia bufa.
— O que foi? — dispara a Grande Tia.
— Nada — responde a Segunda Tia, levantando a outra perna devagar.
A Grande Tia volta a nos encarar.
— Seja como for...
— É tão típico — diz a Segunda Tia. — Porque você sempre sabe tudo, não é, Da Jie? Da Jie sempre tem razão. Quem decide enfiar esse Ah Guan no cooler? Você. Nós só obedecemos sem discutir, sem fazer perguntas. Agora acontece que Ah Guan não estava nada morto, mas nós o matamos colocando no cooler. — Ela empurra as palmas das mãos para a frente devagar, movimentando os pés em um círculo suave.
A Grande Tia inspira profundamente.
— Seja como for...
— Agora você vai nos dizer de novo o que fazer, mas é óbvio que você também não sabe.
— E você sabe, por acaso? — retruca a Grande Tia. — Se sabe, então diga *lah*! Não fique no canto fazendo tai chi; compartilhe conosco sua solução.
A Segunda Tia a ignora de propósito e continua a movimentar a palma das mãos em círculo. Tenho certeza de que a Grande Tia está a ponto de explodir quando seu celular toca.

Ela atende, ainda encarando a Segunda Tia, e fala rápido em mandarim:

— Si Mei, já está aqui? Certo, ótimo. Sim, eu sei, é muito cedo, mas temos um problema. Venha nos encontrar na cozinha. Peça para alguém trazer você aqui embaixo. Sim, agora. — E desliga.

A Quarta Tia chegou. Não sei por quê, mas me sinto melhor ao saber que a família toda está reunida, embora não faça muita diferença em termos práticos.

— Precisamos decidir o que fazer — digo apressada, antes que a Grande Tia e a Segunda Tia voltem a discutir. — Agora que sabemos que Jake não é Jake, e que Jake verdadeiro, aliás, Nathan, ainda está vivo, isso significa que o casamento vai prosseguir conforme o planejado. Isso significa que precisamos aparecer e fazer o nosso trabalho e fingir que está tudo bem, gostando ou não.

Todas estão me olhando de um jeito estranho, e levo um segundo para perceber que acabei de assumir o papel de líder diante das MINHAS TIAS. Uau. Estremeço diante de seus olhares.

— Hum, me desculpem. Foi só uma sugestão, eu não queria...

— Não, você tem razão, Meddy — diz Ma, sorrindo carinhosamente.

— Você certa — afirma a Grande Tia, assentindo. — O evento continua. Temos que sumir com corpo antes que convidados cheguem. Se deixamos corpo aqui, é questão de tempo até alguém encontrar. Muito bem, vamos pensar em plano. *Sekarang jam berapa?*

Checo meu celular.

— Quinze para as nove.

— Tenho que fazer cabelo e maquiagem de noiva e mãe de noiva e de madrinhas — diz a Segunda Tia.

— *Aiya!* Meus outros fornecedores de flores também vão chegar logo — exclama Ma.

— E preciso terminar bolos de boas-vindas — diz a Grande Tia. — Meddy, que horas você começa tirar fotos?

— Só preciso aparecer para as fotos quando a maquiagem da noiva estiver quase pronta, então tenho tempo agora. Posso pegar o cooler e... bem... transportar para um barco e levar para o continente. Depois carrego de volta para a sua confeitaria.

— Isso, ótimo, muito bom. — A Grande Tia pega a chave da confeitaria e me entrega. — É bem pesado, sabe. Leve Si Mei com você.

Concordo. Normalmente, eu detestaria ser um incômodo tão grande para os outros, mas tenho o bom senso de saber que seria um esforço enorme carregar o corpo de Jake — merda, de Ah Guan — para fora do cooler e colocar na geladeira da Grande Tia. Vou precisar de toda a ajuda com que puder contar.

Como se pensar na Quarta Tia a tivesse conjurado, alguém bate à porta da câmara frigorífica e, através das cortinas de plástico, avisto o rosto dela espiando pela janela. Ela faz um sinal, e vou destrancar a porta para que ela entre.

— Por que todo mundo está reunido dentro da geladeira? — pergunta, e aí ela vê o cooler aberto com o corpo de Ah Guan. — Por que essa coisa está aqui? Não deveria estar na confeitaria? — Ela o observa mais de perto, o interesse aguçado. — Hum. Não é feio.

Às vezes acho que Ma e a Quarta Tia estão sempre discordando porque são realmente muito parecidas. Prioridades: nenhuma das duas as tem.

A Grande Tia rapidamente põe a Quarta Tia a par do que aconteceu e revela o nosso plano. Por sua vez, a Quarta Tia resmunga quando lhe dizem que ela precisa voltar para o continente comigo para escondermos o corpo na geladeira.

— Acabei de ir à manicure — resmunga, mostrando as unhas, que foram ornamentadas com cristais e, nos dedos mindinhos, até penas. Minha mãe estremece.

— Quem faz unhas desse jeito? Como você lava a bunda com penas nas unhas? — questiona Ma.

— Com muito cuidado, mas não é da sua conta como eu me lavo.

Ma franze o nariz e abana a mão com desdém.

— Tão pouco higiênico. Tão pouco prático. Você não vai conseguir cozinhar, tomar banho, limpar...

— Eu consigo fazer todas essas coisas! Estou prestes a ajudar a sua filha a limpar a bagunça dela, não é?

Ma fica vermelha, e eu me retraio. Os golpes mais baixos e mais dolorosos da minha mãe e suas irmãs envolvem meus primos e eu. É assim que você sabe que Ma e as irmãs estão brigando de verdade — elas falam besteiras sobre os filhos das outras. Odeio ter colocado Ma nessa posição desagradável e odeio o fato de que, a partir de agora, isso sempre será lançado como um trunfo contra ela. *Minhas unhas podem não ser práticas, mas pelo menos não matei ninguém como a sua filha!*

— Ficamos felizes em ajudar — diz a Grande Tia, enquadrando a Quarta Tia com o olhar. — É o que família faz. Agora vão, rápido. Já perdemos muito tempo.

Concordando, recoloco o cobertor em cima de Ah Guan e fecho o cooler antes de agarrar a alça e puxar. É pesado, mas desliza facilmente nas quatro rodinhas. A alça parece tremelicar um pouco, e fico pensando se foi feita para carregar o peso de um homem adulto. Vou precisar ter muito cuidado com ela.

A Grande Tia é a primeira a sair da câmara frigorífica. Depois, a Segunda Tia e Ma seguram as portas vaivém para mim, por onde saio puxando o cooler, seguida pela Quarta Tia, que franze a testa olhando as próprias unhas enquanto caminha. A Grande Tia tem o ar imponente de sempre, sem um traço de culpa visível.

Xiaoling, que está ocupada colocando pó dourado nas flores decorativas, fita a procissão.

— As flores estão quase prontas, chef. — Ela avista o cooler e vem na minha direção, dizendo: — Deixe que eu ajudo com isso. As rodinhas de trás às vezes emperram...

— Não! — vocifera a Grande Tia, e Xiaoling recua, os olhos arregalados. Fico me sentindo péssima por ela, que só quis ser prestativa. — Você está fazendo coisas mais importantes — diz a Grande Tia. — Tem que terminar flores antes de convidados chegarem. *Kuai yi dian!* — Ela bate palmas e Xiaoling se endireita num pulo, voltando à sua tarefa de acabar de pintar as flores.

Agradeço à Grande Tia, movendo os lábios sem emitir som, e continuo a atravessar a cozinha, me esforçando ao máximo para não parecer estar puxando um cooler com um cara morto dentro. A Segunda Tia, Ma e a Quarta Tia seguem na frente, o que é bom, já que toda e qualquer atenção é dirigida imediatamente para elas, e não para mim. Com as roupas extravagantes da Quarta Tia — uma blusa de paetês rosa-flamingo e uma vistosa calça turquesa — é impossível desviar os olhos de sua figura. Eu, ao contrário, estou com meu uniforme de fotógrafa, todo preto, do tipo "Não olhe para mim, faço parte da equipe". Com sorte, no nosso trajeto até o barco todo mundo vai supor que integro o *staff* do hotel.

Felizmente, o pessoal da cozinha está tão atarefado quanto antes. Ninguém nos concede uma segunda olhada; todos estão ocupados demais em suas funções de picar e fritar. Saímos da cozinha sem que ninguém faça qualquer pergunta e soltamos um suspiro de alívio.

No lado de fora, no corredor silencioso, nossos passos e o claque-claque das rodinhas do cooler parecem ensurdecedores. Ma vira a cabeça para me olhar e diz:

— Meddy, não puxa assim, puxa deste jeito. — Ela para, ajustando minha postura para que eu fique bem ereta. — Sem corcunda. Se fica com postura ruim, mais tarde suas costas vão doer.

— Na verdade — diz a Segunda Tia —, aprendi no tai chi que esta é a melhor postura. — Ela se aproxima e me ajeita de novo, murmurando: — Joelhos dobrados de leve, sim. — Entre os conselhos das duas, agora estou em pé de um jeito esquisito, ligeiramente inclinada para a frente, os joelhos dobrados, os braços tensos e esquisitos.

— *Aiya*, não — retruca Ma. — Eu tenho aula de dança de salão. Conheço boa postura. Queixo para cima, Meddy.

— Sem querer ofender, mas acho que agora não é a melhor hora para ajustar a postura de Meddy — observa a Quarta Tia.

Assinto, agradecida.

— A Quarta Tia está certa. — A expressão de Ma faz parecer que estou dando um soco direto em seu coração. — Mas obrigada pela ajuda, Ma e Segunda Tia. As duas estão certas, minhas costas estavam começando a doer.

A Segunda Tia e Ma sorriem convencidas e, graças a Deus, recomeçam a caminhar. Andamos o resto do trajeto até a recepção em relativo silêncio, com exceção dos resmungos de Ma:

— *Aiya*, acabou lírio barato.

A recepção está bem mais cheia do que quando chegamos. Os assistentes de Ma chegaram, usando as camisas que são sua marca registrada, em tons vivos de vermelho e dourado, as cores da boa fortuna na cultura chinesa. Com um gritinho entusiasmado, Ma corre para examinar os arranjos. Ela vem trabalhando neles há semanas, planejando cada centro de mesa e cada pedestal de flores, supervisionando a confecção meticulosamente. Agora, seu rosto se ilumina com evidente orgulho à medida que as caixas vão sendo abertas e seus funcionários retiram os arranjos e as esculturas de flores mais elaborados que já vi. Ela dita ordens (essa torre para o salão de danças, aquele vaso para a suíte da noiva) e está prestes a sair às pressas, dando mais ordens, quando se contém e se vira para mim.

— Meddy, ah, esqueci sobre você sabe o quê... — diz ela, mas faço um gesto mostrando que não tem importância.

— Tudo bem, Ma. Tenho tudo sob controle.

— Certo, certo. Tenha cuidado, *ya*. — Ela aperta meu braço e vai logo embora, gritando para um funcionário ter mais cuidado com as peônias.

Meu celular vibra e revela uma mensagem de texto.

Seb [09:51]: Já estou aqui! Supercedo, mas é assim que o melhor fotógrafo assistente do mundo faz.

Meddy [09:52]: Ótimo! Vá para a suíte do noivo e comece a fotografar.

Seb [09:53]: É pra já, chefe.

Uma recepcionista do hotel corre até nós.

— Desculpem, com licença, a senhora é a responsável pelo penteado e pela maquiagem?

A Segunda Tia confirma.

— Ah, ótimo, tenho instruções para levar a senhora até a suíte da noiva. Por favor, me siga.

A Segunda Tia me fita, os olhos inquisitivos.
— Você vai ficar bem ou não?
Sorrio para ela.
— Pode ir. Vou ficar bem.
— Ok, sua tia vai logo então. Tenha cuidado. — Então ela sai, e fico sozinha com a Quarta Tia. E o cadáver.
— A senhora está bem, Quarta Tia? — Não posso nem começar a descrever como me sinto mal por colocá-la nessa situação. A Quarta Tia é a tia a quem sou menos chegada. Talvez seja por causa da rixa constante com Ma ou talvez pelo fato de que ela é absolutamente o oposto de mim em todos os sentidos. Seja como for, sempre me senti meio estranha perto dela, e agora temos que voltar juntas até o Vale de San Gabriel com um cadáver. Está tudo óóótimo. Estou totalmente tranquila com esse plano.
— É cedo demais para eu estar acordada. — Suspira a Quarta Tia. — Vou parecer acabada no espetáculo de hoje à noite.
— A senhora? Acabada? Nunca. — Puxo o cooler para cima de novo e volto a andar. — A senhora está ótima, tia. Muito encant... aah. — No lado de fora da recepção, o trajeto longo e sinuoso que leva ao cais é coberto de seixos soltos. Sinto um nó no estômago. Como vou atravessar esse caminho com o cooler de rodinhas? Por que alguém faria um caminho cheio de pedrinhas?! Essa é uma falha séria de projeto! Como ficam as pessoas em cadeiras de rodas, os pais com carrinhos de bebês ou as pessoas carregando cadáveres em coolers imensos?
— Gostaria que chamasse um carrinho, senhorita? — pergunta um recepcionista do hotel.
Levo um susto, e o recepcionista indica o cooler com um gesto de cabeça.
— Vou pedir um carrinho...
— Não! Não precisa!

— Mas... — Ele franze a testa, confuso.

— Eu fico enjoada em carrinhos — diz a Quarta Tia. — Estamos bem. Essa velharia está vazia, de qualquer forma.

Sorrimos para o recepcionista até ele se afastar, com ar intrigado.

— E agora? — sussurro para a Quarta Tia.

— Vamos pôr os bíceps para trabalhar — responde ela, empurrando o cooler. Ele rola pelo mármore liso até o caminho de seixos. Estremecemos com o barulho horrível que as rodinhas provocam enquanto transportamos o cooler pelo caminho, eu puxando e a Quarta Tia empurrando.

— Isso não vai dar certo — resmungo após apenas alguns segundos. — As pessoas vão ficar imaginando por que não pedimos um carrinho. — Dito e feito: quando olhamos para trás, as pessoas estão reparando, lançando olhares esquisitos na nossa direção. Mas o interesse pode também ser consequência da presença da Quarta Tia, que mais parece um pavão humano.

— Puxe com mais força. — Ela arfa, empurrando o cooler. Ele faz mais barulho e mal se move alguns centímetros.

— Vamos ter que carregar.

A Quarta Tia não fica nada satisfeita, mas, como não temos escolha, pego a parte frontal do cooler e a levanto, e ela faz o mesmo com a traseira. Juntas, erguemos o cooler e cambaleamos lentamente pelo caminho de seixos. É um trajeto longo, mas, a cada passada dolorosa, o resort fica cada vez mais distante.

Até que a Quarta Tia para de repente, arregalando os olhos.

— O que está... — As palavras morrem na minha boca quando me viro, porque há um carrinho vindo na nossa direção que, por acaso, é ocupado por Nathan e um casal mais velho que logo reconheço como os pais de Tom Cruise Sutopo, isto é, os pais do noivo. Também conhecidos como os bilionários que estão financiando a conta astronômica desse casamento.

O rosto de Nathan se ilumina quando me avista, o que provoca umas coisas esquisitas no meu estômago. Meu pobre estômago — não consegue decidir se dá um nó de puro pavor devido ao corpo no cooler ou se flutua de prazer por causa de Nathan. Então se contenta com um meio-termo, borbulhando de náusea.

Nathan salta do carrinho e diz ao sr. e à sra. Sutopo:

— Aqui está uma pessoa que eu adoraria apresentar aos senhores.

Engulo em seco.

O casal de idosos sorri educadamente, sem dúvida tão confuso quanto eu, porque eu sou uma ninguém. Porém, quando os dois veem a Quarta Tia, suspiram de surpresa e agarram as mãos um do outro.

— Esta é...

— MIMI CHAN! — berra o sr. Sutopo.

A sra. Sutopo balança a cabeça de admiração, boquiaberta.

— É ela mesmo?

A Quarta Tia encara a situação com tranquilidade. Ela abaixa o cooler graciosamente e, empertigada, caminha na direção deles. Nathan ajuda o casal a descer do carrinho. Eles não conseguem tirar os olhos da Quarta Tia, nem mesmo enquanto descem do veículo.

— Somos fãs incondicionais — diz a sra. Sutopo. Ela fala um inglês perfeito, o sotaque ligeiramente britânico. Então me lembro de ter feito uma pesquisa no Google e lido que ela conheceu o marido quando os dois estudavam em Oxford. — Acompanhamos sua carreira desde que você era uma menininha.

— Ah, que prazer ouvir isso! Adoro conhecer meus fãs.

— A Quarta Tia lhes dá um abraço apertado, e eles quase se derretem nos braços dela, seus rostos irradiando alegria.

— Sabe, nosso filho, Tom, contratou os serviços de sua família para hoje porque sabe que somos seus fãs número um — revela o sr. Sutopo.

O sorriso da Quarta Tia é tão largo quanto o do gato de *Alice no País nas Maravilhas*. É evidente que vamos ouvir sobre isso mais vezes, quando Ma estiver por perto para escutar a Quarta Tia se gabar sobre como ela conseguiu um bom contrato para nós. E vou ser obrigada a assentir e lhes dizer que é verdade. Ma não vai gostar nada disso.

— Mas para onde estão indo, vocês duas? — pergunta a sra. Sutopo. — Estão indo na direção errada. O hotel fica para lá.

— Ah, só precisamos... — Meu cérebro entra em curto-circuito. Precisamos do quê? Quase lhes digo que trouxemos o cooler errado, mas imediatamente percebo que estaria admitindo um erro para os nossos clientes. A Grande Tia ia exigir minha cabeça se isso acontecesse. Não, não posso falar uma coisa dessas. — Não queríamos ocupar muito espaço dentro da câmara frigorífica, então estamos levando esse cooler de volta bem rapidinho.

— De volta? Quer dizer de volta para o continente? — pergunta o sr. Sutopo.

— É um esforço enorme só para guardar um cooler! — exclama sua esposa. — Nathan, querido, deve haver um lugar para elas guardarem aqui. Você não pode deixar essas lindas damas perambulando pela ilha e atravessando as águas num dia tão importante.

— É lógico — diz Nathan. — Estou tão surpreso quanto a senhora. — Ele se vira para mim e diz: — Pode guardar na câmara frigorífica. Tem muito espaço lá.

— Eu não quero incomodar.

— Não é nenhum incômodo, sério.

— Nathan, querido, por que você não ajuda essa linda garota a levar o cooler de volta para a geladeira? Vamos ficar bem aqui com a Mimi. Vá de carrinho. Nós seguimos a pé — diz a sra. Sutopo. Ela se vira para a Quarta Tia e entrelaça o braço no dela para depois emendar: — Venha, temos que tirar muitas fotos juntas. Ah, meu bom Deus, você é ainda mais bonita em pessoa!

Observo desesperada a Quarta Tia e os Sutopo se afastarem.

— Humm, acho que não é uma boa ideia deixar os três caminharem até o hotel. É bem longe, e tem uma ladeira...

— Concordo — diz Nathan, sem pensar duas vezes. — Vamos deixar o carrinho aqui para eles, e eu te ajudo a levar esse cooler de volta para a cozinha.

— Não, tudo bem, tranquilo, você deve estar muito ocupado...

Ele para, abrindo aquele sorriso que, mesmo depois de tantos anos, ainda é tão irresistivelmente jovial em seus traços fortes. Na hora, apaga os anos e faz Nathan parecer um menino.

— Vai ser um fim de semana louco, né?

Você não faz ideia, tenho vontade de dizer.

— Posso lhe contar um segredo? — Ele abaixa a voz e se aproxima mais de mim. Meu coração bate tão forte que chega a doer. — Talvez eu esteja me cagando um pouquinho de medo, pensando em tudo o que precisa dar certo neste fim de semana. Só um pouquinho. É um evento enorme para nós, e... abrir esse hotel era o meu sonho. Meus investidores estão bem nervosos com os custos. Preciso muito que esse casamento saia perfeito.

Mordo o lábio. Perfeito. Certo. O que provavelmente significa nada de cadáveres encontrados no local.

Nathan passa a mão no cabelo e faz uma careta.

— Desculpa, eu não queria desabafar. É só que... — Ele sorri para mim. — Ver você... é incrível, Meddy, e tão inesperado. Quer dizer, de verdade, qual era a chance de isso acontecer? Estou tão feliz de você estar aqui. Você sempre manteve os pés no chão, bem firmes, e é ótimo encontrá-la.

— É maravilhoso — digo, com total sinceridade. — E fico muito feliz de ver como você está se saindo bem. Quer dizer, você abriu o seu próprio hotel com vinte e seis anos, Nathan. Isso é incrível.

Ele dá de ombros, corando.

— Tive muita ajuda. Conheci as pessoas certas na JLL, consegui o capital inicial com meus pais, acabei entrando em contato com uma porção de investidores... Não fiz tudo isso sozinho. Só tive muita, mas muita sorte.

— Bom, também tenho certeza de que você trabalhou muito.

— Um pouco. — Ele ri, e é exatamente como nos velhos tempos, como se tivéssemos recomeçado de onde paramos. Nossos olhos se encontram, e toda a nossa linda história se desenrola na minha mente. Eu me lembro de cada pequeno detalhe com uma nitidez atordoante: cada beijo, o jeito exato como seus cílios tocavam meu rosto, o calor de suas mãos. — Então, ahn, você está namorando?

Meu coração fraqueja e balanço a cabeça furiosamente.

— E você?

— Minha família marcou uma porção de encontros às cegas para mim, mas nenhum foi para a frente.

Ah, meu Deus. Sinto as bochechas ardendo, porque, falando de encontro às cegas, o meu está no cooler bem do lado dele. Como se lesse minha mente, ele levanta a alça do cooler e puxa, franzindo a testa porque ele não sai do lugar.

— Não dá para fazer o cooler deslizar no caminho de pedrinhas — balbucio. — Escuta, não se preocupa comigo, você está cheio de trabalho e, como você disse, seus investidores estão no seu pé. Pode ir, vou chamar o carregador ou alguém para ajudar.

Ele franze ainda mais a testa.

— Deixa que eu faço isso para você — diz Nathan, com a voz rouca, puxando o cooler com força. A tampa do cooler sobe alguns centímetros, por um segundo assustador, antes que eu a empurre de volta. Jesus Cristo. Eu poderia desmaiar nesse exato momento. Poderia mesmo.

Nathan olha para o cooler e inclina a cabeça para o lado.

— Isso é...

Ah, meu Deus. É sim. É a ponta do cobertor da Grande Tia saindo como uma merda de uma língua de lã. Observo Nathan se movendo em câmera lenta e esticando a mão para abrir o cooler. Então faço a única coisa possível, algo com que venho sonhando nos últimos quatro anos.

Agarro seus ombros largos, sentindo seus músculos sob os dedos, e o puxo para me encarar.

— Meddy...

Não deixo Nathan terminar a frase. Estico o braço, ainda o puxando para mim, e deixo nossas bocas se encontrarem em um beijo ardente.

14

O beijo queima minha pele, chamuscando minha carne, atingindo o fundo das minhas memórias, me fazendo recordar o calor do nosso romance. No espaço de alguns segundos, saboreio os dias de faculdade uma vez mais — os cookies que dividíamos com Selena às onze da noite de uma terça-feira; o odor da fumaça do narguilé enquanto descíamos a avenida Broxton de mãos dadas, a sensação da mão firme de Nathan ao redor da minha cintura, irradiando ondas de calor que fluíam por todo o meu corpo. O modo como ele me fazia rir, um riso pleno, sem limites, de doer a barriga, e depois subia em cima de mim e me beijava toda com vontade, sua pele contra a minha...

No momento em que nos afastamos, estamos sem fôlego. Fito o seu rosto e sei que ele também está pensando nos nossos dias na UCLA.

— Meddy — sussurra ele, curvando-se de novo, grudando sua boca na minha. Tão suave e quente. Algo novo e, no entanto,

tão incrivelmente familiar. — Meu Deus, senti tanta saudade de você.
— Também senti saudades. — Minha voz se enche de emoção. Senti mesmo. Demais.
Ele pega minhas mãos e me observa com seus lindos olhos.
— Estou querendo beijar você desde que a vi hoje de manhã. — Ele suspira. — Desde a formatura, fico me perguntando o que aconteceu com a gente. Sempre quis entrar em contato, mas não tinha certeza se você queria falar comigo... Quer dizer, o que aconteceu naquela época?
Meu estômago se retorce.
— É difícil explicar.
— Eu sei. Senti isso, principalmente quando descobri que você nunca contou sobre nós para a sua mãe.
Eu me retraio. Deve ter sido um golpe e tanto descobrir que sua namorada de três anos jamais contou à família sobre você. E o fato de ele descobrir isso logo hoje... Sou uma pessoa de merda.
— Desculpa. É... é complicado.
As covinhas aparecem de novo.
— Eu entendo. Família às vezes é uma complicação mesmo. Sinceramente, achei que fosse ficar mais chateado com isso, mas ver você depois de tantos anos...
Sinto um alívio no peito. Ele não está chateado! Meu Deus, como ele pode ser tão incrível?
— Eu sei.
— Eu...
— Ei! — grita alguém a distância.
Nós nos afastamos como se fôssemos adolescentes pegos em flagrante. Um homem de meia-idade com o bigode mais espesso do mundo sobe a colina em direção ao resort. No

meio da ladeira, ele faz uma pausa para respirar, abanando-se com uma folha de papel. Quando finalmente nos alcança, seu rosto está vermelho como um tomate.

— Você... — Ele arfa.

— Oi, delegado — diz Nathan. — Posso ajudar em alguma coisa?

Delegado? Fico paralisada. Minhas entranhas se transformam em pedra.

— Você não pode... não pode fazer isso aqui! — exclama o delegado.

— Fazer o quê?

O delegado se endireita, ainda recuperando o fôlego.

— Essa baderna gigante no hotel. Você tem alvará? Duvido, porque sei muito bem que não assinei nada. E tem uma tempestade a caminho. Deve nos atingir ainda hoje. Acho que você não deve continuar com essa festa.

Apesar da situação esquisita, Nathan parece totalmente à vontade.

— Poxa, delegado McConnell. É um casamento, e tenho licença do continente para sediar grandes eventos aqui. Tudo dentro da lei. Vou chamar alguém para lhe mostrar os papéis. E, sim, estamos preparados para a tempestade, se ela realmente nos atingir. Vamos levar todo mundo para dentro. Vai correr tudo bem.

— Continente — cospe o xerife. — Vocês, do continente, acham que são melhores que nós. Vou voltar, espere só para ver. Você e suas licenças do continente. — Ele se afasta a passos largos, resmungando com raiva. Solto o ar.

— Você está bem? — indaga Nathan. Ele deve ter reparado em como fiquei pálida.

Estou prestes a responder quando ouço a Quarta Tia gritando:

— Ah, meus jovens, vocês ainda estão aqui!
— Já terminaram de tirar fotos? — pergunta Nathan, animado.
— Já. — Quando nos alcança, a Quarta Tia cochicha para Nathan: — Acho que o sr. Sutopo está bem cansado. É melhor mostrar o quarto para ele agora.

Nathan concorda e corre de volta para o ponto onde ficaram o sr. e a sra. Sutopo. No meio do caminho, ele para e diz:
— Vou chamar um carrinho para vocês. O cooler está pesado.
— Não esquenta — balbucio. — Vamos dar um jeito. Pode ir.

Nathan assente e me dá um último sorriso antes de ir. A Quarta Tia e eu permanecemos no mesmo lugar, acenando para eles enquanto se afastam. Quando me viro, ela está com um sorriso malicioso no rosto.
— Ahn. Tudo bem?
— Não sei, me diga você — diz ela.
— Não faço ideia do que a senhora está falando.

Ela me cutuca com o cotovelo, de brincadeira.
— Eu vi aquele beijo.

Minha respiração sai pesada. Droga. A última coisa de que preciso agora é uma das minhas tias descobrindo detalhes da minha vida amorosa.
— Por favor, não conte para as outras.

A Quarta Tia abre um sorriso.
— Tem minha palavra. *Oho*, eu amo quando fico sabendo de alguma coisa que sua mãe não sabe! Ela não sabe de nada, né?

Balanço a cabeça.
— Bom, mas agora precisamos nos concentrar nisso. — Aponto para o cooler. — O que vamos fazer com ele?
— Desisto de carregar essa coisa até o cais — diz a Quarta Tia. Ela agita os dedos. — Vai arruinar minhas unhas.

— É, também acho que não vamos conseguir carregar o cooler até lá. É melhor levarmos de volta para o frigorífico. Depois, quando as outras estiverem livres, carregamos todas juntas, que tal? Vai ser mais fácil.

— Certo.

Fazemos força para empurrar o cooler para fora das pedrinhas, mas, uma vez no chão de mármore liso, ele desliza bem e é fácil levá-lo de volta à cozinha.

O rosto da Grande Tia se ilumina quando nos vê, mas logo se fecha ao avistar o cooler atrás de nós.

— O que aconteceu? Por que essa coisa voltou para cá?

Conto a ela sobre a impossibilidade de fazer as rodinhas deslizarem pelo caminho de seixos. Ela suspira e nos conduz à câmara frigorífica.

— Empurre para lá — diz, apontando um canto. Faço o que ela manda, então colocamos recipientes de doces em cima do cooler. — Talvez fique seguro por enquanto.

Examinamos o cooler. Parece tão exposto, em um local onde as pessoas estão constantemente circulando. Bem quando penso nisso, um dos chefs do hotel entra e para ao nos ver.

— Só o pessoal essencial aqui — diz ele.

— Elas comigo — rebate a Grande Tia friamente, e ele franze a testa, mas não fala nada. Em vez disso, apanha um caixote de legumes e sai da câmara frigorífica.

— Temos que sair daqui — digo. — É óbvio que não fazemos parte da equipe da cozinha. — Não eu, com meu traje de fotógrafa, e a Quarta Tia, com seu traje de flamingo cheio de lantejoulas.

— Não se preocupe, fico de olho em cooler — afirma a Grande Tia enquanto saímos da câmara.

— Preciso ir tirar as fotos da noiva agora, mas, assim que tivermos uma folga, devemos nos encontrar aqui e retirar o cooler.

Nós três assentimos, e a Grande Tia diz que vai contar a Ma sobre o plano. Corro até a suíte da noiva para informar à Segunda Tia. E fazer meu trabalho.

A noiva, Jacqueline, já está deslumbrante mesmo antes de a Segunda Tia terminar a maquiagem. Sua pele tem o tipo de brilho que só pode ser alcançado com anos de cuidados meticulosos e caros, e seu nariz tem o arco perfeito e um ligeiro arrebitado que só o melhor cirurgião plástico consegue realizar. Ela me capta observando seu nariz e diz com uma piscadela:

— Suvenir de Seul.

Imediatamente simpatizo com ela.

Depois vem a rodada de apresentações; obviamente já conhecia a noiva, mas há muitas caras novas aqui, incluindo a mãe dela e o que parecem ser mil e duzentas madrinhas, todas usando robes de banho e caminhando de um lado para outro, bebericando champanhe. A suíte da noiva é imensa, sem dúvida maior do que a casa onde moro com Ma. É composta por dois quartos, uma sala lindamente decorada e uma sala de jantar com um grande lustre. Também está uma bagunça; cada superfície disponível foi coberta por um vestido jogado de qualquer jeito, sapatos de salto alto, bolsas, rímel ou taças de champanhe. Uma garçonete circula com bandejas de champanhe e morangos cobertos de chocolate.

A Segunda Tia organizou uma estação de maquiagem perto da janela para obter a melhor luz possível. Perto dela, suas duas assistentes têm suas próprias bancadas e estão ocupadas pincelando o rosto das madrinhas.

Apanho minha leal Canon e acoplo minha lente favorita: uma lente fixa 50mm f/1.2 que me dei de presente de Natal no ano passado e que vale cada maldito centavo. As fotos saem exuberantes, o foco nítido e o fundo se dissolvendo em um desfocado belíssimo. Geralmente tenho que ajustar para 35mm ao tirar fotos dentro de quartos de hotel, porque preciso de ângulos mais amplos para captar tudo, mas essa suíte é tão colossal que posso facilmente abarcar tudo com 50mm. Um paraíso!

— Por favor, posso tirar fotos do vestido? — pergunto para Jacqueline.

— Com certeza! A srta. Halim vai ajudar. Ela é a melhor madrinha do mundo. — Jacqueline abre um sorriso para uma mulher alta e magra, que revira os olhos.

— Ela só diz isso para me bajular. Meu nome é Maureen. Prazer em conhecê-la — diz a madrinha, com um sorriso irônico.

— É, mas funciona muito bem. — Jacqueline ri.

— Só porque eu te amo, sua peste. — Maureen se volta para mim. — Venha, vou ajudá-la com o vestido. É uma tarefa para duas pessoas.

Ela não está brincando. O vestido é enorme, e são necessárias duas pessoas para tirá-lo do manequim e pendurá-lo na janela que vai do chão ao teto. A luz do sol no fundo deixa a peça quase translúcida e faz brilhar cada detalhe do rendado. Eu esperava um Vera Wang ou um Alexander McQueen, mas a etiqueta em seda diz Biyan, o que é uma agradável surpresa. Um estilista indonésio. Isso me faz gostar ainda mais de Jacqueline. Enquanto tiro fotos do vestido de ângulos variados, me ocorre que é a primeira vez que fotografo um vestido de noiva desenhado por um estilista indonésio, o que parece especial de alguma forma. Reaviva meu amor pela fotografia e o motivo pelo qual decidi me juntar ao negócio da família para começo de conversa. Quem me dera fotografar casamentos pudesse ser apenas sobre os detalhes íntimos — apenas eu, minha câmera, vestidos bonitos e casais felizes, em vez do drama e das obrigações familiares que os acompanham. Mas agora com certeza não é a hora de pensar em deixar o negócio da família.

Fotografo todos os outros detalhes: a sola vermelha dos Louboutins da noiva, que certamente vão matar seus pés, o exuberante buquê que Ma criou, os convites.

— Tante Yohana — digo para a mãe da noiva. Tante significa "tia" em indonésio: não consigo chamar os mais velhos apenas pelo primeiro nome. — Posso tirar fotos das joias, por favor? — Em casamentos chineses, as joias da noiva são as últimas coisas a serem exibidas, em geral um presente dos pais. Tirei dezenas de fotos de pais colocando colares de brilhantes em suas filhas e, com toda a certeza, é sempre um momento agridoce, cheio de sorrisos e lágrimas.

Tante Yohana sorri e me conduz para o quarto. Ela tira uma caixa de veludo do cofre e a abre.

— O que você acha?

É um belíssimo conjunto de brincos, colar e pulseira, todos cheios de brilhantes dispostos em um desenho floral. O menor diamante parece ter um quilate; o maior tem facilmente mais de três. Estou admirando um conjunto que deve ter custado mais de um milhão de dólares.

— É lindo — elogio, e ela fica radiante.

— Foi desenhado por um joalheiro indonésio, sabe — diz, com evidente orgulho.

Peço que ela permaneça no quarto enquanto fotografo as joias. Nunca aceitei ficar sozinha com nada caro, no caso de alguma coisa sumir e eu levar a culpa. Quando acabo de fotografar as joias, entrego a caixa a Tante Yohana aberta, de forma que ela possa ver que tudo está intacto, ela sorri e a devolve ao cofre. Estou prestes a voltar para a sala de estar quando meu celular vibra com uma mensagem.

Seb [10:18]: SOS

Meddy [10:18]: O que aconteceu?

Seb [10:19]: Homens.

Uma foto aparece na minha tela.

Encaro o celular sem querer acreditar. Seb está na suíte do noivo, que fica na outra ponta do corredor da suíte da noiva e parece idêntica. Só que, em vez de madrinhas circulando, conversando e rindo, os padrinhos do noivo estão completamente bêbados, jogados em todos os cantos.

Seb envia outra foto, e solto um grunhido alto. O noivo, Tom Cruise Sutopo, jaz seminu na grande banheira.

Meddy [10:21]: Por que os homens são assim??

Seb [10:21]: Nem me fale. Tô tentando acordar os caras já faz quinze minutos.

Meddy [10:22]: Onde está a cerimonialista?

Seb [10:23]: Não sei, não fico vigiando a cerimonialista. É ela que tem que ficar de olho nesse tipo de coisa!

Solto um palavrão em voz baixa.

Meddy [10:24]: Vou já para aí.

Escapo da suíte da noiva e desço o corredor às pressas até a suíte do noivo. Seb abre a porta e faz um gesto grandioso para o interior do quarto, dizendo:

— Ta-dá! Apresentando o *Homo sapiens* macho.
— Puta merda. — Avalio o caos reinante. O quarto fede a álcool e vômito, e os padrinhos estão tão acabados que nem se mexem ao som da nossa voz. Estão todos em variados estágios de nudez; mais de uma vez tenho que desviar o olhar, as bochechas em chamas.
— Ahn, com licença, rapazes, vocês têm que acordar agora.
Seb dá uma risada.
— Certo, você quer acordar os caras com essa sua vozinha. Ei! Galera! Acordem, porra!
Levo um susto com o grito de Seb, mas nenhum dos padrinhos move sequer um músculo.
— Será que estão vivos?
Seb assente, cutucando a perna de um dos padrinhos com o sapato. O rapaz resmunga qualquer coisa antes de voltar a dormir. Dentro do banheiro de mármore, Tom Cruise Sutopo se encontra em semelhante estado. É um banheiro perfeito para o Pinterest: há mármore polido em toda parte e uma banheira luxuosa atrás de um enorme janelão com vista para os jardins do hotel. Dou um tapinha delicado na bochecha de Tom. Ele resmunga, mas não se mexe.
— Você precisa canalizar sua tia asiática interior e dar um grito que vai deixar sua mãe orgulhosa.
— Rá! Acho que dá para contar nos dedos o número de vezes que levantei a voz. — Provavelmente é o resultado de ter sido criada por mulheres tão barulhentas. Tenho uma aversão natural a vozes excessivamente altas. — Faça isso você, Seb. Por favooor.
Seb suspira, limpa a garganta e grita alto o suficiente para fazer meus ouvidos zumbirem. Tom se mexe, pisca algumas vezes e cai no sono de novo. Estou prestes a pedir que Seb grite de novo quando, pela janela, um movimento capta minha atenção.

Pu. Ta. Mer. Da.

A Grande Tia, Ma e a Quarta Tia estão empurrando o cooler, cambaleando pelo gramado caro, e — ai, meu Deus — a tampa do cooler deve ter aberto alguma hora sem elas perceberem, porque uma porra de uma *mão* está para fora.

— AI, MEU DEUS! — grito.

Tom acorda com um susto.

— O q-quê? — fala com a voz esganiçada, piscando e olhando ao redor. — Minha cabeça.

— Bom trabalho! Sabia que tinha uma tia asiática dentro de você — diz Seb, levantando a palma da mão para bater na minha, mas passo por ele correndo e vou até a porta. — Aonde você vai? Ainda tem que acordar os padrinhos.

— É só jogar água neles. Tenho que ir. — Saio em disparada pelo corredor, segurando minha preciosa câmera e a bolsa onde a carrego, para elas não quicarem muito. Meu coração bate com força, martelando meus ouvidos. Quando alcanço minha mãe e minhas tias, estou tão ofegante que sinto que sou capaz de vomitar meus pulmões.

— Meddy, ah, que bom — diz Ma, alegre. — Pegue aquela ponta e levante.

— O que vocês estão fazendo? — meio sussurro, meio grito. — A mão dele está para fora! — Ergo a tampa do cooler de leve e empurro a mão de Ah Guan de volta para dentro. Só então me dou conta de que acabei de tocar no cadáver. Um tremor percorre todo o meu corpo.

Ma, a Grande Tia e a Quarta Tia arregalam os olhos.

— Ops — murmura Ma depois de um segundo.

— Deve ser quando passamos por cima de montinho — diz a Grande Tia.

— Mas por que vocês estão carregando o cooler agora? — grito.

— A geladeira ficando cheia demais, gente entrando e saindo, entrando e saindo. Acho que não é seguro lá — responde a Grande Tia.

— E, como somos três, achamos que conseguimos carregar caminho todo até cais, sem problema — explica Ma.

Pisco. Sem problema? A versão delas para "sem problema" é lutar com o cooler o caminho todo até o cais com essa maldita mão despontando para fora? Pensar no que poderia ter acontecido se eu não as tivesse visto pela janela quase faz meus joelhos cederem. E quem sabe quantas pessoas as viram?

— Sim, somos três, não precisa de Segunda Tia — diz a Grande Tia.

Dentro de mim, uma ficha cai. Isso. Isso aqui é o motivo real por que a Grande Tia chamou Ma e a Quarta Tia para deslocarem o cooler agora, justo agora. Porque a Grande Tia quer provar que a Segunda Tia não é necessária. Só posso imaginar o olhar presunçoso no rosto da Grande Tia quando a Segunda Tia descobrir que resolvemos tudo sem a ajuda dela. A Grande Tia vai ficar tipo "Está vendo? Posso lidar com problema muito bem, não precisa se preocupar". E a Segunda Tia, por dentro, vai ficar tipo "Vai se foder", mas no exterior vai ter que sorrir e parabenizar a Grande Tia por um trabalho bem-feito. Não acredito que a rivalidade entre minhas tias está pondo em risco nossa chance de nos safarmos desse assassinato.

— Enfim, agora que você aqui, podemos levar corpo até cais com certeza — diz Ma. — *Ayo, cepat.* Rápido!

Olho as horas. Ainda temos vinte minutos antes de a Segunda Tia terminar o cabelo e a maquiagem da noiva. Jacqueline é um amor, mas não vai gostar nada se eu deixar de fotografá-la enquanto ela se prepara. Por outro lado, uma noiva decepcionada é muito melhor do que ser presa por descobrirem que você tem um cadáver dentro de um cooler. E agora que já estamos aqui, voltar para a cozinha vai dar o mesmo trabalho. É melhor acabar com essa tarefa agora.

Com um resmungo de frustração, pego um canto do cooler. Erguemos o objeto ao mesmo tempo, e o cooler sai do chão. Caminhamos o mais rápido possível. A cada passo os músculos do meu ombro queimam e minhas coxas soltam espasmos e me imploram para parar.

Parece que levamos uma eternidade até avistarmos o cais, e quase brado de alegria com a visão daqueles barcos ancorados.

— Senhoras — fala o organizador das travessias quando nos aproximamos. — Posso ajudá-las?

Pousamos o cooler delicadamente. Eu me viro para ele.

— Precisamos *(ofegando)* pegar *(ofegando)* um barco *(ofegando)* de volta para Los Angeles.

— Certamente, subam.

— Ah, obrigada, obrigada. — Minha família e eu nos entreolhamos de modo entusiasmado e tornamos a levantar o cooler.

— Opa, opa, o que é isso? — pergunta ele. Que babaca. Ele tinha visto que estávamos carregando o cooler até o píer, mas esperou que o erguêssemos de novo antes de perguntar. Babaca.

— Ah, suprimentos de confeitaria. Minha tia é a confeiteira, e precisamos levar esse material de volta para a confeitaria. Não tem muito espaço sobrando na cozinha.

Os olhos do homem se estreitam.

— Ah. São do bufê — desdenha ele. — Sinto muito, mas esse barco é só para convidados.

Nós o encaramos.

— É uma pergunta? — questiona a Quarta Tia.

— Não? Quer dizer, tipo, é só para convidados. Ponto final.

— Tecnicamente, não faço parte do bufê — diz a Quarta Tia, jogando o cabelo para trás. — Sou a estrela do espetáculo.

— Ah, é? Não sei quem é você... — Ele estreita os olhos como se estivesse tentando descobrir quem é ela.

— Por que você não pergunta ao seu chefe quem sou eu...?

— Não, espera, tudo bem, por favor, não esquenta! — digo rapidamente. Se Nathan ouvir falar mais uma vez que minha família e eu estamos lidando com o cooler, com certeza vai ficar desconfiado. — Vamos só armazenar isso na cozinha. Obrigada!

O organizador dos barcos nos dá o sorriso mais fingido do ano e volta a digitar em seu iPad.

— *Kenapa*? — diz a Grande Tia, e lhe lanço um olhar que significa "Mais tarde". Com dificuldade, voltamos do cais com o cooler e, quando paramos para tomar um pouco de fôlego, conto a elas sobre como Nathan tinha me visto empurrando o cooler com a Quarta Tia, e como ele definitivamente ia achar estranho estarmos tentando carregar o mesmo cooler de novo.

— Ah, sim, aquele rapaz simpático... — diz a Quarta Tia, abrindo um largo sorriso. — É verdade, Meddy. Tinha me esquecido dele. — Ela arqueia as sobrancelhas.

Ma alterna o olhar entre mim e a irmã.

— O quê? O que foi?

— Nada! — respondo apressada.

A Quarta Tia arqueia as sobrancelhas de novo.

— Óbvio que não é nada. O que é? Por que você não pode contar à sua mama?

Minha mãe franze a sobrancelha, aparentemente magoada porque estou escondendo alguma coisa dela.

— *Aiyo*, San Jie, se sua filha não se sente confortável de compartilhar algum segredo, você não deve forçar. Talvez seja por isso que Meddy não quer te contar essas coisas — diz a Quarta Tia.

Ai, por FAVOR! Essas rivalidades entre irmãs vão me matar. Além do mais, conto uma porção de coisas para Ma. Certo, sim, de fato escondi um relacionamento de três anos, mas é diferente. Todo o resto eu conto para ela. Sou tão próxima dela quanto uma filha pode ser. Sou a boa filha, lembram? Tenho vontade de gritar. Fiquei para trás enquanto todos os outros foram embora. Então, talvez eu não conte tudo para elas, mas o que mais elas querem de mim?

— Não é nada! Só que ele é uma pessoa que eu já conhecia. O que importa é que temos problemas maiores agora. — Aponto para o cooler. — Não acham que devemos nos concentrar nisso?

— Sim, Meddy tem razão, vocês duas podem conversar sobre onde você falhou como mãe mais tarde — diz a Quarta Tia.

Pelo amor de Deus.

— Ma, não guardo segredos da senhora, sabe disso. — Exceto Nathan. Literalmente o ÚNICO segredo que guardei dela. Quer dizer, até contei que matei Ah Guan. Isso tem que valer alguma coisa.

Ma não me encara nos olhos.

— Eu faço tudo para você, e é assim que me retribui? *Begitu ya?* O que fiz para merecer filha tão ingrata?

E aqui vamos nós.

— Agora não é a hora.

— E quando vai ser hora?

— Depois de nos livrarmos do cara que eu matei! — Ah, meu Deus. Eu não queria falar tão alto. Mas, sério, ninguém me deixa mais louca do que Ma e minhas tias. Todas olhamos em volta para ver se alguém escutou, mas, para nossa sorte, o local está relativamente deserto. — Por favor, Ma, vamos deixar isso para depois? Eu te conto tudo mais tarde, prometo. Quero muito te contar, Ma, de verdade, mas, por enquanto, vamos nos concentrar em resolver essa trapalhada, ok?

Com um suspiro, Ma relaxa os ombros.
— Tudo bem — sussurra. — Para onde levamos cooler agora? De volta para geladeira?
A Grande Tia balança a cabeça.
— Não, tem gente demais. O chef principal está enlouquecendo todo mundo, pessoas correndo para dentro e para fora da geladeira, procurando aqui e ali, trufa *lah*, alecrim *lah*, isso e aquilo, só questão de tempo até alguém abrir cooler.

Meu celular apita com uma mensagem de texto.

Seb [10:43]: Tem vômito demaaais rolando aqui agora. Podemos trocar de lugar, por favor?

Meddy [10:44]: Troco de lugar com você depois. Agora estou no meio de uma coisa.

Seb [10:45]: Você não está na suíte da noiva?? Cadê vc?? Ela não vai gostar nada se você não fotografar a hora que ela colocar o véu!

Meddy [10:46]: É uma emergência. Pensando bem, você pode assumir meu lugar? Vá tirar fotos da noiva, já que pelo jeito não vai conseguir nada de bom aí com o noivo.

Seb [10:47]: Você é quem pensa, estou conseguindo cliques fantásticos do noivo e seus padrinhos patetas.

Ele envia a foto de um cara com a cabeça na privada. Atrás, outro cara está tomando banho, inteiramente vestido.

Meddy [10:48]: Vá para a suíte da noiva. Te encontro já, já.

Enfio o celular no bolso de novo e inspiro profundamente. As horas estão voando.

— Está na hora! — grito.

As outras parecem confusas.

— Hora do check-in! Lembram? Não disseram que nossos quartos ficariam prontos só às dez horas? Já passa das dez!

Eu poderia berrar de alívio. Vamos poder guardar o cooler sem nos preocuparmos de alguém topar com ele. Talvez saiamos dessa confusão ilesas.

15

A recepção está lotada de tias com terninhos Gucci e enormes viseiras, e tios usando Patek Philippe. Todas as bolsas penduradas nos braços das tias são Birkin ou Kelly. Nada de Louis Vuitton ou Prada; esse grupo usa estritamente Hermès. O que acontece com a comunidade sino-indonésia e esse tesão todo por Hermès? Parece que todos os convidados já chegaram, embora eu saiba racionalmente que não é verdade; a maioria vai chegar às duas da tarde, a tempo para o check-in e para se arrumar antes da hora do coquetel. Mas os membros da família já estão na ilha — as tias, os tios, os primos e as primas que vieram cedo para a cerimônia do chá — e, no típico estilo sino-indonésio, isso significa por volta de cem parentes, todos chegando ao mesmo tempo.

— *Wah*, olhe aquela ali, uma Kelly de pele de crocodilo — sussurra Ma para a Grande Tia.

A Quarta Tia gira tanto a cabeça para olhar a cobiçada bolsa que o cooler escorrega de sua mão, bate no chão, e uma das rodinhas estala imediatamente.

— *Aiya!* — A exclamação parte de nós quatro. Cabeças se viram. Olhares curiosos nos seguem. Algumas conversas param no meio enquanto as tias e os tios nos observam.

— *Tchi*, por que você tão *kaypoh*? — repreende Ma.

— Você me distraiu!

— Tudo bem, só pegue o cooler de novo — sussurro, o que parece ridículo, sussurrar em um local tão amplo lotado de gente. No entanto, sinto o peso daqueles olhares rastejando sobre a minha pele. Preciso sair desse lugar. A Quarta Tia agarra seu canto do cooler mais uma vez e corremos para o balcão da recepção, onde encontro, para meu desespero, uma longa fila de convidados esperando para fazer o check-in.

— Nada de preocupação, eu falo com eles — diz a Grande Tia. Baixamos o cooler e ela contorna a lateral do balcão. Fala algumas palavras para a recepcionista atarefada, que a fita e depois se vira para a tela do computador, aparentemente ignorando a Grande Tia. O rosto dela fica vermelho, e ela fala mais alguma coisa para a recepcionista. De onde observamos, posso sentir, por sua expressão contraída, o exato tom de voz que a Grande Tia está usando. É o mesmo que ela usa quando fica insatisfeita conosco, uma voz baixa mas implacável, impossível de ignorar. O motivo pelo qual a Grande Tia é a matriarca da nossa família inteira não é meramente o fato de ser a mais velha. Se esse fosse o único motivo, ela teria sido destronada décadas atrás. Não, o motivo é que ela tem A Voz.

Observo enquanto ela usa seu superpoder sobre a recepcionista agora. Seja o que for que a Grande Tia lhe diz, a recepcionista levanta bruscamente a cabeça e a encara com a testa franzida de preocupação. A Grande Tia ergue as sobrancelhas e assente. Com um suspiro, a recepcionista começa a digitar com grande violência e, em poucos minutos, a Grande Tia recebe um cartão-chave com um sorriso apertado. Ela volta para perto de nós, sorrindo triunfante e agitando o cartão.

— *Wah*, Da Jie, bom trabalho! — exclama Ma.

— Sim, foi absolutamente incrível — diz a Quarta Tia.

Sua admiração e seu respeito estão estampados no rosto delas e, por um minuto de consciência pesada, fico contente que a Segunda Tia não esteja aqui para azedar o momento de glória da Grande Tia. É bom ver as irmãs se dando bem.

— *Aiya*, não foi nada — retruca a Grande Tia, apesar de exibir um largo sorriso, e apesar de ser, sim, alguma coisa para ela. — Eu só disse para ela...

— Oi, Meddy.

Meu corpo inteiro reage à voz de Nathan antes que meu cérebro se dê conta, dando um giro e posicionando minha cabeça para cima a fim de retribuir seu olhar. Já estou mordendo meu lábio (pare com isso!), mas a expressão em seu rosto deixa claro que não há nada romântico nesse momento. Ele está com a testa franzida, intrigado.

— Ei. Oi.

— Tudo tranquilo aqui? — pergunta ele.

— Sim, estamos só fazendo o check-in para os nossos quartos — respondo rapidamente, superconsciente dos olhares curiosos da minha mãe e das minhas tias.

— Espero que tudo esteja correndo bem para vocês — diz ele.

Minha mãe se aproxima e se intromete:

— Que rapaz simpático — comenta ela e, para meu terror, estende a mão para dar um tapinha em sua bochecha. — Muito bonito também.

Murcho por completo. Quero morrer.

— Posso pedir que alguém a ajude a encontrar seu quarto, Tia? — oferece Nathan. Ele olha para o cooler e seu sorriso desaparece. — Vejo que vocês ainda estão tendo problemas com o mesmo cooler? — Ele me fita com um mundo de perguntas nos olhos.

— Sim, não queríamos ocupar muito espaço na geladeira, e isso aqui é material não essencial, então pensamos em tirá-lo do caminho — balbucio.

Ma ainda está tocando Nathan em vários lugares, avaliando, como se ele fosse uma melancia que ela está pensando em comprar.

— Muito alto — murmura ela —, boa altura. Você usava aparelho quando era pequeno?

— Eu... O quê?

— Ma!

— Aparelho, sabe, em dente.

A Grande Tia e a Quarta Tia sorriem para Nathan, ansiosas.

— Ahn, não? — O rosto de Nathan tem aquela expressão vazia que vejo frequentemente nas pessoas quando Ma fala com elas.

— *Wah*, então dentes naturalmente retos? Que bom! Meddy, ele espécime muito bom, vai dar prole boa. Não vai precisar gastar dinheiro com aparelho em filhos.

Meu queixo cai até o chão de mármore. O rosto de Nathan está tão vermelho que com certeza daria para ferver um bule de água nele.

— MA! — Lanço um olhar de súplica para minhas tias, e elas finalmente param de sorrir por tempo suficiente para agarrar os braços da minha mãe e levá-la para longe. Mesmo assim, ainda a escuto dizer:

— Dentes dele muito bons, *kan*?

Eu me viro para Nathan.

— Mil desculpas por tudo isso. Por favor, ignore a minha mãe.

— Não esquenta. Eu sempre quis que as pessoas reparassem em como meus dentes são retos. — Ele abre um sorriso.

Eu rio.

— Tá bom, eles são tão retos que chegam a assustar.

— Também esperei a vida toda para alguém dizer como sou um bom espécime.

— Aham. Você é um puta de um bom espécime. — Só depois que as palavras saem da minha boca percebo como soam fortes. Será que ele sabe que nenhum outro homem chega aos seus pés? Que, depois do nosso relacionamento, eu não conseguia deixar de comparar todos os homens que conheci com ele e que nenhum era sequer comparável? E também que nada disso importa, porque tenho literalmente um cadáver escondido no cooler ao nosso lado?

Felizmente, a atenção de Nathan é desviada por um tio usando um gigantesco Rolex de ouro, que se aproxima a passos largos e berra:

— NATHAN! Meu garoto, que lugar, hein? Seu velho deve estar muito orgulhoso!

— Oi, tio Timmy. É muito bom ver o senhor aqui.

— Escute, Nathan. Tia Sofie está cansada da viagem de barco até aqui. Você podia providenciar nosso check-in agora? — O homem faz um gesto para a longa fila diante do balcão de recepção.

— Estou tratando de um assunto agora, mas vou chamar alguém para tomar conta disso para o senhor...

— Não, tudo bem — digo rapidamente. — Pode ir ajudar o seu tio. Tenho que correr, mesmo.

Nathan sorri para mim, desculpando-se.

— Tudo bem. Eu te vejo mais tarde, Meddy. Venha, tio, vou tratar disso para o senhor.

Assim que Nathan e o homem mais velho se afastam, corro para perto das minhas tias e da minha mãe.

— Muito bem, vamos.

— Meddy, *wah*, você deve escolher aquele rapaz, sua mãe tem razão, ele é melhor espécime — diz a Grande Tia.

A Quarta Tia dá um risinho dissimulado.

— Podemos falar da minha vida amorosa mais tarde, por favor? Quando não tivermos que lidar com vocês sabem o quê?

Minha mãe e minhas tias resmungam, mas então se curvam para pegar um canto do cooler. Um carregador se intromete:

— Por favor, deixem que levo isso para as senhoras — oferece ele.

— Não... — começo.

— Não se preocupe, madame, vou levar para o seu quarto. Quarto 202, não é?

— Não...

Ele nos dá um sorriso educado e agarra uma ponta do cooler. Minha mente entra em curto-circuito, mas, antes que eu possa dizer alguma coisa, Ma fala:

— *Aiya!* Vocês, carregadores, sempre querendo gorjeta. Não tenho gorjeta para você, vá embora.

Parecendo chocado, o rapaz balbucia:

— Eu não ia...

— Vai embora, xô. — Minha mãe literalmente o enxota como se ele fosse um cachorrinho levado, e o rapaz se afasta, balançando a cabeça e murmurando:

— Asiáticos.

Eu me retraio, sentindo-me dividida entre a raiva pelo comentário e o constrangimento pelo nosso comportamento horrível. Ainda assim, não tenho tempo para me preocupar.

— Vamos embora antes que outro carregador venha nos abordar.

Pegamos o cooler e nos apressamos em direção aos elevadores, seguidas por olhares curiosos. Não os culpo. Somos um grupo estranho: eu toda de preto, a Grande Tia e Ma com grandes aventais brancos e a Quarta Tia cintilante, com paetês e plumas. É só depois que as portas do elevador se fecham que solto a respiração, mas ainda não consigo me livrar da terrível sensação de que gente demais nos viu com o cooler. Muitos olhos curiosos nos acompanharam. Precisamos sumir com esse cooler, e rápido.

16

Estar no quarto do hotel traz um alívio enorme. Assim que entramos, fecho a porta, tranco o ferrolho, e aí... êxtase. Por apenas um minuto, eu me permito uma chance de relaxar. Apoio a cabeça na porta, fechando os olhos e respirando fundo. *Vamos superar isso tudo,* digo para mim mesma. *Sei que vamos.*

— *Wah,* olhe só este quarto. *Bagus banget!* — exclama Ma.

Com relutância, abro os olhos e me viro. Ela tem razão. Apesar de ser o quarto mais barato do resort, é lindo: há duas camas queen-size com pilhas de travesseiros fofos e edredons ainda mais fofos, uma janela do teto ao chão que se abre para uma ampla varanda e mobiliário moderno por toda parte. O ar-condicionado proporciona uma temperatura agradável, nos dando uma trégua do calor impiedoso.

Tiro os sapatos e os coloco perto dos da minha mãe e das minhas tias na entrada. A Grande Tia e a Quarta Tia já pegaram os grossos robes atoalhados no closet e os vestiram por cima das roupas. Ma olha brava para a Quarta Tia.

— Com licença, seu quarto também tem robe, não use o meu.

A Quarta Tia dá de ombros, apertando com um nó o cinto do robe.

— Vou trazer o meu robe assim que eu fizer check-in no meu quarto.

Corro para o meio das duas, interrompendo o concurso de cara feia. Ma nunca pensaria em pedir à Grande Tia que tirasse o robe. Então, se quiser usar um, terá que disputá-lo com a Quarta Tia.

— Vou ligar e pedir um robe extra, Ma. Mas, antes disso, precisamos resolver o problema do cooler.

— Que problema? — pergunta a Grande Tia. Ela já está bem à vontade na espreguiçadeira, recostando-se como uma dama do século XV.

— Bom, infelizmente, gente demais nos viu carregando o cooler para todo lado. Tenho quase certeza de que pareceu suspeito pra cacete. Por isso, acho que devemos nos livrar dele. Além do mais, está claro que, se deixarmos o corpo dentro do cooler, nunca vamos conseguir tirá-lo da ilha antes de amanhã à noite, e tenho quase certeza de que vai começar a cheirar antes disso.

— *Aduh, amit amit deh* — diz Ma.

A Grande Tia mira o teto, ficando calada por um tempo.

— Nada de *amit amit* — retruca ela, afinal. — Meddy está certa, até amanhã corpo começa a cheirar. Não podemos esperar tanto tempo. Precisamos plano novo.

— Para nossa sorte — diz a Quarta Tia, pulando em uma das camas —, estamos cercadas pelo oceano. Vamos simplesmente jogar o corpo no mar e acabar com isso de uma vez por todas!

Meu instinto é recusar a sugestão, porque a maior parte das ideias da Quarta Tia é leviana e nem um pouco bem pensada e, como sempre resmunga Ma, a Quarta Tia não é a pessoa mais responsável do mundo. Mas depois me dou conta de que ela tem certa razão. Com exceção da ideia de enterrar o corpo no deserto, o mar não é uma opção ruim. Podíamos colocar o corpo em uma bolsa de lona, enchê-la de pedras e depois jogá-la na água. Com sorte, quando for encontrado, vai estar tão inchado que não serão capazes de identificá-lo. Uau, meus pensamentos viajaram para um local sombrio. É chocante a rapidez com que me adaptei à ideia de, bem, matar um cara e descartar seu corpo. Nunca pensei que seria capaz de pensar numa coisa dessas. Uma vez encontrei uma carteira com duzentos dólares na pista de dança de uma boate e é óbvio que a devolvi. Sou esse tipo de pessoa, que segue as regras. Porém, a perspectiva de ir para a cadeia — e não apenas eu, mas também minhas tias, porque, sem querer, elas ajudaram a matar Ah Guan — é impensável.

— Na verdade, é uma ideia muito boa, tia — digo. — Só precisamos...

Há uma batida à porta, e todas congelamos.

— Serviço de quarto. Trouxe sua bagagem.

Bem na hora! Corro para abrir a porta e depois recuo para o lado enquanto o carregador deposita toda a nossa bagagem no quarto. Eu só trouxe uma pequena mala para a estadia de uma noite, mas minha mãe e as tias sempre trazem coisas demais. Em poucos minutos, nosso quarto está cheio de malas gigantescas. Dou uma gorjeta para o carregador e ele vai embora.

Em seguida, eu me viro, sorrindo, e digo:

— Muito bem, só precisamos colocar o corpo em uma dessas malas e enchê-la com pedras para fazer peso. Aí, hoje à noite, nós... — Hesito. Nós o quê? Subimos até o topo do penhasco com uma mala pesada pra cacete e a jogamos nas rochas escarpadas embaixo? Roubamos um barco e o levamos até o meio do Oceano Pacífico e o descartamos lá? Todas essas coisas são fáceis na teoria, mas, quando estou prestes a proferi-las em voz alta, parecem ridículas. Como conseguiríamos carregar a mala até o topo da colina no breu total? Seria pedir para um acidente acontecer. E roubar um barco? Não sei nem como começar a fazer isso. Mesmo que de alguma forma conseguíssemos pôr as mãos nas chaves de um barco, nenhuma de nós saberia dirigi-lo. É assim que se fala? Dirigir? Ou você pilota um barco? Não tem jeito.

— Nós o quê? — pergunta Ma, os olhos arregalados de ansiedade. Não consigo admitir que não tenho a porra de uma mísera ideia do que vamos fazer daqui para a frente.

Meu celular apita com uma mensagem de texto. Resmungo, lembrando que estou superatrasada para chegar à suíte da noiva.

Seb [11:35]: Ah, não, alguém contou à noiva que o noivo e os padrinhos estão bêbados como gambás e ela mandou a madrinha principal para a suíte do noivo.

Seb [11:36]: Aaah, a madrinha está acabando com eles. Sério, que imbecis.

Seb [11:40]: Ah, meu Deus, parece que eles só pararam de beber, tipo, às nove da manhã. Não é de espantar que os babacas ainda estão desmaiados!!!

Meddy [11:41]: Isso significa que tenho mais tempo antes de correr para a suíte da noiva?

Seb [11:41]: Tem, sim, acho que ela não vai acabar o esporro tão cedo. Mas você está perdendo um showzão.

Meddy [11:42]: Vou praí daqui a pouquinho.

Enfio o celular no bolso de novo, a cabeça zumbindo, e, com um clique praticamente audível, tudo começa a fazer sentido. Os padrinhos desmaiados. Os engradados de álcool na cozinha. O evento começa com um coquetel assim que o resto dos convidados chegar.

— Já sei! — grito.

As três mulheres me encaram, intrigadas.

— Já sei o que fazer! Esqueçam a mala e tudo o mais. Vamos esconder o corpo à vista de todos. Vamos fingir que ele é um dos convidados bêbados e então, de noite, quando todo mundo estiver ocupado na festa, podemos levar o corpo para o cais. Ninguém vai reparar em mais um cara bêbado. Assim que a barra estiver limpa, jogamos o corpo na água. Mesmo se ele aparecer na praia, vão só pensar que ele estava bêbado, caiu na água e se afogou.

— Eles não vão saber há quanto tempo ele morreu? — pergunta a Quarta Tia. — No CSI, eles conseguem descobrir isso, sabe.

— Bem, tecnicamente, ele só está morto há... sei lá, menos de dez horas? Porque, sabe, ele não estava morto quando foi colocado no cooler... — Minha voz falha pois, sinceramente, quando coloco nesses termos, a completa barbaridade de toda a situação é estarrecedora. Pobre coitado. Ele era um bosta, mas não merecia morrer desse jeito.

— Ah! Sim, sim, bem pensado, Meddy. Sim, é como se fosse peixe de restaurante, sabe, que fica vivo em aquário até alguém matar antes de comer... — Ma para de falar quando

percebe nossos olhares de quem não está entendendo nada.
— Não importa, é nada igual — completa.
No entanto, adoro o fato de ela ter se esforçado.
— Bom, tenho quase certeza de que ficar na água por um tempo vai atrapalhar a autópsia, ainda mais o tempo estando tão quente nesses últimos dias. Uhul, aquecimento global!
— Dou um viva sem graça. Ruim para o meio ambiente, bom para os assassinos.
— Isso não má ideia — diz a Grande Tia. — Não boa ideia, mas nós encurraladas aqui, não podemos sair da ilha sem chamar atenção, então sem outra opção. Ok, Meddy, bom trabalho, vamos executar sua ideia.

Tenho que morder o lábio para não abrir um sorriso de orgulho. É quase impossível obter a aprovação da Grande Tia e, por um momento fugaz, tenho vontade de alardear o acontecido para Selena. Depois me dou conta de que nunca vou poder alardear isso para ninguém. Não é como se eu pudesse mandar um WhatsApp para Selena dizendo "A Grande Tia aprovou minha ideia de como ocultar um cadáver!!!".

Não acredito que estou sentada aqui mentalmente me gabando desse momento. Devo estar desidratada.

— Acho melhor nos livrarmos do cooler nesse meio-tempo. Tipo, inventar uma manobra de distração, sabem?

— Manobra de quê? — pergunta a Grande Tia.

— Uma pista falsa, algo para enganar as pessoas. Por exemplo, pensei em encher o cooler com comida de verdade. Aí, se alguém estiver desconfiado, e acho que todo mundo na recepção deve estar, podemos dizer "Não é nada, tem só comida aqui dentro, está vendo?".

A Grande Tia assente.

— Ok, sim, boa ideia, essa pista falsa. Vou até cozinha trazer ingredientes que estão sobrando.

— Vamos levar o corpo primeiro, depois tenho que ir para a suíte da noiva tirar fotos.

Todas nós nos levantamos, sentindo o ambiente do quarto ficar mais sombrio, e cercamos o cooler.

— Abra — diz a Quarta Tia.

— Por que eu? Abra você! — exclama Ma.

— Eu abro — me intrometo. Tem que ser eu. A bagunça é culpa minha. O mínimo que posso fazer é abrir essa merda.

Eu me aproximo só um pouquinho e, quando estendo o braço direito, parece que a pele da minha mão faz força para me impedir. Ai, meu Deus, lá vai...

Abro de uma só vez e recuo rápido, tremendo.

Minha mãe e minhas tias esticam o pescoço para a frente.

— Está muito ruim? — pergunto, me colocando atrás delas. — Ele está... argh, escorrendo?

— Hum — diz a Quarta Tia.

— Humm — murmura a Grande Tia.

— Meus lírios — lamenta Ma, suspirando.

Isso é impossível. Eu me meto no meio delas e olho. Hum. Quer dizer, no que concerne a cadáveres, podia ser pior. A primeira coisa que noto é como ele está pálido, o que era de esperar. Na teoria, eu sabia que ele não estaria com as bochechas rosadas, mas mesmo assim ver isso com os próprios olhos é um pouco chocante.

— Muito bem. Vamos em frente. — Ninguém se mexe.

A Grande Tia começa a dar ordens:

— San Mei, você pega braço esquerdo, Si Mei, você pega direito, Meddy, você pega perna esquerda. Eu pego perna direita. — Nós três aceitamos. Graças a Deus temos a Grande Tia. Mas nenhuma de nós se mexe, nem mesmo a matriarca. Ninguém quer tocar um cadáver. A Grande Tia bate palmas com força e ruge: — *Cepat!* — E todas avançamos. Chegou a hora. Não me permito pensar duas vezes antes de agarrar uma das pernas, logo abaixo do joelho.

Ai, meu Deus, ai, meu Deus. Estou tocando no corpo. Argh. O que quer que eu pensasse sobre cadáveres e como seria tocar em um, o ato de verdade é um milhão de vezes pior. O *rigor mortis* deve estar acontecendo, porque ele está muito rígido. É como se ele estivesse contraindo todos os músculos. O que é um pensamento absolutamente esdrúxulo, pensar nele contraindo qualquer coisa.

— Muito bem, agora levantar — ordena a Grande Tia, e assim fazemos, simultaneamente.

Então Ah Guan arrota. Todas nós gritamos, deixamos o corpo cair e passamos umas por cima das outras para nos afastarmos dele. Ficamos amontoadas na outra extremidade do quarto, ofegantes e encarando o cooler aberto.

— Ele está vivo? — grita a Quarta Tia.

— Ah Guan, ahn, sou eu, Tia Natasya. Olá, Ah Guan? Você acordado ou não? — diz Ma, sorrindo de um jeito meio louco, como se ele pudesse vê-la dali.

Sou a primeira a imaginar o que deve ter acontecido.

— Acho que é só o ar preso dentro dele saindo. Faz parte do processo de morrer.

Todas me fitam com uma mistura de horror e admiração.

— Meddy, como você sabe essas coisas? — pergunta Ma.

Dou de ombros.

— Internet? Sei lá, a gente aprende um monte de coisa aleatória navegando na internet. — Ou, para ser mais precisa, passando as noites se entupindo de batata chips e debatendo no Reddit.

A Grande Tia assente, ainda com um ar chocado.

— Muito bem, Meddy, você estuda bastante.

E novamente uma parte de mim quer se gabar: "A Grande Tia acha que estudo bastante!" Mas é só uma pequena parte. Minúscula.

Ma praticamente incha de orgulho quando a Grande Tia diz isso, e a Quarta Tia revira os olhos.

— Muito bem, vamos fazer de novo — digo, encorajada pelo meu conhecimento. — E não fiquem chocadas se ele arrotar de novo. Ou peidar.

Fazendo uma careta, voltamos na ponta dos pés para perto do cooler. Acho que estamos andando na ponta dos pés porque, apesar de racionalmente sabermos que estou correta sobre os gases escapulindo de um corpo morto, ainda meio que esperamos ele saltar para fora do cooler e, sei lá, nos atacar por tê-lo assassinado. O que não faz absolutamente nenhum sentido, mas é difícil seguir a razão quando se está prestes a carregar um cara que você matou na noite anterior.

— Certo. Todo mundo pega um dos membros. — Dessa vez, elas efetivamente fazem o que mandei. Acho que nunca mandei a Grande Tia fazer qualquer coisa, e é uma sensação incrível quando ela pega a perna direita de Ah Guan. Nós o erguemos de novo e, dessa vez, não sai nenhum barulho do corpo, graças a Deus. Cambaleamos em direção à cama mais próxima e o soltamos em cima dela, depois recuamos e examinamos nosso trabalho.

— Se for para fingir que Ah Guan é um convidado bêbado, precisamos limpá-lo um pouco. — Felizmente, não há muito sangue nele. Apenas um pouco de sangue seco que escorreu do ouvido na lateral do pescoço. Assim que limparmos e o vestirmos com um terno e óculos escuros, ele vai ficar devidamente disfarçado.

Um terno. Óculos escuros. Onde diabos vamos encontrar essas coisas?

— Precisa arrumar roupa melhor para ele — diz Ma, como se lesse minha mente.

— Roupa melhor? Você quer dizer um terno? — pergunta a Quarta Tia. — Onde vamos conseguir um terno?

— Não é ideia ruim — elogia a Grande Tia. Ela pegou um palito de algum lugar (a Grande Tia sempre tem um estoque de palitos) e está limpando as unhas. Ela sempre tem açúcar e pasta americana e outras coisas embaixo das unhas, o que faz sentido. Em geral, acho meio nojento vê-la limpar as unhas, mas agora traz uma calma surpreendente. Tipo, o céu pode estar desabando e pode haver um cadáver na minha cama, mas, por Deus, a Grande Tia vai estar com as unhas limpas. — Eu consigo arrumar terno.

Nós três a encaramos. Ela nem está olhando para nós; está concentrada nas unhas.

— Onde, Grande Tia?

Ela franze a testa quando enfia o palito em um local complicado.

— Reparei em lavanderia perto de cozinha. Convidados mandam vestidos e ternos para lavanderia, para lavar a seco ou passar. Vou lá dentro, pego terno, e pronto! — Ela ergue o olhar, sorrindo.

Seria tão fácil assim? Mas, pensando melhor, não temos nenhuma alternativa.

— Obrigada, tia. Isso... é, isso seria fantástico. Tenho que correr agora, preciso ir à suíte da noiva, mas volto logo que puder.

— Certo, pode ir, vou checar flores — diz Ma, acenando com a mão para eu sair.

— Imagino que vai sobrar para mim tomar conta do corpo — murmura a Quarta Tia.

Faço uma careta.

— Me desculpe, Quarta Tia.

— Humpf, podia ser pior. — Ela se acomoda na outra cama, bem à vontade, e pega o controle remoto da TV. — Não demorem muito.

Todas prometemos voltar logo e saímos para lidar com a crise seguinte. Uma coisa posso afirmar sobre os casamentos que realizamos: sem dúvida nunca são monótonos.

17

A suíte da noiva está uma confusão. Encontro a Segunda Tia em seu canto de trabalho, tentando dar os toques finais no cabelo de Jacqueline, que visivelmente faz força para não chorar. Maureen aperta as mãos da amiga, falando com ela em um tom de voz baixo e reconfortante.

— Não acredito que ele está bêbado — diz a noiva — no dia do nosso casamento!

— Eu sei — acalma Maureen, afagando os braços de Jacqueline. — Mas acho que ele está ficando sóbrio agora. Provavelmente vai ficar bem.

A Segunda Tia se ilumina quando me avista.

— Ah, fotógrafa está aqui, não chora mais, está bem? Foto fica ruim.

— Quem liga para as fotos? Meu noivo é um babaca! — choraminga Jacqueline.

— Ah, querida. — Maureen a puxa para um abraço.

Mordo o lábio e dou um pouco de espaço para as duas. A verdade é que as pessoas vivem julgando as noivas, dizendo que são nervosas e as chamando de "noivas neuróticas", mas, sinceramente, sem um noivo como Tom, Jacqueline teria sido uma noiva supertranquila. Após alguns minutos, digo com delicadeza:

— Seb está na suíte do noivo, ajudando o noivo e os padrinhos a se aprontarem. Vai dar tudo certo.

O queixo de Jacqueline treme, e seus olhos brilham com as lágrimas.

— É só que... estamos planejando isso faz mais de um ano, e todo mundo está aqui e...

— Eu sei. — Eu me agacho para poder encará-la nos olhos. — E todos vão se divertir e se lembrar desse casamento como o mais bonito em que já estiveram, com a noiva mais linda que já viram.

Um sorriso triste toca seus lábios.

— Mas, mesmo que Tom e os padrinhos acordem a tempo, vão estar num estado deplorável, e ele nem vai poder aproveitar o próprio casamento.

— Se quiser cancelar o casamento, adiar ou sei lá, você pode fazer isso — sugere Maureen.

Meu coração realiza um complicado exercício de ginástica. Issoooo, cancela o casamento! Vamos poder sair mais cedo com o corpo...

Jacqueline balança a cabeça.

— Tem gente que veio lá da Indonésia para o casamento. Se eu cancelasse, teria que pagar um valor alto pra cacete. — Ela inspira profundamente. — Vou ficar bem. Tom é o homem certo para mim. Só tenho que atravessar o dia de hoje, e aí vamos ficar bem. Ele é um noivo de merda, mas vai ser um marido perfeito.

Preciso fazer um esforço consciente para me conter e não suspirar alto de decepção pela oportunidade perdida.

A Segunda Tia retoma sua tarefa de adicionar os toques finais enquanto miro a câmera em Jacqueline e tiro fotos. Essa geralmente é uma das minhas partes preferidas do dia: tirar fotos da noiva. Não há dúvida de que a noiva é o destaque de qualquer casamento. Há um quê de especial em fotografar uma mulher usando um vestido de noiva translúcido e esvoaçante que me faz amar meu trabalho. Geralmente. Hoje, só quero que tudo acabe logo. E saber que a noiva está triste por dentro não ajuda em nada.

Quando terminamos, a Segunda Tia e eu saímos, dando a Jacqueline e Maureen privacidade para continuarem o esporro no noivo idiota e seus padrinhos idiotas. Ao sairmos do quarto, eu me viro e tenho um vislumbre de Maureen dando um abraço rápido em Jacqueline enquanto fala com ela naquele seu tom reconfortante, e fico feliz de saber que Jacqueline tem uma amiga tão boa em quem se apoiar. Fora da suíte da noiva, rapidamente conto à Segunda Tia tudo o que aconteceu.

— Então, agora só esperamos Grande Tia roubar terno da lavanderia? — indaga ela, incrédula.

Colocando nesses termos, parece loucura. Soa como o tipo de plano que tem tudo para dar errado.

— Bom, não conseguimos pensar em nenhuma alternativa, e aquele cooler foi visto por praticamente todo mundo.

— Tudo culpa da Grande Tia — diz a Segunda Tia, com ar triunfante.

— Bom, eu não diria isso. A câmara frigorífica estava cheia demais, com gente entrando e saindo.

— Ninguém repara em cooler, principalmente se empilhado lá no fundo. Veja, isso que Grande Tia faz. Ela acha que sabe

tudo, aí faz coisa sem consultar ninguém. No fim, cria grande confusão.
— O que eu quero dizer é... a situação é complicada. Acho que não tem respostas certas, sabe?

A Segunda Tia bufa.

— Falo com todo mundo há tanto tempo, não pode confiar só em Grande Tia, mas todo mundo sempre pergunta "Grande Tia, isso bom? Aquilo bom?". Como Grande Tia sabe? Não, não pode confiar. Vou pensar em alguma coisa, ideia melhor.
— Hum. — Isso parece ruim. Aquela história de que cozinheiros demais estragam a sopa. — Eu realmente não acho...
— Volte lá para dentro, cerimônia do chá já vai começar. Esteja pronta. — Com isso, ela se afasta, o rosto exibindo a expressão firme de alguém que sabe exatamente o que está prestes a fazer.

Fico parada por um tempo, hesitante. Eu devia contê-la. Ou não? Não sei. Fui criada de modo a nunca contrariar os mais velhos. Como eu disse, é uma situação complicada, sem respostas certas, e, se estivesse sozinha, eu... bom, honestamente não sei o que faria. Matar um cara e ocultar o dito-cujo está muito longe da minha zona de conforto normal.

Já é quase meio-dia. Inacreditável. Sinto como se fosse o fim de um longo dia, mas ainda falta algum tempo para a cerimônia *penjemputan*. Nos casamentos sino-indonésios, o noivo e os padrinhos vão à casa da noiva (ou, nos casos em que a noiva já está no hotel, à suíte dela). As madrinhas devem recebê-los na porta e obrigá-los a executar uma série de tarefas constrangedoras antes de terem permissão de entrar e *jemput* — pegar — a noiva. Imagino que tarefas torturantes as amigas de Jacqueline planejaram, principalmente para se vingarem dos rapazes por encherem a cara daquele jeito. Sem querer, sorrio ao pensar nisso. Eles merecem umas boas palmadas, de verdade.

— Bom, pelo menos alguém está se divertindo.

Ergo o olhar e vejo Nathan atravessando o corredor.

— Ah, oi. — Não consigo evitar que um sorriso se espalhe pelo meu rosto. Ver Nathan. Não consigo descrever. Quer dizer, objetivamente ele é maravilhoso, de fato, mas existe alguma coisa nele que me faz sentir como se estivesse chegando em casa depois de um longo dia.

— Acabei de vir da suíte do noivo — diz ele com um suspiro.

— Eita. Como eles estão?

— Bom, estão acordados, o que já é alguma coisa, mas alguns estão tentando se safar. Estão dizendo que as bebidas deviam estar batizadas para ficarem bêbados daquele jeito.

Eu o encaro horrorizada.

— Sério? — Porra, como eles conseguem ser tão mimados?

Nathan suspira de novo.

— Sério. Infelizmente esse tipo de atitude não é incomum. Você não faz ideia do número de vezes que os hóspedes nos acusaram de alguma coisa aleatória só para salvarem a pele ou conseguirem um bônus.

— Que merda. Dá para imaginar. Lido com pessoas no dia mais estressante de suas vidas, então... é isso. Não costumo ver o melhor dessas pessoas.

A boca de Nathan se curva em um sorriso torto que faz meu coração acelerar.

— Você não quis dizer "o dia mais feliz de suas vidas"?

— Eu quis dizer o que eu falei, cara. É lógico, é uma ocasião feliz com alguns momentos realmente lindos, mas também é muito estressante, ainda mais quando você é sino-indonésio e convida duas mil pessoas para o evento.

— Verdade. — Ele continua a sorrir para mim, como se eu fosse muito interessante em vez de uma mulher esquisita

falando bobagens. — Bom, ahn, tenho uma confissão para fazer.
Tenho que engolir em seco antes de falar:
— Tem?
— Tenho pensado muito.
— Ah. Não exagera.
Seu sorriso se amplia, e posso apreciar uma visão completa de sua beleza. É um ataque fulminante. O rosto dele deveria ser ilegal, o modo como seus olhos cor de chocolate amargo se franzem nas pontas e o modo como aparecem as covinhas. Ele parece uma combinação de Daniel Henney e Lewis Tan, uma combinação tesuda demaaais para o seu próprio bem.
— Tenho pensado principalmente sobre pés.
— Ah. — Epa, essa não é a direção que eu imaginava que a conversa ia tomar. — Bom, fico feliz que você tenha arrumado um fetiche depois da faculdade...? — Sorrio, querendo parecer uma pessoa de mente aberta. Desconfio que o sorriso acabou parecendo levemente desvairado.
Nathan ri.
— Desculpa, não me expliquei bem. Se bem que é interessante pensar que esse foi o caminho que sua mente seguiu.
— Ah, como se houvesse um jeito diferente de interpretar "Tenho pensado sobre pés".
— Bem colocado. Enfim, para ser mais específico, tenho pensado sobre os *seus* pés. — Ele estremece e acrescenta rápido: — Tá bom, espere, isso saiu muito mais assustador do que devia.
— É, saiu muito assustador mesmo. — Solto uma risada, embora imaginar que Nathan pense em qualquer coisa relacionada a mim me faça sentir coisas aqui dentro.
— Estive pensando sobre como, quando você vai dormir, seus pés se agitam para a frente e para trás.

Mordo o lábio à medida que as lembranças voltam a toda velocidade. De nós dois, rolando embaixo dos lençóis sem sair da cama por dias a fio. Das conversas que tínhamos entre os momentos em que nos devorávamos, minha cabeça no peito dele, escutando as batidas de seu coração. Falávamos sobre tudo, de física e jogos a amigos em comum, e observávamos o céu mudar de preto profundo para roxo esfumaçado, e ficávamos nos perguntando como havíamos passado a noite inteira acordados e não nos sentíamos nem um pouco cansados.

Na primeira noite em que passamos juntos, quando eu estava cochilando, ele perguntou:

— Você sempre faz isso com os pés?

Meus pés ficaram imóveis.

— Faço o quê?

— Não, não pare. Eles estavam meio que abanando para a frente e para trás embaixo das cobertas. — Ele virou a cabeça para me olhar, sorrindo. — É muito fofo.

— Desculpa — murmurei. — Minha mãe diz que meu futuro marido vai reclamar dos meus pés inquietos.

Ele riu.

— Seu futuro marido?

— Bom, de acordo com ela, só posso compartilhar a cama com um cara na vida, o meu marido. — Estremeci por dentro com a magnitude da afirmação. — Não que eu esteja dizendo que você é meu futuro marido, quer dizer, você não é o primeiro cara com que dividi uma cama. Já dormi com vários antes. Não vários, mas, tipo, você sabe. Não quero me casar com você, é o que estou falando. Quer dizer, não tipo...

A boca dele cobriu a minha em um beijo suave que terminou com nós dois dando risadas, nossos lábios ainda se tocando.

— Entendi o que você quer dizer — falou ele delicadamente. — Não esquenta. Seus pés não me incomodam nem um pouco.

Então caímos no sono daquele jeito, um nos braços do outro, e acordei com ele duro contra mim, e...
De repente volto ao presente, com Nathan — meu Nathan — sorrindo para mim. Sorrio debilmente, o estômago flutuando com a memória vívida da nossa primeira noite juntos. Será que ele mencionou a história dos pés de propósito, para me fazer lembrar aquela noite?

— Esse deve ser o fim de semana mais importante da minha carreira — diz Nathan. — O sucesso desse evento vai alavancar ou detonar o hotel.

Assinto levemente.

— Entendo.

— Eu deveria me concentrar no trabalho e garantir que tudo corra bem, mas, Meddy... meu Deus, não consigo parar de pensar naquele beijo. — Ele se inclina sobre mim, e tudo nele invade meus sentidos. Seu perfume me inunda, aquele seu cheiro bom, limpo e fresco que nada tem a ver com colônia. Ele sempre teve cheiro de roupa recém-lavada. — Eu devia me concentrar em garantir que tudo corra bem, mas continuo voltando para você.

É lógico, agora que ele está falando nisso, também é tudo em que consigo pensar. Ele está tão deliciosamente próximo de mim que posso ver seus cílios ridiculamente longos e espessos, e o modo como os músculos de seu maxilar se mexem quando ele abre os lábios de leve. Ele inclina a cabeça em direção à minha. Seus lábios estão a apenas alguns centímetros dos meus quando meu celular toca. Nós nos afastamos num pulo, e me atrapalho toda para pegar o aparelho. Na verdade, foi o meu alarme, ajustado para tocar cinco minutos antes do *penjemputan*.

— Alarme. Está na minha hora — digo, balançando o celular distraidamente. Meu coração está gritando. Será que os corações podem gritar? Bom, o meu está fazendo alguma merda esquisita.

Nathan me dá um sorriso pesaroso.

— Talvez mais tarde, quando tivermos uma brecha, podemos conversar sobre nós?

— Sim, sim. Com certeza. — Mais do que qualquer coisa, anseio pela oportunidade de esclarecer as coisas com Nathan, de compensar a lacuna de tempo entre nós, de saber tudo o que aconteceu com ele. Mas a preocupação sombria com o corpo de Ah Guan no meu quarto de hotel reaparece das profundezas da minha consciência como um monstro do pântano, e dou um passo para trás. — Vamos conversar — confirmo, e as palavras saem mais bruscas do que eu queria. O sorriso de Nathan perde uma voltagem ou duas, mas ele assente antes de se afastar, me deixando com a sensação de o estar perdendo pela segunda vez na vida.

18

Casamentos sino-indonésios são repletos de pequenas cerimônias. Antes do *penjemputan*, há uma curta cerimônia do véu, quando os pais da noiva a beijam na bochecha e depois cobrem seu rosto, completando assim sua transformação de mulher em noiva. É quase sempre um momento emocionante; na maioria das famílias sino-indonésias, não importa a idade: os filhos em geral moram com os pais até se casarem e se mudarem. Então, para a maior parte das famílias, é a hora da despedida, e a cerimônia do véu é uma lembrança visual dessa separação.

Jacqueline e seus pais não são exceção. Eu me movo rápido e em silêncio, capturando o máximo possível de imagens das emoções intensas em seus rostos sem prejudicar o momento. Quando Tante Yohana e Om Hendrik colocam o véu sobre a cabeça de Jacqueline, lágrimas surgem nos meus olhos com os sorrisos agridoces no rosto deles. Esses são os meus momentos preferidos ao fotografar casamentos. Capturar as entrelinhas. Os momentos que ficam entre os grandiosos, quando as emoções afloram sem disfarces, em cores vivas, e parece que estou capturando o ritmo de seus corações com minha câmera.

Quando a cerimônia termina, esperamos o noivo e os padrinhos chegarem para o *penjemputan*.

E esperamos.

E esperamos.

Mando uma mensagem para Seb para saber por que diabos tanta demora. Quer dizer, neste exato momento, tenho um cadáver no meu quarto e, de alguma forma, *não* sou a pior trapalhada desse casamento.

Meddy [12:17]: Ei, cadê todo mundo? Estão atrasados para o *penjemputan*.

Seb [12:18]: Você não vai acreditar nesses idiotas. Estão todos apressados, se vestindo, arrumando o cabelo. Alguns não conseguem encontrar a camisa ou a calça ou a merda que for.

Suspiro e abro o grupo de mensagens com minha mãe e minhas tias.

Meddy: [12:19]: Tudo bem?

A Grande Tia manda uma linha de emojis que parecem completamente desconexos uns dos outros em vez de dar uma resposta efetiva.

Quem quer que tenha apresentado minha mãe e minhas tias aos emojis precisa ser jogado do topo de um prédio bem alto. Desde que elas descobriram os emojis, minha mãe e as irmãs acham que eles são uma forma perfeitamente aceitável de se comunicar. Só que cada pessoa tem uma interpretação ligeiramente diferente dos emojis, e demoro três vezes mais para entender exatamente o que elas estão tentando dizer. Como agora, por exemplo, o emoji de polegar para cima significa que está tudo bem, o que é bom, mas então por que há um emoji de cara zangada bem do lado dele? E depois o emoji de camisa... será que ela quer dizer que conseguiu pegar uma camisa, mas as pessoas ficaram zangadas com ela? Mas então por que o emoji de polegar para cima? *Por quê?*

Meddy [12:22]: Não sei o que isso significa.

Ma [12:23]: *Aiya*, como não consegue entender? Tão óbvio.

Grande Tia [12:24]: [outra linha de emojis]

Meddy [12:25]: Está tudo bem, certo??

Segunda Tia [12:26]: [linha de emojis]

Desisto. Quem quer que tenha dito "É tão difícil quanto domar leões" obviamente nunca tentou domar um grupo de tias asiáticas. Vou confiar que, já que não usaram carro de polícia, delegacia ou qualquer outro emoji desastroso, as coisas vão bem. Ou pelo menos não estão catastróficas.

Assim que enfio meu celular de volta no bolso, ouço uma comoção do lado de fora. Eu me animo. Até que enfim! O noivo e seu grupo estão aqui. Levanto a minha câmera — estou usando a lente de 35mm agora, que me propicia um ângulo maior e me permite capturar todo mundo, e fotografo o momento em que as madrinhas, reunidas na porta da suíte, perguntam:

— Quem está aí?

— O noivo! — responde alguém, e as madrinhas dão risadinhas.

Elas abrem as portas duplas e gritos de animação explodem, embora fracos e arrastados, já que o noivo e seus amigos estão obviamente sofrendo de uma puta ressaca.

— Vocês estão atrasados! — grita Maureen.

Tom Cruise Sutopo (preciso mesmo parar de me referir mentalmente ao noivo por seu nome completo toda vez, mas, de novo, não consigo deixar de pensar nele como um Tom Cruise falsificado) e os padrinhos na frente se contraem com o grito dela. Tom abre um pequeno sorriso e diz:

— Podemos entrar?

— Só se fizerem algumas coisas para nós! — Com essa frase, todas as madrinhas vibram, e os padrinhos soltam um grunhido teatral.

Estou sorrindo enquanto tiro fotos de todos. Adoro o *acara penjemputan*. Já vi madrinhas bolarem os desafios mais criativos: ordenar que um raspasse o peito do outro, mandá-los usar fraldas por cima das calças e fazer as perguntas mais aleatórias sobre a noiva, obrigando quem errasse a comer pimenta crua.

Agora, uma caixa da Victoria's Secret é passada de uma madrinha para outra até chegar à madrinha principal.

— Só voltem depois de vestirem isso. — Ela ri, passando a caixa para Tom.

Todos os caras soltam grunhidos altos novamente, mas também estão rindo; alguns cobrem o rosto ao tirarem lingeries de renda da caixa. Aceitando o desafio, vestem as peças por cima dos ternos. Então todos percebem que sobrou um conjunto de lingerie na caixa.

— Por que sobrou um? — pergunta Maureen, segurando a calcinha de renda. — Vocês todos precisam usar! Vai, para de se esconder! Quem está faltando?

Os padrinhos dão uma olhada em volta, parecendo confusos e... culpados. Estranho. Por que pareceriam culpados?
— Err, Ryan não está aqui — diz Tom, finalmente.
— Por que não?
— Ele, ahn... — Ele abaixa a voz, inclinando-se um pouco, e diz: — Por favor, não conte para Jac, mas ele não está encontrando a roupa.
— O quê? — grita Maureen. — Porra, Tom. Não é POSSÍVEL. Vocês tinham UM trabalho. Um! Só aparecer aqui. E vocês não conseguem nem... — Ela para, inspira profundamente e força um sorriso. — Tudo bem, deixa para lá. Continuando. Hora do próximo desafio. — Ela faz um aceno com a cabeça para uma das madrinhas, que clica em alguma coisa no celular. A música explode. "Milkshake", de Kelis. — Dancem, rapazes! — grita ela, e depois volta apressada para o interior do cômodo, sussurrando alguma coisa para uma madrinha no caminho. A madrinha assente e toma seu lugar à frente.

Maureen atravessa a sala correndo e entra no quarto, onde Jacqueline está esperando. Momentos depois, mesmo por cima da algazarra da música, ouço Jacqueline falar:
— Sério?

Não consigo evitar um suspiro. De verdade, esses padrinhos não podiam ser mais atrapalhados. Ando até o quarto e bato à porta com delicadeza. Jacqueline olha para mim e diz:
— Meddy do céu, está faltando um padrinho!
— É, eu ouvi. Olha, sei que parece um problemão, mas não é. Você já tem madrinhas e padrinhos suficientes. As pessoas nem vão notar que está faltando um, e prometo que as fotos vão ficar boas do mesmo jeito.
— Mas e quando eles andarem pelo corredor na saída da cerimônia? Não posso mandar Becca sozinha; seria muito triste.

Penso rápido.

— Ela pode sair com outro par. Coloca um padrinho no meio de duas madrinhas enquanto descem o altar.

Jacqueline e Maureen se entreolham, refletindo sobre minha sugestão, então Maureen dá de ombros.

— Ela está certa. É a melhor opção.

Jacqueline suspira.

— Tudo bem. Você pode providenciar?

— Vou falar com ela — diz Maureen. — Não se preocupe.

— Ela aperta a mão de Jacqueline e sai do quarto.

Jacqueline encosta a cabeça na parede e suspira.

— Esse dia está uma zona.

Mal sabe ela.

— Casamentos sempre são uma zona. Mas o seu está indo muito bem, pode acreditar. E você está maravilhosa.

Ela dá um meio-sorriso torto. Digo que vou voltar até a sala para tirar as fotos e ela assente. Com esse pequeno contratempo resolvido, o resto da cerimônia *penjemputan* passa bem rápido. Os caras fazem todos os desafios e tarefas e são autorizados a entrar na suíte. Registro o momento em que Tom vê a noiva pela primeira vez com o vestido. A expressão em seu rosto faz todos suspirarem:

— Ounnn.

Ele levanta o véu e lhe dá — conforme a tradição sino-indonésia — um beijo casto no rosto. Os pais dela sorriem com aprovação. Fotografo os momentos emocionantes em que Jacqueline abraça os pais antes de sair da suíte, e a *acara penjemputan* termina. As festividades do casamento começaram.

19

Em seguida, vem a cerimônia do chá, a preferida de muitos casais. Os noivos servem chá aos mais velhos, e os mais velhos lhes oferecem presentes. Tradicionalmente, os presentes vêm na forma de envelopes dourados ou vermelhos recheados de dinheiro. Nos casamentos sino-indonésios mais luxuosos, as tias e os tios costumam tentar superar uns aos outros; já fotografei um casamento em que um tio deu um carro ao sobrinho favorito. É raro, mas pode acontecer. Com as famílias ostentosamente ricas de Tom e Jacqueline, quem pode dizer qual é o teto quando se trata da cerimônia do chá?

A atmosfera dentro do salão é elétrica. Seb e eu assumimos nossas respectivas posições, eu atrás das cadeiras dos mais velhos para tirar fotos dos noivos e Seb do outro lado do salão. Todas as tias e tios e avós olham de soslaio uns para os outros enquanto aguardam sua vez de serem servidos. A cerimonialista está parada perto dos noivos, chamando os parentes, que entram de dois em dois.

O primeiro casal são os pais de Tom. Meu obturador capta dúzias de fotos enquanto Maureen passa uma bandeja com duas xícaras fumegantes de chá oolong para Jacqueline e Tom. Cada um pega uma xícara e a oferece aos pais de Tom, com a cabeça curvada. Os pais dele aceitam, sorrindo de maneira graciosa, tomam um gole e depois colocam as xícaras de volta na bandeja. Tom e Jacqueline fazem uma reverência para o casal, e depois o pai de Tom tira algo de seu paletó e entrega um pedaço de papel com um floreio.

A cerimonialista anuncia:

— A escritura da casa nova de vocês! — Os convidados fazem "ooh" e "ahh" e batem palmas. Tom e Jacqueline abraçam o sr. e a sra. Sutopo, e tiro fotos deles segurando a escritura antes de Maureen a colocar em uma caixa preparada para isso.

Os próximos são os pais de Jacqueline, que dão a ela o conjunto de joias de brilhantes que fotografei mais cedo naquela manhã e um relógio Chopard para Tom.

— Edição limitada, vale mais do que uma BMW — anuncia a cerimonialista. A plateia bate palmas de admiração, e os presentes são levados para se juntar à escritura na grande caixa de veludo. A cerimônia continua, indo dos parentes mais velhos aos mais novos.

Há mais relógios — Cartier e Patek — e notas fiscais de itens maiores, como um fogão La Cornue de uma das tias de Jacqueline, ou uma cama Hastens de um tio. Então há joias — novamente, mais Cartier, algumas Bulgari, e um punhado de Tiffany. E, óbvio, como sempre, há os envelopes vermelhos. São inchados, recheados de maços de notas de cem dólares. Avisto uma tia recheando seu envelope vermelho com mais maços de dinheiro; é evidente que ela está se sentindo superada por todos os presentes insanos. Fico me sentindo mal por ela. Sem dúvida, a cerimônia do chá é a mais estressante para a família estendida.

Maureen precisou pedir outra caixa para guardar todos os presentes. Ao fim da cerimônia, todos batem palmas e se encaminham a um salão diferente para almoçar.

— Você ainda precisa de mim? — pergunta Seb, olhando por cima da tela de sua câmera. — Ou posso almoçar?

— Pode ir, vou ficar bem. Obrigada por lidar com os padrinhos e tudo.

— Sem problemas. Até mais tarde.

Vejo Maureen se esforçando para levantar as duas caixas e corro na direção dela, pendurando a alça da câmera no ombro.

— Deixa que eu ajudo.

Ela olha para cima, assustada.

— Ah, tudo bem, eu consigo.

Assisto, hesitante, enquanto ela empilha as caixas e solta um grunhido, levantando-as. A caixa de cima balança precariamente, e dou um salto para a frente, pegando-a bem na hora antes que ela tombe e chova joias caras para todo lado.

— Ufa, obrigada. Pelo jeito, eu não consigo.

— Por que ninguém mais está ajudando com isso? Esse negócio é pesado.

Maureen dá um sorriso.

— Sou a única em quem eles confiam para essa tarefa.

— Ah, faz sentido. Você é uma ótima madrinha. Ela tem sorte de ter você.

Seu sorriso mingua um pouco ao ouvir isso, e fico pensando se falei alguma besteira. Andamos rápido o resto do caminho até a suíte da noiva em silêncio. Quando entramos, Maureen diz:

— Pode deixar a caixa na mesa de centro. — Faço o que ela pede e hesito novamente. Devo ir ou devo esperar por ela? — Pode ir — diz ela, como se estivesse lendo minha mente, e me dispensa com um aceno.

Do lado de fora, checo a programação e solto um suspiro de alívio. Está no horário do almoço, e depois temos algumas horas de intervalo enquanto todos descansam na parte mais quente do dia. Não vão precisar de mim por algumas horas até a sessão dos retratos à tarde, depois da qual acontecerá a cerimônia de casamento, seguida pela festa. Estou prestes a ir ao refeitório, onde o almoço é servido para todos os fornecedores, quando meu celular toca. O rosto da Segunda Tia aparece na tela.

— Meddy, problema.

Meu coração bate descompensado.

— O que é?

— Celular de Ah Guan. Fica tocando, alguém quer muito falar com ele. Talvez eu atenda e diga...

— NÃO atenda! Estou indo para aí.

Corro o caminho todo de volta até o meu quarto. Mesmo antes de abrir a porta, posso ouvir o suave som de música. Agitada, bato o cartão-chave no sensor da porta e irrompo para dentro do quarto. A Quarta Tia se sobressalta, depois solta um suspiro quando me vê.

— Você vai me matar do coração!

— Que música é essa? — digo, entrando apressada.

— Sapatos! — repreende a Quarta Tia.

É sério? Tiro os sapatos com um chute e corro em direção à cama. Alguém colocou o edredom em cima de Ah Guan, cobrindo seu corpo inteiro, menos os pés com meias, que despontam da beira da coberta. Seu celular está em cima da mesa, virado para baixo, e a música sai do aparelho, porque a Segunda Tia estava certa: alguém não para de ligar.

— Por que não colocou no silencioso? — Alcanço o telefone e paro. O que eu faço? Agora que estou ali, não sei o que devo fazer. Atender? Merda, não. Não posso fazer isso. Ainda estou lá parada, congelada, quando o telefone para de tocar. O silêncio cai sobre o quarto, pesado e intenso.

— Vai tocar de novo — diz a Quarta Tia. — Tocou durante os últimos dez minutos. Er Jie não conseguiu aguentar; é por isso que ela saiu.

— Saiu para onde? — Olho para cima e finalmente avisto a Segunda Tia do lado de fora na varanda, fazendo tai chi.

— Essa posição se chama "Garça branca abre as pernas" — diz a Quarta Tia. Eu a fito desconfiada e ela emenda: — O quê? É sério. Você acha que estou inventando esses nomes?

— Na verdade, acho. — Balanço a cabeça. Por que diabos estou discutindo nomes de posições de tai chi neste momento?

— Onde estão a Grande Tia e Ma?

— Foram almoçar. Você sabe como elas ficam irritadas quando estão com fome. Elas ficam... fulas de fome.

— Essa expressão não existe. É "fula da vida" ou "morto de fome". E elas estão as duas coisas. — Volto a me concentrar no celular. *Tudo bem, Meddy. Pense. Tudo bem, uma coisa de cada vez: precisamos saber quem está ligando. Beleza. Tudo bem.*

Inspirando profundamente, estendo o braço na mesma hora em que o resto do meu corpo se contrai para longe do celular. Até mesmo meus lábios recuam, como se toda a minha pele estivesse tentando se encolher. Pego o aparelho, fazendo uma careta, e toco na tela inicial. As luzes se acendem, pedindo uma senha para desbloqueio ou impressão digital.

Xingo alto.

— O que foi?

— Preciso da impressão digital dele.

— Ah. Hum, bem, não vou ajudar com isso. — A Quarta Tia continua a sua tarefa de fazer as sobrancelhas.

— Certo, não se preocupe — murmuro, indo para o lado da cama. — Tudo bem. Posso fazer isso. Nada de mais. Supertranquilo. — Corro para o banheiro, apanho uma toalhinha e a envolvo na minha mão. Respiro fundo. Levanto o edredom, rangendo os dentes quando vejo a mão dele. Sua mão pálida. Pálida como a de um manequim. Merda, merda, merda. Com cuidado, eu a manobro de modo que consiga pressionar seu polegar contra a tecla de início. Nada acontece. Argh. Tudo bem, outro polegar. Ainda nada. Com um desespero crescente, tento o dedo indicador e finalmente dá certo. A tela se ilumina e o telefone destrava. Obrigada, doce menino Jesus. Largo a mão dele e meu corpo todo estremece. Eca.

Então olho para meu prêmio. O celular de Ah Guan destravado. Uma coisa de cada vez: vou nas configurações e desativo de vez o bloqueio, assim não vou mais precisar de sua impressão digital para acessar o telefone. Depois clico no histórico de chamadas e...

— Merda.

— O que foi? — indaga a Quarta Tia.

Olho para ela, boquiaberta, pasma.

— É Maureen Halim.

20

— Quem é Maureen Halim? — pergunta a Segunda Tia, voltando para o quarto.

— A madrinha — respondo, atordoada.

Por que Maureen estaria ligando para Ah Guan? Assim que penso nisso, chega uma mensagem de texto.

Maureen [13:32]: Cadê vc, porra???

Maureen [13:32]: Tá tudo pronto!!

Maureen [13:33]: Isso foi ideia sua, não me diga que vai dar para trás agora!!

Dando para trás no quê? Meus dedos se movem mais rápido do que minha mente, e, antes que eu perceba, digitei uma resposta.

Ah Guan [13:33]: Não vou dar para trás, mas não posso falar agora.

Maureen [13:34]: Não pode falar?! Você tá de sacanagem comigo?

Ela liga de novo e, dessa vez, atendo. Não preciso falar nada antes de ela engatar um sermão. Nem preciso colocar no viva-voz; no quarto pequeno e silencioso, a voz de Maureen sai dolorosamente clara.

— Seu imbecil, é melhor você vir aqui agora e pegar essa merda ou vou dedurar você. A porta está destrancada. Estou indo para o restaurante antes que percebam que eu sumi. Mexa. Esse. Rabo. — Com isso, ela desliga, e fico encarando o telefone.

— Nossa, essa Maureen, muito irritada — fala a Segunda Tia atrás de mim. — Precisa fazer tai chi.

— Acho que preciso ir atrás desse negócio que o Ah Guan tinha que pegar para ela não perceber que ele morreu — digo com a voz fraca.

— Vou com você — diz a Segunda Tia. — Já fiz meu tai chi, então muito calma agora. Você precisa de alguém calmo. Errada ela não está. Agradeço e saímos do quarto.

— Para onde vamos?

— Bem, quando eu saí, Maureen estava na suíte da noiva, então acho que vou começar por lá. — Há uma suspeita desagradável se formando na minha mente enquanto andamos, e espero com todas as forças que não seja o que estou pensando. Porém, quando chego à suíte da noiva, a porta está entreaberta, mas o ferrolho está para fora; dessa forma, a porta não bate automaticamente ao fechar. Meu estômago está revirando, mas me obrigo a bater e chamar:

— Maureen? Você está aí?
Nenhuma resposta. Abro a porta ligeiramente para espiar lá dentro.
— Maureen?
Silêncio ainda. A Segunda Tia escancara a porta. Ou tenta, pelo menos. Alguma coisa está bloqueando nossa passagem. Trocamos um olhar e empurramos com mais força, até que o espaço seja grande o suficiente para que possamos passar. O objeto que encontramos atrás da porta é uma pesada bolsa de viagem. Eu me agacho, abro o zíper e...
— Ahhh, merda. — Suspiro.
— O que é? O que tem dentro... Ah.
Inspiro entre dentes cerrados.
— Os presentes da cerimônia do chá.

— *Waaah*, esse aqui é lindo — exclama a Quarta Tia, abrindo uma caixa de veludo e encontrando um colar de brilhantes. Ela o acaricia com tanta adoração quanto uma mãe fazendo carinho em seu recém-nascido. — Não posso ficar com um?
— Não! — grito, arrancando a caixa dela. Eu a fecho com força e a coloco de volta na bolsa de viagem. Quando olho para trás, a Segunda Tia ergue o olhar com ar de culpa. Ela está fazendo tai chi no meio do meu quarto de hotel, e num dos braços esticados está uma grossa pulseira de ouro Cartier; no outro, um relógio Patek Philippe. — Segunda Tia!
— Não vou ficar com eles — murmura ela. — Só quero ver como ficam quando faço tai chi. — Ela muda para uma pose diferente. — Pose "agarrar cauda de pássaro". Aaah, fica bonito, não?
A Quarta Tia faz um gesto de aprovação.
Estendo a mão ao me aproximar dela.
— Devolva.

— Estraga-prazeres. — Ela tira os itens e, fazendo bico, joga-os na minha mão.

— Eu... ou melhor nós... precisamos descobrir o que diabos está acontecendo. — Ando pelo quarto. — Tudo bem, então parece que Maureen e Ah Guan de alguma maneira se conhecem e planejaram roubar os presentes da cerimônia do chá. Maureen deslocou os presentes das caixas para a bolsa, e Ah Guan precisava pegar tudo, o que fizemos no lugar dele, e agora... agora o quê?

— Beba um chá, Meddy, você está ansiosa demais — diz a Quarta Tia, me passando uma xícara fumegante do meu chá preferido, Tie Guan Yin.

— Chá tem cafeína, deixa Meddy ainda mais agitada. Melhor fazer tai chi, Meddy. Venha, faça comigo. — A Segunda Tia tira a xícara de chá da minha mão e a coloca na mesa antes de iniciar uma pose de tai chi. — Acariciar Crina de Cavalo Selvagem — diz ela, esticando as duas mãos.

Isso é impossível.

— Vou para a varanda pensar. — Caminho depressa até o lado de fora e fecho a porta de correr. Apoiada no parapeito da varanda, solto um longo suspiro. Na minha frente está a vista das montanhas, que é uma maneira simpática de dizer "não é a vista do mar", mas contemplar todas as árvores e o verde me acalma. Certo. Então Ah Guan era um merda ainda maior do que eu pensava. Fecho os olhos. Vamos fingir ser ele por um segundo. Estou com uma bolsa cheia de presentes caros. O que eu faço?

Saio da ilha o mais rápido possível.

Eles haviam nos mandado um e-mail com detalhes da viagem. Pego meu celular e abro o e-mail, rolando para baixo até encontrar "Horários dos barcos para os fornecedores". Dito e feito, há um barco programado para sair em quinze minutos. O próximo sai em seis horas. Ah Guan ia querer sair de lá o mais rápido possível. Mas como ele faria para tirar a bolsa na surdina? Os lírios. Ele deveria ter chegado aqui com caixas de lírios. Acho que ele poderia simplesmente enfiar a bolsa em uma dessas caixas e ninguém ia perceber. Certo. Então provavelmente o plano era esse. Agora que descobri, o que eu faço? Peguei a bolsa porque não queria que Maureen descobrisse que ele não está aqui. Achei que talvez fosse melhor manter a aparência de que ele ainda está vivo. Mas, se eu seguir com o plano, significa que eu estaria roubando de Jacqueline e Tom. E eles não merecem isso. Já sou uma assassina: não quero de jeito nenhum adicionar "ladra" à minha lista cada vez maior de crimes.

Vou devolver os presentes a eles. Só preciso descobrir como. Não posso exatamente ir até Jacqueline e lhe contar que sua madrinha é uma ladra desgraçada e mentirosa, porque aí teria que explicar como obtive essa informação. Talvez eu pudesse só deixar a bolsa do lado de fora da suíte da noiva? Mas então Maureen saberia que alguma coisa deu errado na parte de Ah Guan. Argh. Tudo bem. Vou resolver isso de alguma forma. Nesse meio-tempo, só vou ficar com um maldito corpo e uma bolsa cheia de objetos roubados no meu quarto.

Alguém bate à porta de vidro. Abro, e a Quarta Tia diz:

— Você vai ficar aqui um tempo, não vai? Er Jie e eu vamos almoçar. Estamos morrendo de fome.

— Ah. Sim, claro. Vão. Obrigada por olhar o... você sabe... enquanto eu não estava aqui.

— Lógico, para isso que serve família — diz a Segunda Tia.

Elas calçam os sapatos, me dão tchau e saem do quarto.

Volto para dentro, fechando a porta da varanda, e tomo um gole do chá que a Quarta Tia fez para mim. Com um suspiro, caio na outra cama, fitando Ah Guan. Ou melhor, o volume coberto pelo edredom. Ah, meu Deus, acabei de me tocar que uma de nós vai ter que dormir nessa cama que foi ocupada por um morto por tanto tempo. Inconcebível. Eu vou só... vou dormir na banheira. Ou com Ma. Ou no chão. Em qualquer lugar, menos na cama onde o cadáver de Ah Guan está esfriando. Olho para o pé com meia saltando para fora. É surreal que haja um humano de verdade embaixo daquilo. Um humano que eu matei. E lá, na mesa, a mala. Eu a pego e a guardo dentro do armário. Parece errado deixar uma mala cheia de dinheiro e joias roubadas à vista assim.

Bem quando estou fechando a porta de correr, ouço outra batida à porta. Sem pensar, eu a abro, falando:

— Você esqueceu alguma coisa, Quarta... — A última palavra fica engasgada na garganta. Porque lá, parado na minha frente, não estão a Quarta Tia nem a Segunda Tia.

Está Nathan.

21

— Nathan! — exclamo, torcendo para que aquilo tenha saído mais "agradavelmente surpresa" do que "chocada e apavorada". Não que eu fosse ficar chocada ou apavorada por vê-lo sob circunstâncias normais, ou seja, quando eu não tivesse um morto *e* uma bolsa cheia de coisas roubadas na minha suíte de hotel. Deslizo para fora do quarto e fecho a porta, e só então respiro com mais facilidade.

E lá está ele. Meu Nathan.

— Oi.

— Oi — diz ele, sorrindo para mim como se eu fosse a única pessoa que ele quisesse ver no mundo inteiro. Ele tem esse efeito nas pessoas desde os tempos da faculdade. Ele sorria para a caixa no Safeway, e a garota se derretia. — Eu tinha algum tempo livre. Tudo bem, não tinha. Na verdade, eu arranjei um tempo... Meddy, não consigo parar de pensar em você.

— Eu também. — Tecnicamente, é uma mentira. Não consegui parar de pensar no cadáver. Mas também não é exatamente uma mentira, já que passei os últimos quatro anos obcecada por ele. Acho que era isso que ele queria ouvir, porque, quando me dou conta, os braços dele envolvem a minha cintura, me puxando para perto. Ele para, os lábios a apenas um único e solitário centímetro dos meus, e o desejo dentro de mim toma conta, me fazendo acabar com a distância.

Cada beijo que damos rouba meu fôlego, faz o mundo parar de girar, e esse não é diferente. O tempo para, as moléculas de ar congelam e, naquele momento, não existe eu, ele nem nada mais. Só nós. Eu o beijo avidamente, e ele me beija de volta com o mesmo ardor. Meus lábios se abrem de leve, e ele desliza a língua para dentro da minha boca. O calor invade minha barriga. Nunca estou saciada dele. Seu gosto é inebriante, o toque delicado da língua dele na minha me deixa fora de órbita. Suas mãos me seguram com força, de forma dominante, e quando uma delas se move para segurar meu seio, arqueio as costas como um gato, enchendo a palma da mão dele, sentindo minha pele queimar com seu toque. Meu Deus, eu o quero tanto.

— Podemos ir lá para dentro? — murmura ele, os lábios traçando as palavras contra meu pescoço, me fazendo gemer de desejo. Eu o envolvo com os braços ainda mais apertados, as palavras saindo da minha boca sem muito significado.

Dentro. Onde poderíamos arrancar as roupas um do outro, pele beijando pele, o calor dele contra o meu, dentro de mim...

Dentro. Onde jaz o cadáver de Ah Guan, esfriando. Meus olhos se abrem de repente. Parece que levei um choque. Todos os meus músculos estão tensos, e fico petrificada.

— Para dentro? — guincho.

Nathan se afasta um pouco. Procura os meus olhos.

— É, eu pensei... — Ele cora. — Desculpa se estou indo rápido demais...

— Não! Não, não está. Eu quero muito, muito, ir lá para dentro com você. Você não faz ideia de quanto eu fantasiei sobre isso. É só que... Merda, na verdade, eu acabei de me trancar por fora. — Tateio os bolsos à procura do cartão-chave. Nem estou mentindo. No meu pânico de fechar a porta quando descobri que Nathan estava ali, esqueci de pegar a chave na mesa.

— Ah. Tudo bem, eu tenho a chave-mestra. — Ele tira um cartão do bolso e sorri. — Olha, eu sei que isso está indo muito rápido, mas, bem... na verdade, eu adoraria só poder sentar com você e conversar. Ficamos tanto tempo longe um do outro e, para ser sincero, ainda não entendo por que terminamos. Eu enlouqueci tentando descobrir o que fiz e não quero cometer o mesmo erro agora.

— Você não fez nada. Não foi nada que você fez.

A confusão atravessa o rosto dele.

— Eu estava com muito medo de ir para Nova York com você e surtei. Queria ficar e ajudar no negócio da minha família, mas não queria correr o risco de você desistir da oferta de emprego. Pois é. Foi o maior erro da minha vida. Sério, eu me arrependo todos os dias por ter deixado você ir.

Nathan sorri e, nossa, é lindo. É como se anos fossem subtraídos do rosto dele.

— Então... eu não estraguei tudo?

— Deus, não! Você era o amor da minha vida. Quero conversar também, direitinho...

Ele passa o cartão-chave na porta antes que eu possa falar "mas", e a luz sobre a maçaneta muda de vermelha para verde. A fechadura desliza com um clique, e Nathan abre a porta para mim. Meu coração para. Todo o meu ser congela.

Mas, em vez de entrar como achei que ele iria, Nathan continua do lado de fora.

Ele vê meu olhar surpreso e confuso e sorri com tristeza.

— Está óbvio que você está insegura, Meddy. E não vou forçá-la a fazer nada que você não queira. Temos todo o tempo do mundo depois desse fim de semana para conversar sobre nós. — Ele pega minha mão, envolvendo-a com seu calor, e a leva aos lábios. Meus joelhos ficam bambos quando ele beija minha mão com uma reverência delicada. — Por você vale a pena esperar. — Ele enfia uma mecha rebelde de cabelo atrás da minha orelha e passeia os dedos da minha bochecha até o meu pescoço, me fazendo estremecer de prazer.

— Depois desse fim de semana — prometo —, vou ser toda sua, e prometo que vou explicar tudo sobre a minha família e por que fui tão idiota e arruinei as coisas com você.

O sorriso dele ilumina seu rosto. É o mesmo velho Nathan, o garoto por quem me apaixonei perdidamente tantos anos atrás, e é como assistir ao nascer do sol. Eu o beijo novamente, querendo muito memorizar cada curva deliciosa de sua boca, seu gosto viciante. Quando nos separamos, estamos os dois sem fôlego de novo. Deslizo de volta pela porta, quase salva. Seu olhar se movimenta para algum lugar atrás do meu ombro, e seu sorriso congela.

— Aquilo é...? — Uma ruga surge em sua testa enquanto ele estica o pescoço para espiar pela fresta da porta. Quando fala novamente, sua voz perde todo o calor, e ele olha para mim como se eu fosse uma estranha. — Tem um homem na sua cama?

Uma supernova explode na minha cabeça. Ah, meu Deus, ele viu o corpo. ELE VIU O CORPO.

Em vez de uma expressão de terror, entretanto, o que se instala no rosto de Nathan é decepção.

Ele ri meio constrangido.

— Achei que você não estivesse saindo com ninguém, mas... — Ele ri novamente, um som totalmente sem humor, e é insuportável ver a expressão em seu rosto. Traição. Meu coração se aperta ao ver aquilo. Uma pequena parte de mim insiste que isso é pior, muito pior do que um choque de horror. Uma pequena parte de mim quer gritar: "Não! Não é meu namorado! É só o cara de um encontro às cegas que eu matei ontem à noite; ele não significa nada para mim, juro! Eu nem sabia o nome verdadeiro dele antes de matar o cara!" Mas fico lá, piscando que nem uma idiota, deixando o amor da minha vida pensar que eu sou uma traidora babaca que ficaria com ele enquanto ainda estou saindo com um cara qualquer que pelo visto está cochilando no meu quarto.

— Enfim. — Nathan sorri com a boca fechada, o tipo de sorriso que você dá para o caixa tagarela do mercado na tentativa de fazê-lo parar de falar. — Vejo você por aí, Meddy.

— Com essa frase, ele vai embora. Desabo dentro do quarto, fecho a porta e me encosto nela, as lágrimas já inundando meus olhos. Meu peito dói, como se alguém tivesse acabado de atingi-lo com um punho de ferro, estraçalhando minhas costelas, agarrado meu coração e o arrancado, mas não há nada que eu possa fazer para impedir Nathan de partir.

22

Ma me encontra encolhida na outra cama, chorando como se tivesse acabado de ver um de seus dramas coreanos.

— Meddy? — Ela corre para o meu lado e dá uma leve sacudida no meu ombro. — *Kenapa?* O que aconteceu? Por que chora?

Olho para ela e a visão de seu rosto redondo e com marcas da idade é demais para suportar. Uma nova onda de lágrimas irrompe de mim.

— Me desculpe, Ma. Me desculpe. — É demais, isso tudo. Ah Guan. Ma e minhas tias me ajudando sem uma única palavra de reclamação. E o fato de que, na verdade, estou planejando sair do negócio da família há meses.

E, lógico, Nathan. O fato de que conheci minha alma gêmea na faculdade, me apaixonei perdidamente e nunca contei isso para Ma. É idiota, mas de alguma forma parece a maior traição. E agora eu o perdi novamente.

— É só... — Respiro. — As coisas ficaram complicadas demais. E sinto muito ter envolvido a senhora nisso tudo.

Ela suspira.

— *Aiya*. É óbvio que me envolvo. — Ela gesticula vagamente na direção de Ah Guan. — Sou sua mãe. Preciso proteger você.

— Mas é isso, Ma. Não quero que me proteja. A senhora tem feito isso esse tempo todo e eu agradeço, mas eu queria não ser um problema tão grande, sabe? Queria que a senhora não precisasse me proteger.

Ma abre um sorriso contido e triste e coloca a mão no meu rosto, como ela faz desde que eu me entendo como gente.

— Você não é problema. Você só matou por acidente. Má sorte. Pode acontecer com qualquer um.

Isso me faz rir apesar de tudo.

— Acho que matar seu acompanhante não é uma coisa que acontece com qualquer um, Ma. — Suspiro. — Não fui honesta com a senhora e, com tudo o que está acontecendo, não sei se vou ter a chance de contar a verdade sobre Nathan, então... Eu quero contar, Ma. Não quero mais esconder as coisas.

O rosto da minha mãe se ilumina, tirando-lhe anos e a deixando tão jovem e vibrante que tenho um vislumbre dela aos vinte e poucos anos, cheia de energia e risadas.

— Sim — diz ela. — Me conte.

Minutos depois, estamos sentadas na varanda, segurando xícaras quentes de chá.

— Conheci Nathan na primeira semana da faculdade. Foi amor à primeira vista, e eu sei que isso é brega até dizer chega, mas... foi isso.

Ela ri.

— Sabe, eu conheci seu pai em casamento. Ele ficava sorrindo, sorrindo para mim, *aduh*, fiquei tão irritada com ele.

Eu disse: "Ei, você me olha por quê, hein? Não pode parar de olhar?" E ele disse: "Gosto de olhar para beleza." E foi assim, BUM, nos apaixonamos.

Pensar em meu pai e minha mãe jovens e apaixonados me traz uma sensação agridoce.

— Como a senhora ainda consegue falar nele com tanto carinho, depois de tudo o que aconteceu?

— Ah, Meddy. Porque eu tenho você. E seu pai muito gentil no início. Sempre me escutava, homem muito bom. Tentamos muito ser bons um para o outro. E não funcionou, mas tudo bem, tivemos você, isso é bom o suficiente.

Aperto a mão dela. É macia, mais macia do que a minha, e me lembro do toque dela quando eu era pequena, afagando meu cabelo quando eu chorava em seu colo depois de ter brigado com algum colega ou ido mal em uma prova. Minha mãe sempre teve mãos macias, mas agora também vejo rugas e manchas de idade nelas, e a visão é muito chocante. Quando ela ficou velha?

— Então o que aconteceu com esse rapaz?

Suspiro.

— Tudo. Ele era meu tudo, e acho que era isso que mais me assustava. Eu tinha dezoito anos. Ainda não estava pronta para encontrar meu tudo, sabe? E lógico que tem a maldição da família.

— Que maldição da família?

Eu a encaro.

— Sabe, aquela que leva todos os homens da família! A senhora e as tias sempre falavam dela quando eu era criança. Vocês falavam: "Ah, somos tão azaradas, temos a maldição dos nossos maridos nos deixarem."

Ma ri.

— Você quer dizer a bênção da família?

— O quê?

— *Aiya*, chamamos de maldição primeiro porque é óbvio que ficamos tristes que maridos nos deixavam. Mas, depois de alguns anos, percebemos que na verdade não é maldição. É bênção de família. Porque seu pai me deixa, eu fico ainda mais próxima de suas tias. E elas ficam mais próximas umas das outras também, porque elas não têm marido nem filho. E você, elas veem você como filha. É como crescer com quatro mães. Isso é bênção, Meddy. Somos muito abençoadas, temos família próxima.

Meus olhos se enchem de lágrimas. Todos esses anos, eu nunca havia olhado dessa maneira, mas Ma tem razão. Realmente cresci com quatro mães, e foi incrível mesmo. Recebi tanto amor na minha vida, mas não dei o devido valor.

— A senhora tem razão, Ma.

— De qualquer forma, não foi maldição que levou seu pai. Só não funcionamos juntos, tudo bem, seguimos em frente. E suas tias a mesma coisa com seus tios. Talvez triste no começo, mas depois tudo bem. Não deixe amor escapar porque acha que temos maldição. Tão boba, você. Achei que fosse mais esperta.

Solto uma risada. Minha mãe supersticiosa está me repreendendo por acreditar em maldições. A vida não tem como ficar mais estranha.

— É por isso que você nunca me fala sobre esse Nathan?

— Sim e não. — Inspiro profundamente. — A verdade é que eu era uma pessoa na faculdade e outra em casa. Não sei bem como explicar. Não é nada contra a senhora ou as tias, é só que... não sei...

— Você se sente mais livre para descobrir quem você é.

Eu a fito com assombro.

— É. Exatamente. Como a senhora sabi...

— *Aiya*, você acha que é única que vai para faculdade, é? Eu vou para faculdade também, eu sei do que você fala. Em casa, eu sou só Terceira Irmã, ninguém especial, nem mais velha, nem mais nova. Nem mais bonita, nem mais inteligente. Mas na escola eu posso ser minha própria pessoa. Não apenas Terceira Irmã, mas eu. Natasya.

— É, é exatamente isso. — Desde o início, ela entendeu. Claro que sim. Como eu, ela cresceu em uma família enorme e muito unida repleta de parentes superprotetores. — Primeiro, eu não queria levar Nathan lá em casa por causa disso. Então, quando ficamos ainda mais próximos e ele se tornou uma parte ainda mais importante da minha vida, eu não sabia como levá-lo e dizer à senhora que já estávamos juntos havia mais de um ano. Parecia uma traição, e eu não sabia como a senhora reagiria. Me desculpe, Ma. Eu devia ter confiado mais.

— Sim, você devia — retruca ela, simplesmente. Eu me preparo para um sermão, que faria eu me sentir ainda mais culpada, mas, desta vez, Ma fica quieta.

— Enfim, então nos formamos, e ele recebeu uma oferta para trabalhar em Nova York, e eu não queria me mudar para o outro lado do país só para ficar com ele. Não sei. Ou talvez eu quisesse, e tivesse me apavorado pra cacete por querer. Por estar disposta a desistir de tudo por ele. Então me forcei a escolher outra coisa. Uma coisa que fosse nos afastar. Mas nunca consegui esquecer Nathan, porque eu sabia que ele era a pessoa certa, Ma. — E, ao admitir aquilo em voz alta pela primeira vez, as lágrimas rolam novamente. — Ele era o meu amor, e aquilo me matou, perder Nathan daquela primeira vez, e não acredito que acabei de perder de novo.

— Por que perder de novo? — Ela franze a testa, confusa.

Uma risada trêmula sai de mim.

— Ele viu os pés de Ah Guan e achou que fosse meu namorado, dormindo na minha cama. Eu não podia contar a verdade, claro, então deixei que ele pensasse isso.

Minha mãe contrai os lábios.

— Ah. Má sorte, muita má sorte.

— Bota má sorte nisso.

— Então como? Você vai atrás desse rapaz?

Balanço a cabeça.

— Não sei se existe alguma coisa que eu possa falar para ele mudar de ideia sem contar a verdade. E, para ser sincera, não quero mentir para ele. Não quero inventar alguma história doida sobre como era só a minha tia ou sei lá quem estava dormindo... — Claro, quando falo isso, tenho um vislumbre de esperança, tipo, ahn, talvez eu *possa* dizer a ele que era uma das minhas muitas tias embaixo do edredom. Mas assim que me imagino mentindo para ele, tudo dentro de mim murcha. Não quero fazer isso. Não consigo suportar ter que olhar dentro dos olhos dele e enchê-lo de palavras mentirosas. — De qualquer modo, eu provavelmente não deveria me distrair com... o que quer que isso seja.

— Amor é boa distração. Talvez eu tenha netinhos logo — diz Ma com um sorriso.

Reviro os olhos, mas não consigo impedir um sorriso se insinuar nos cantos da minha boca. Como minha mãe faz isso, toda vez? Ela me encontra despedaçada e, de alguma maneira, de alguma forma, consegue me colocar de volta no lugar. Aperto sua mão.

— Obrigada, Ma.

— *Aiya*, obrigada por quê? — Ela me afasta e inspira brevemente. — Ah! Esqueci de dizer que encontrei isso lá fora. *Aduh*, você tão descuidada, como pode esquecer sua própria chave? — Ela procura nos bolsos da calça e tira de lá um cartão todo branco.

Franzo a testa ao pegá-lo.

— Este cartão não é a minha chave. Coloquei o meu em cima daquela mesa. — Nós duas olhamos para a mesa e, de fato, meu cartão está lá. Viro nas mãos o cartão que Ma encontrou. Do outro lado, em letra bastão, está a inscrição CHAVE-MESTRA. Suspiro.

— É o cartão do Nathan. Ele deve ter deixado cair depois de abrir a porta para mim. Ai, vou ter que dar um jeito de devolver para ele. — Uma ideia surge na minha cabeça. — Logo depois de usar para devolver os presentes da cerimônia do chá. — Caminho pelo quarto, pensando em como e quando devo fazer isso. Tem que ser esta noite, logo depois da festa, enquanto todos estiverem do lado de fora assistindo aos fogos de artifício. Vou voltar para cá, pegar a bolsa, usar a chave para abrir a suíte da noiva e deixar as coisas lá. Em algum lugar. Talvez embaixo da cama da noiva ou algo assim, onde não seria encontrado na hora, para que nos dê mais tempo antes de Maureen perceber que alguma coisa deu errado no plano dela.

Penso no meu plano novamente, passando os detalhes a limpo, procurando por falhas, e, sim, claro que há falhas, mas no geral é o melhor plano que alguém poderia sugerir numa situação como essa. Pela primeira vez desde que essa enrascada começou, me sinto um pouco bem. Sim, ainda há um cadáver na minha cama e um estoque de joias roubadas no meu armário, mas, olha só! Pelo menos agora tenho um plano viável para cuidar do segundo problema. Em breve vou pensar em um plano para me livrar do primeiro. Tomara.

— Pensa em algo? — pergunta Ma.

Eu me viro para ela, com o sorriso largo, e estou prestes a lhe contar meu plano para devolver as joias roubadas quando o celular de Ah Guan vibra. O som corta o ar, silenciando nós duas. Acho que nem sequer ousamos respirar. Nossos olhos miram o aparelho, vibrando na mesa como um enorme besouro. Relutante, eu me aproximo, ainda prendendo a respiração, e vejo o rosto de Maureen na tela. Argh, ótimo. O que foi agora? Meu Deus, espero que o plano deles não envolva se encontrarem depois que ele pegar a bolsa. Deixo cair na caixa de mensagem.

Ma morde o lábio.

— Talvez você possa só ignorar...

O telefone vibra com uma mensagem.

Maureen [14:02]: SOS. Sério, cadê vc?

SOS. O pavor enche meu estômago, que está pesado e quente. Isso não vai ser nada bom. Com uma respiração profunda, pego o telefone e digito:

Ah Guan [14:04]: Que foi?

A resposta é praticamente instantânea.

Maureen [14:04]: ATENDE O TELEFONE FDP

Ah, meu Deus, ela vai ligar de novo, não vai? Digito rapidamente:

Ah Guan [14:04]: Não posso, c/ gente agora

Maureen [14:05]: Se livra deles! É uma emergência!

Ah Guan [14:05]: Só diga o que aconteceu.

Maureen [14:06]: Por msg? Vc tá louco?

Certo. Ela não pode me contar porque senão a mensagem poderia ser usada como prova se as coisas derem errado. Tudo bem. *Pensa, Meddy.*

Ah Guan [14:08]: Ligo já já mas não vou poder falar mto pq tem gente em volta

Maureen [14:08]: BLZ

— Vou ligar de volta para ela. Não fale uma palavra enquanto eu estiver ao telefone.

Ma concorda, e levo um segundo para me recompor. Respiro fundo. Certo. Toco no nome de Maureen no celular e ligo para ela. Ela atende no primeiro toque.

— Cara, meu Deus, as coisas estão indo muito mal. Nem posso... Está dando tudo errado! — A voz dela está trêmula, rouca pelas lágrimas.

O instinto me incita a falar alguma coisa. Parece tão errado ficar parada ali em silêncio. Opto por um Hugh Jackman como um grunhido de Wolverine.

— Hum.

— Eles... merda... eles descobriram que as paradas sumiram! — sibila ela.

Ah! A esperança é a última que morre. Talvez isso seja bom. Vão pegar Maureen e... ah. E vão interrogá-la, tentar descobrir a verdade, e se ela deixar escapar? E se ela disser que Ah Guan pegou as coisas, e então eles... Não sei, o que eles fariam? Talvez vasculhassem o resort inteiro? Eles fariam isso? Quem estou tentando enganar? Há facilmente dois milhões de dólares em joias e relógios caros naquela bolsa; claro que fariam isso. Fariam qualquer coisa para recuperá--la. Isolar a ilha do continente. Dizer para cada convidado ficar em seu quarto enquanto eles vasculham em detalhes todos os quartos. Ah, meu Deus. Isso é ruim. Isso é muito, muito ruim.

— E a batata quente está comigo — continua Maureen.

— Porque eu fui a última com as paradas. Não posso deixar que eles suspeitem... Não ela, ah não, não posso... Mudança de planos, você me ouviu?

Dou meu grunhido de Wolverine de novo.

— Vamos ter que jogar nas costas da fotógrafa.

— O quê?!

— Foi ela que me ajudou a carregar as caixas de volta para o quarto... Sua voz está esquisita, você está resfriado?

Reúno todas as minhas forças para conseguir dar outro grunhido.

— Enfim, ela me ajudou a carregar as caixas. Posso dizer que eu fui descuidada, que ela ainda estava no quarto quando abri o cofre. Talvez ela tenha visto a senha do cofre ou sei lá, e depois voltou para pegar as paradas. Isso é plausível, né? Podemos ganhar um tempo. Você precisa... Merda, o que você vai fazer com as coisas? Você precisa colocar tudo no quarto da fotógrafa e...

Desligo na cara dela. Meu coração está disparado, minha mente embaralhada. Mal consigo formar um pensamento coerente.

— O que ela disse? — pergunta Ma, esfregando os cotovelos, o rosto enrugado de preocupação. Ela está tão preocupada que esquece de falar inglês e troca para indonésio. — Meddy, você parece tão assustada, o que é?

Fito o celular. Fito minha mãe. Não sai nada.

— Meddy! — Ela estala os dedos. Ao mesmo tempo, o aparelho vibra novamente. Dou um salto, e a realidade volta correndo, como uma inundação.

Aperto o botão de rejeitar, e então mando outra mensagem de texto:

Ah Guan [14:11]: Não posso falar agora, mas vou dar um jeito com as paradas. Não esquenta.

Quando olho para cima novamente, Ma ergue as sobrancelhas.
— E aí?
— Descobriram que os presentes da cerimônia do chá sumiram, e Maureen quer colocar a culpa em mim.

Quando eu tinha cinco anos, havia um garoto no jardim de infância que sempre puxava meu cabelo e me beliscava. Quando Ma reclamou com a escola, eles riram e disseram: "Ahhh, é tão bonitinho! O pequeno Bobby tem uma queda pela sua filha. Isso não é fofo?" Ma cresceu em todos os seus cento e cinquenta e sete centímetros (até seus seios cresceram) e ficou com uma expressão no rosto, como se tivesse incorporado a alma de um guerreiro. A sra. Mallone, minha professora, ainda sorria que nem uma besta para ela. Ela nem sabia o que estava por vir. Mas, quando Ma terminou o sermão, a sra. Mallone estava em lágrimas e prometeu conversar com os pais de Bobby sobre limites.

A expressão no rosto da minha mãe me fez lembrar aquele momento. Tudo nela está maior, orgulhoso e furioso.
— Aquela ladra ruim quer culpar minha filha?

Bem nesse momento a porta destranca e minhas tias entram. Elas se amontoam, esfregando a barriga e conversando animadas em mandarim, mas então a Grande Tia percebe a expressão no rosto de Ma.
— O que houve? — indaga ela. — Algum problema?
— A ladra quer culpar Meddy! — grita Ma.

Minhas tias arfam, arrebatadas pelo choque e pela raiva. A Grande Tia grita um palavrão cabeludo em mandarim, a Segunda Tia imediatamente inicia uma pose tai chi que sem dúvida tem algum nome ridículo e a Quarta Tia crava as unhas exageradas no pescoço, assobiando. Eu quero matá-las de tanto abraçar. Estão todas enfurecidas por minha causa.

— Vamos dar um jeito isso — diz a Grande Tia.

Surpreendentemente, a Segunda Tia nem vem com uma resposta ácida. Ela concorda enquanto se agacha em uma pose que devia se chamar algo parecido com "Carregando uma cabaça extra grande" e diz:

— Não se preocupe, Meddy. Vamos dar um jeito nisso.

— Não.

Todas elas me encaram. Ma dá um passo na minha direção.

— Meddy...

— Não, já me ajudaram o suficiente. Posso cuidar dessa sozinha. Sei exatamente o que preciso fazer. Vou me livrar dessa... — Puxo a bolsa para fora do armário. — E depois eu volto para resolver o que fazer com o corpo.

23

Uma vantagem de ser uma das fornecedoras principais do casamento: a cerimonialista compartilhou comigo uma planilha no Google que inclui o cronograma do dia, os telefones das pessoas importantes e uma lista muito útil dos números dos quartos de todo mundo.

Faço uma rápida pesquisa pelo nome de Maureen, e lá está ela.

Nome: Maureen Halim
Papel: Madrinha

E ladra, a voz na minha cabeça ironiza.

Número de telefone: (626) 526-1755
Número do quarto: 317

Minha boca vira uma linha reta. Penduro a bolsa de viagem no ombro e caminho rapidamente em direção à escada. Terceiro andar. Coloco a cabeça para fora antes de sair para o corredor, com cuidado para garantir que não há ninguém à vista. A sorte está do meu lado, e me apresso em direção ao quarto 317. Não acredito que estou fazendo isso. Eu me desloco rápido demais para pensar duas vezes. Não há tempo para pensar duas vezes mesmo, e se eu congelar agora, se eu me apavorar, então provavelmente vou ser pega com uma mala cheia de itens roubados, e que bem isso faria a alguém? Então prossigo, ignorando todas as vozes em pânico que tumultuam minha cabeça e, antes que eu me dê conta, cheguei. Quarto 317.

Tudo bem. Merda. Tudo bem. Vou fazer isso. Vou, sim. Há um dia, a pior coisa que eu já havia feito era... bem, provavelmente ter terminado com Nathan. Agora, eu já (1) acidentalmente matei alguém, (2) ocultei o cadáver e (3) carreguei por aí mais de dois milhões de dólares em itens roubados.

Maureen deve estar com Jacqueline, então o quarto provavelmente está vazio, mas, por via das dúvidas, bato à porta.

— Olá. Serviço de quarto — anuncio. Espero dois segundos. Bato novamente. Verifico o corredor mais uma vez. Ninguém à vista. Tiro a chave-mestra do bolso e a coloco contra a trava da porta. Uma luzinha verde pisca e a trava abre com um zumbido. É agora ou nunca. Seguro a maçaneta e entro no quarto de Maureen.

Maureen está hospedada em uma suíte júnior, com uma sala e um quarto separado. Certo. Se eu fosse uma madrinha ladra, imunda e traidora, onde eu esconderia uma mala cheia de itens roubados que minhas mãos ladras, imundas e traidoras afanaram da minha melhor amiga?

No quarto com certeza.

Corro para dentro do quarto e olho em volta. Embaixo da altíssima cama de dossel? Óbvio demais. Dentro do armário? Abro o armário e o examino. As prateleiras sobem até o teto, o que é estúpido porque ninguém conseguiria alcançar lá em cima. Eu nem consigo ver o que está na prateleira de cima...

O que faz dali o esconderijo perfeito. Pego uma cadeira da escrivaninha, atravesso o quarto com ela e subo no assento. Quando me endireito, cambaleio e, por um segundo assustador, quase caio com a bolsa pesada, mas consigo segurar em uma das prateleiras buscando equilíbrio. Levanto a bolsa por cima da cabeça e a empurro o mais fundo que consigo, depois salto da cadeira. Olho para cima e, com satisfação, confirmo que não consigo ver a bolsa. Nem mesmo na ponta dos pés. O topo da prateleira é alto demais.

Assim que devolvo a cadeira para seu lugar, ouço o pior som do mundo. A fechadura da porta da frente destravando. Uma fração de segundo depois, a porta abre e alguém surge fazendo barulho. Minha mente entra em curto-circuito e, por um momento precioso, fico lá parada, congelada, como um hamster que sabe que está prestes a ser avistado por um gavião. Então meus instintos agem e eu corro... mas para onde? Olho em volta desesperada. O armário onde eu acabei de esconder a mala? Não, está cheio de vestidos brilhantes e é provável que Maureen possa precisar de alguma coisa lá de dentro. O banheiro? A...

A cama!

Eu me jogo no chão no lado mais distante do quarto bem na hora em que a porta do cômodo se escancara. Eu me deito no carpete e, quando a pessoa entra, rolo para baixo da cama. Por sorte, Maureen parece estar aflita demais para ouvir quaisquer barulhinhos que eu faça enquanto rastejo para baixo da cama. Ela está fungando alto, a respiração saindo em soluços rasos. A cama range e afunda ligeiramente quando ela se senta e chora.

Que diabos ela está fazendo? Se eu não soubesse que Maureen é uma mentirosa ladra imunda, estaria me sentindo muito mal por ela nesse momento. Na verdade, eu *estou* me sentindo mal por ela. Não acho que seja humanamente possível escutar aqueles soluços e não sentir nem um pouquinho de empatia.

Com o máximo de silêncio, tiro o celular de Ah Guan do bolso e ativo o modo silencioso. Apenas para o caso de ela...

E bem quando penso nisso, ela liga para ele. Graças a Deus pela presciência. Aperto o telefone contra o peito, incapaz de olhar para o rosto dela aparecendo na tela. Quando cai no correio de voz, Maureen emite um gritinho e atira o celular, que atinge a parede e cai no chão. Oops.

É agora que ela vai pegá-lo e perceber outra pessoa no quarto com ela.

Mas não. Ela fica lá chorando pelo que parece ser uma hora inteira, mas na verdade são só dois minutos. Eu sei porque estou olhando para o celular de Ah Guan o tempo todo. Depois ela vai até o banheiro, provavelmente para lavar o rosto. Será que eu deveria aproveitar essa chance para sair? Mas, logo que penso nisso, Maureen sai do banheiro e pega o celular do chão. Congelo, mas ela não me vê. Seus pés permanecem lá por um tempo, imóveis, e fico imaginando que diabos ela está fazendo quando percebo que ou ela está ligando para alguém ou digitando uma mensagem. Dito e feito: quando checo o celular de Ah Guan, há uma nova mensagem de texto.

> Maureen [14:15]: Não sei pq vc não está atendendo, mas melhor estar tudo pronto. Vou pedir para eles checarem o quarto da fotógrafa.

Checar o quarto da fotógrafa. O quarto da fotógrafa. O QUARTO DA FOTÓGRAFA ONDE ESTÁ O CADÁVER

DE AH GUAN. Cada célula do meu corpo se desfaz em gritos apavorados, e preciso de toda a minha força de vontade para me impedir de saltar de debaixo da cama e estrangulá-la. De alguma maneira, consigo ficar imóvel até ela sair do quarto. Instantes depois, ouço a porta da frente bater. Rastejo para fora da cama imediatamente e ligo para Ma. Um toque. Dois toques. Vamos, Ma.

— Alô?

Graças. A. Deus. Nunca na minha vida fiquei tão agradecida por ouvir a voz dela.

— Ma, ainda está no meu quarto?

— *Iya*, claro. Cortei mangas e fiz mais chá, suas tias todas comendo...

Mangas? Onde ela conseguiu... Não importa. Balanço a cabeça.

— Ma, escuta, vocês precisam se livrar do corpo agora. Maureen vai pedir que vasculhem meu quarto à procura dos presentes da cerimônia do chá. Eu vou voltar... — Meu telefone apita com uma chamada. É Jacqueline. Merda. Maureen foi ainda mais rápida do que pensei. — Não posso voltar. A noiva está me ligando, provavelmente vai me chamar para ir ao quarto dela.

— Tudo bem, sem problemas, vamos nos livrar do corpo, sem problemas. Você vai para quarto de noiva, você arruma tudo, nós arrumamos corpo, sem problemas.

— Tudo bem... — Ela está soando confiante demais para alguém que acabou de receber um pedido para esconder um corpo às pressas. — Para onde estão pensando em levar o corpo?

— *Aiya*, não se preocupe, temos plano. Ok, tchau, vamos esconder Ah Guan agora, ok, tchau, te amo, tchau.

A chamada é desligada e aceito a ligação de Jacqueline.

— Alô? Meddelin? — Sua voz está agitada, estridente e entrecortada, quase falhando. — Você pode... ahn, você pode vir ao meu quarto agora? Por favor?

— Oi! Sim, claro. — Engulo em seco. — Tudo bem?

— Aham! — exclama ela, ainda mais estridente do que antes. — Só venha ao meu quarto agora, está bem?

Fecho os olhos, meu estômago se revirando. Então Maureen vai de fato seguir com seu plano. Jacqueline provavelmente está fingindo bom humor para garantir que eu não fuja assustada.

— Já chego aí.

— Ótimo!

Respiro fundo. Embora eu tenha me livrado das coisas roubadas, ao sair de fininho do quarto de Maureen e atravessar o corredor em direção à suíte da noiva, não consigo evitar a sensação de que estou me encaminhando direto para uma armadilha. Do lado de fora da suíte, faço uma pausa para me recompor. Minha respiração continua travando, então preciso focar em continuar inspirando e expirando. *Lembre-se: você não sabe que tem alguma coisa errada.* Certo. Pelo cronograma, estou ali para tirar o retrato da família ou algo do tipo. Tranquilo. Seguro a câmera de forma protetora e quase a deixo cair; as palmas das minhas mãos estão muito suadas. Eu as enxugo na calça e bato à porta.

A suíte da noiva está apinhada, mas dessa vez as pessoas não são madrinhas esbeltas vestidas em cores pastéis, mas homens sisudos com uniforme de segurança. Um deles abre a porta e me encara enquanto entro, fazendo eu me sentir novamente como um hamster, dessa vez me arrastando para o ninho do gavião.

Sorrio para ele e digo:

— Oi, estou aqui para os retratos da família. — Aceno com minha câmera para ele.

Seus lábios se curvam com escárnio, e ele pega o meu braço. Olho para sua mão carnuda no meu antebraço. Olho de novo para ele.

— Você poderia não fazer isso? — Tento puxar meu braço, mas ele só aperta mais.

— Você acha que vai fugir, ladra...

— Rob! — Nathan sai apressado do quarto e anda rápido na nossa direção. — Pare com isso. Solte-a.

— Mas, senhor, ela é...

— Não sabemos nada ainda — interrompe Nathan. Sua voz fica baixa e autoritária, os olhos se estreitando para o segurança. — Solte o braço dela.

Com uma última careta para mim, Rob larga meu braço. Eu o esfrego devagar. Juro que toda a minha cabeça está pegando fogo. Eu nunca fui maltratada assim. Foi rápido demais.

— Meddy, que bom que você está aqui — diz Nathan. — Desculpa pelo Rob.

— O que está acontecendo? — Eu o sigo para um lado, longe da multidão de seguranças pisando por toda a linda sala. — Onde estão as madrinhas?

— Mandaram todas voltarem para os seus quartos. A noiva não quer que elas descubram.

— Descubram o quê?

Nathan suspira.

— Os presentes da cerimônia do chá... todos aqueles relógios e joias e dinheiro... sumiram.

Solto uma pequena arfada. Abro a boca, arregalo os olhos e ergo as sobrancelhas. Será que pareço genuinamente surpresa?

Nathan pega minha mão, então parece se lembrar de onde estamos e a solta. Com outro suspiro, ele diz:

— E a madrinha disse que foi você quem pegou.

— O quê? — Será que estou representando a combinação certa de choque e raiva? Eu deveria ficar com raiva? Ou só chocada? Nossa, eu sou muito ruim nisso. Preciso parar de duvidar de mim mesma. Sim, eu definitivamente deveria estar com raiva. — Por que ela pensaria isso?

Ele balança a cabeça.

— Ela alegou que foi você que a ajudou a carregar as caixas de volta para o quarto e que você viu a senha do cofre. — Ele sussurra: — Olha, Meddy, claro que eu não acredito em uma palavra disso, quer dizer, meu Deus. Mas ela está pressionando para que eles revistem seu quarto, e preciso seguir o protocolo...

— Eu entendo — digo rapidamente. Dói ver o rosto dele tão torturado. É óbvio que ele está se odiando por ter que me falar essas coisas. — Está tudo bem. Não tem problema revistarem o meu quarto. — Desde que minha mãe e minhas tias consigam se livrar do corpo antes. Eu provavelmente devia ganhar mais tempo.

— Tem certeza? — Os olhos de Nathan procuram os meus e estão repletos de sentimentos velados. Preocupação, raiva, mas, acima de tudo, desejo. Ver aquilo acende o fogo dentro de mim e, nossa, não acredito que estamos aqui nesse momento e não posso nem tocar nele por causa de todos esses malditos seguranças. Bem, e pela acusação de roubo contra mim. Controle-se, Meddy. Agora não é uma boa hora. Desvio o olhar.

— Sim, tenho certeza.

— Certo. Vamos lá para dentro.

Eu me preparo mentalmente enquanto Nathan me guia para dentro do quarto principal. Lá, está pior do que imaginei. Ou melhor, é bem como eu imaginei, mas pior porque agora é real. Estou realmente parada lá, testemunhando os desdobramentos do crime de Maureen.

Jacqueline está sentada aos pés da cama, em uma névoa fofa de babados e seda branca, chorando. Maureen está ao lado dela, um braço protetor por cima dos ombros pálidos da noiva, entregando-lhe mais lenços. Tom está digitando furiosamente em seu celular na janela panorâmica, e os pais de ambos estão lá. O sr. Sutopo está falando rispidamente com alguém ao telefone, e a sra. Sutopo está falando rispidamente com outra pessoa ao telefone dela, e os pais de Jacqueline estão discutindo um com o outro:

— Você devia ter vindo aqui para garantir que estava tudo bem depois da cerimônia do chá.

— Eu? Era VOCÊ que devia ter feito isso! O que você estava fazendo?

Está um caos total e absoluto, e todas as minhas entranhas gritam para que eu dê o fora dali. Mas a mão de Nathan está nas minhas costas e, como se pudesse ler meus pensamentos, ele me dá um tapinha tranquilizador.

Naquele momento, Jacqueline olha para mim.

— Meddy! — grita ela, ficando de pé em um sobressalto.

Ela tropeça no vestido e só não cai porque Maureen a ampara. Maureen me fuzila com os olhos enquanto Jacqueline corre até mim e agarra minhas mãos. As dela estão frias e trêmulas.

— Meddy — diz ela, seu olhar perfurando o meu. — Meddy, Meddy, por favor, me diga a verdade... — Ela volta a chorar.

O sr. Sutopo marcha na minha direção e grita:

— Lá está a ladra!

— Não! — diz Nathan. — Todos se acalmem, por favor. Vamos ouvir o que Meddy... a srta. Chan tem a dizer.

O quarto fica em silêncio, todos os olhos em mim. Jacqueline puxa uma inspiração trêmula e sussurra de forma hesitante:

— Você pegou os presentes da cerimônia do chá?

— Não. — A palavra sai com facilidade.

O quarto rompe em um suspiro coletivo, então todos reagem ao mesmo tempo.

— Ela está mentindo! — grita Maureen.

— É óbvio que ela diria isso — diz o sr. Sutopo.

— Até parece, vamos chamar a polícia — sugere Tom.

Jacqueline me encara entre lágrimas.

— Verdade? Eles sumiram, Meddy, e eu não sei...

— Eu não peguei os presentes. — Minha voz sai sólida. Aperto as mãos dela, esperando que o gesto me dê forças, e depois deixo meu olhar se deslocar para Maureen. — Ela foi a última que pegou os presentes. Eu só ajudei a trazer as caixas para cá, mas deixei tudo com ela.

É uma coisa estranha acusar alguém de um crime. Embora eu saiba com certeza que Maureen é a ladra, embora ela queira colocar a culpa em mim, ainda assim não é legal. Eu não me sinto vingada nem nada; só me sinto uma merda. Minhas entranhas se contraem como se estivessem tentando rastejar para fora da minha pele, principalmente quando Jacqueline emite um soluço engasgado e olha para Maureen. A expressão no rosto da madrinha é uma mistura de medo, raiva e algo mais que não consigo exatamente distinguir, mas é doloroso de ver.

— Não fui eu! — grita Maureen. — Por favor, Jackie O, você me conhece, eu nunca faria isso! Revistem o quarto dela; ela provavelmente escondeu tudo lá.

Jacqueline se vira de novo para mim, a expressão no rosto pedindo desculpas, mas ao mesmo tempo desesperada.

— Eu... Tudo bem, Meddy? Odeio fazer isso, mas...

Levanto o queixo e encontro o seu olhar.

— Tudo bem. Não tenho nada a esconder. — Quer dizer, nada além de um cadáver, mas estou contando com minha família para dar um jeito nessa parte.

24

A comitiva inteira sai da suíte da noiva, fazendo o espaçoso corredor parecer apertado. Liderando o ataque estão Tom e seu pai, seguidos pela equipe de segurança e por Jacqueline e Maureen, ainda com o braço nos ombros da noiva. Nathan e eu vamos atrás de todo mundo. Nem sei como processar essa bagunça de emoções que se agita dentro de mim. Ansiedade, estresse, raiva e, lógico, aquela coisinha familiar que eu sinto por Nathan. Desejo com força pegar a mão dele, sentir o calor de seus dedos entrelaçados nos meus. Quero cair em seus braços e deixá-lo me apertar com um abraço forte. Mas não faço nada disso. Mantenho o olhar reto e o queixo para cima, e sigo a multidão que parece empenhada em acabar comigo.

Quando passamos pela suíte do noivo, a porta se abre bem de leve, e quase dou uma segunda espiada quando vejo o rosto da Quarta Tia atrás da porta, espreitando o corredor. Ela me avista e se recolhe para dentro do quarto. Continuo andando, a cabeça girando loucamente. O que está acontecendo? Por que ela está na suíte do noivo? O que isso significa? Estamos prestes a encontrar o corpo de Ah Guan ainda esfriando na minha cama? Ai, meu Deus!

Pego meu celular, mas não há nenhuma mensagem nova. Nada. Estou prestes a escrever para Ma quando percebo que isso pareceria ainda mais suspeito. Além do mais, e se eles checarem meu celular e virem que eu mandei uma mensagem perguntando se ela mudou a coisa de lugar? Aí eles presumiriam que eu estava falando dos itens roubados.

— Sinto muito por isso — murmura Nathan.

Enfio o aparelho de volta no bolso e murmuro:

— Não se preocupe. — Minha voz sai como se estivesse distante. Mal a reconheço. Quando chegamos ao meu quarto, um dos seguranças se vira para Nathan, que assente com um suspiro. O segurança pega uma chave-mestra e a desliza na fechadura da porta. Ouvimos um chiado familiar e ele a abre com um floreio desnecessário.

É agora. A hora da verdade. Dou um passo à frente, mas minhas pernas estão moles e fraquejam. Nunca perdi o controle do meu corpo dessa maneira. O braço de Nathan dispara para a frente e eu o agarro.

— Você está bem?

Assinto.

— Só tropecei no tapete. — Colabora, estômago. Fico imaginando todas as minhas entranhas se transformando em ferro. Em aço. Mas então vejo um monte de gente invadindo meu quarto minúsculo, meu quartinho com o corpo lá dentro, e meus músculos começam a amolecer de novo. Não consigo entrar. Não consigo. — Vou esperar aqui fora. Parece bem cheio aí dentro. — Pelo menos minha voz sai mais ou menos normal.

Nathan concorda e eu agarro o braço dele, forte e rígido de um jeito reconfortante, os músculos tensos sob a palma da minha mão. Ele me leva até a parede, onde eu me recosto, torcendo para parecer relaxada em vez de molenga. Ele estende o braço para a frente, como se fosse tirar do meu rosto uma mecha de cabelo rebelde, mas para no último segundo.

— Nathan, eu...

Vejo um fogo ardente brilhando em seus olhos, e ele dá mais um passo na minha direção.

— Sim?

Eu o quê? Minha voz falha. Eu te amo? Não parei de pensar em você desde a formatura? Há um cadáver dentro do meu quarto que você achou que fosse meu namorado, mas na verdade é só um cara que eu matei ontem à noite? Balanço a cabeça.

— Nada.

O fogo se apaga, deixando o rosto dele desanimado de decepção. A culpa me castiga. A qualquer momento, aquelas pessoas dentro do meu quarto vão se perguntar por que o homem esquisito na minha cama não está acordando com todo o barulho à sua volta, e então...

— Vou entrar e apressá-los. — A passos largos, ele já está dentro do meu quarto antes que eu possa responder.

Permaneço no corredor, apertando bem os olhos, esperando que minhas tias e minha mãe tenham conseguido. Ouço passos apressados, e abro os olhos de repente. Maureen está bem na minha frente, o rosto vermelho, o peito arfando.

— Você escondeu em algum lugar. Você deve ter guardado.... — Não consigo deixar de me retrair com a raiva incandescente. — Onde você escondeu? — pergunta ela.

Em um instante, Nathan está atrás dela, agarrando-a pelo ombro e pelo braço e afastando-a para longe de mim.

— Já chega — diz ele, e sua voz, apesar de baixa, tem um tom perigoso que silencia todos, até mesmo Maureen. — Invadimos a privacidade de Meddelin sem nenhuma prova concreta e não encontramos nada.

Nada. Engulo o nó gigante na garganta, me concentrando para não chorar descontroladamente. Eles não encontraram nada. No fim, Ma e minhas tias conseguiram se livrar do corpo a tempo.

— Mas ela deve ter escondido em outro lugar! — grita Maureen. — Os outros fornecedores não são membros da família dela? Talvez devêssemos revistar os quartos deles também!

Tom franze a testa.

— Verdade...

— Não. — A expressão de Nathan me faz pensar em um mar revolto. — Já fizemos o suficiente. E você deveria estar pedindo desculpas para Meddelin.

— Pedindo desculpas para ela? — grita Maureen, estridente. Ela parece tão perplexa que alguma coisa dentro de mim se rompe.

E de repente me sinto cheia de raiva. Transbordando, na verdade. Ela pegou os presentes da melhor amiga e tentou plantá-los no meu quarto quando achou que estava prestes a ser desmascarada. Ela não está em posição de me julgar.

Quando falo, as palavras são tão firmes quanto um punho fechado.

— Acho que deveríamos revistar o *seu* quarto agora.

Todos ficam quietos, os olhares se voltando para Maureen.

— Mas... — O que quer que Maureen estivesse prestes a falar desaparece. Ela está me encarando, e não sei o que é, mas deve ter captado alguma coisa na minha expressão, alguma coisa que me delatou. Seus olhos se arregalam de choque, e sua boca se fecha sem barulho. Pela primeira vez, vejo, claro como o dia, escrito em seu rosto. Medo.

Ela sabe que eu fiz algo para frustrar seus planos.

Com o choque de Maureen, sua máscara cai, só um pouco, e Jacqueline conhece a melhor amiga bem o suficiente para entender o que acabou de acontecer. Seus ombros pálidos param de tremer, e ela encara Maureen. Assim, tão baixo quanto uma pena caindo na neve, Jacqueline diz:

— Você foi a última com os presentes. — Tão baixo, mas impossível de ignorar.

— Não, Jackie, eu juro...

Jacqueline se vira para Nathan e diz, ainda naquela voz dolorosamente baixa:

— Eu gostaria de ver o quarto dela, por favor.

Nathan assente com um gesto soturno.

— Não! — grita Maureen, mas é tarde demais. A comitiva vira como uma onda, implacável, e antes mesmo de eu processar aquilo, estamos atravessando o corredor novamente, com Maureen aos tropeções atrás de nós, implorando que paremos.

Não me sinto bem. Definitivamente não é uma coisa que eu queira comemorar, mas acho que é necessário. Quando chegamos ao quarto 317, quase quero pedir que eles parem, que voltem. Mas dou espaço e deixo que abram a porta enquanto Maureen anda de um lado para outro, falando:

— Vocês sabem que não vão encontrar nada, meu Deus, é uma perda de tempo. Ela deve ter feito alguma coisa, deve ter armado algo...

Sinto o estômago embrulhado.

Quero esperar do lado de fora como antes, mas não quero ficar sozinha com Maureen, então sigo os outros. De volta ao quarto dela mais uma vez. Fico bem perto da entrada, ao lado da porta do banheiro, enquanto os seguranças vasculham o quarto. Estão sendo respeitosos, provavelmente porque o chefe está lá, mas ainda assim parece uma grande violação de privacidade. Uma invasão, entendo a palavra agora. Todos aqueles homens grandalhões vasculhando o lindo quarto de hotel, virando cada almofada, abrindo cada porta de armário. Eu os imagino revirando as malas de Maureen, suas mãos passando pela lingerie dela, e aquilo me deixa enjoada.

— Faça-os pararem — implora Maureen a Jacqueline.

Jacqueline dá as costas para a amiga, os olhos voltados para baixo, e Maureen se dirige a Nathan:

— Vocês não podem fazer isso. Eu não consenti!

— Sinto muito — diz ele, e posso ver que ele também está sofrendo. Não está gostando disso, nem um pouco.

Tom está andando por todo lado, olhando por cima dos ombros dos seguranças e dando ordens para eles procurarem direito e mais rápido.

— Procurem direito e mais rápido. — Como se aquilo fizesse o mínimo sentido. Seus olhos estão iluminados. Ele parece mais vivo do que eu jamais vi. Ele não está gostando disso; está adorando. Percebo como desprezo esse homem. Jacqueline não deveria estar com alguém tão ríspido e arrogante. Ela tem um temperamento doce, enquanto Tom é tudo, menos doce. Ao longo do tempo, ele vai exauri-la, despi-la de sua delicadeza, até que somente o rancor permaneça, firme e afiado.

Alguém dentro do quarto grita:

— Achei! — Fecho os olhos, todo o meu interior se contraindo. Pronto.

É como se uma arma tivesse sido disparada. De imediato, todos passam a prestar atenção, e a atmosfera está permeada de eletricidade. O segurança sai apressado do quarto carregando a bolsa, e Tom e seu pai correm até ele e a agarram. Ou pelo menos tentam.

— Para trás, por favor, senhor! — vocifera o homem. Então Nathan estende a mão e diz ao supercuidadoso segurança que está tudo bem. A bolsa é entregue ao sr. Sutopo, que a rasga.

As joias transbordam como intestinos cintilantes. De alguma maneira, aquilo parece obsceno. Viro o rosto enquanto todos engolem em seco. Jacqueline solta um meio soluço, meio suspiro.

— Não — geme Maureen. — Não, não pode ser. Eu preciso... Eu... — Ela se atrapalha com o celular, mas Tom o arranca dela. — Devolva isso!

— Acho que isso conta como prova — grita ele.

Nathan franze a testa. Ele obviamente despreza o noivo tanto quanto eu, mas não sei se Tom está certo. Será que o telefone dela conta mesmo como prova? Nathan estende a mão.

— Por favor, me dê o telefone. Vamos guardá-lo no nosso cofre, e não vamos olhar nada até que as autoridades cheguem aqui. — Relutante, Tom faz o que Nathan mandou.

— Graças a Deus conseguimos reaver isso — diz a sra. Sutopo, inclinando-se para a frente e acariciando a pilha de joias como se fosse um bebê.

Jacqueline balança a cabeça e sussurra para Maureen:

— Como você foi capaz?

Eu achava que a mulher não podia ficar pior, mas, quando Jacqueline pergunta isso, o rosto dela se contrai.

— Eu não queria... Eu só...

Nathan pousa a mão no ombro de Maureen.

— Acho melhor você não falar mais nada por enquanto. Vamos para o meu escritório. — Seu tom de voz é tranquilizador, mas firme, e percebo que ele está tentando ajudá-la.

Meu peito se aperta de dor. Quero estender o braço e tocá-lo, agradecer-lhe por mostrar alguma compaixão.

— Seu escritório? — rebate Tom, com sarcasmo. — Você não pode estar falando sério. Esse problema não é mais seu, é um crime. Vou chamar a polícia.

— Não!

Todos param e olham em volta, obviamente confusos. Tanto Maureen quanto Jacqueline gritaram ao mesmo tempo.

— Amor — diz Tom, pegando a mão de Jacqueline —, você não entende...

— Eu entendo — interrompe ela baixinho. — E não quero prestar queixa.

Maureen inspira, ofegante.

— Obrigada...

— Certo, isso é uma maluquice. — Tom solta a mão de Jacqueline e dá sua risada totalmente sem humor. — Quer dizer, eu sei que ela é sua amiga, mas ela nos *roubou*.

— E nossa amizade acabou por isso. Já encontramos os presentes, e agora só quero deixar isso para trás, seguir em frente.

Tom solta um ronco, um barulho horrível.

— Tudo bem, amor, acho que você não está pensando direito. Talvez você esteja confusa porque é o dia do nosso casamento, mas esse é um crime sério.

— Já achamos os presentes! O que mais você quer? — retruca Jacqueline rispidamente.

— Bem, quer saber? Eu detesto dizer isso, mas a maioria dos presentes foi dos meus parentes, então acho que eu posso decidir o que acontece com a ladra que tentou roubá-los.

— O quê? — As palavras saem extremamente desagradáveis. Tenho certeza de que ninguém nesse quarto está respirando e, sinceramente, uau. Tom Cruise Sutopo, caindo ainda mais no meu conceito, que já não estava em uma posição muito alta.

Ele deve ter sentido a maré virando contra ele, porque para e hesita antes de continuar.

— Eu só quero dizer... Ah, pai, me ajude aqui. Coloque um pouco de juízo na cabeça dela!

O sr. Sutopo dá alguns passos à frente e coloca a mão no braço do filho.

— Vamos, filho. Acho que é melhor deixar para lá.

— Sim — concorda a sra. Sutopo —, como costumamos lhe dizer, sempre que possível, escolha ser generoso. Então seja generoso agora. — Ela se vira para Nathan e diz: — Obrigada, o assunto está encerrado. Não vamos prestar queixa.

Nathan assente, ignorando os gemidos de reclamação de Tom.

— Obrigada, Jackie — soluça Maureen. — Me desculpe...

— Quero que você vá embora — diz Jacqueline, ainda com a voz calma. — Nunca mais quero ver você. — Ela, então, pergunta a Nathan: — Tem algum barco disponível?

— Vou providenciar. — Nathan acena com a cabeça para um dos seguranças que acompanham Maureen, ainda choramingando, para fora do quarto. — Sinto muito por todo o transtorno. Posso ajudar em mais alguma coisa?

Jacqueline balança a cabeça, e todos nós saímos do quarto, absortos em nossos próprios pensamentos turbulentos.

25

No corredor, a mãe de Jacqueline checa o relógio e diz:
— Ah, meu Deus, está quase na hora da cerimônia.
— Mas e as fotos de família? — pergunta o sr. Sutopo.
— Não temos tempo. Podemos fazer depois da cerimônia, talvez? — A sra. Sutopo me lança um olhar inquisitivo, e assinto.
— Sim, claro, podemos encaixar depois — digo no tom de voz mais tranquilizador que consigo.
— Acabei de receber um aviso de tempestade vindo para cá — comenta o sr. Sutopo, olhando para o telefone. — Espero que não nos atinja durante a cerimônia. Isso seria um pouco de azar, hein?
— Vai ficar tudo bem — assegura Nathan rapidamente. — Arrumamos o salão para o caso de começar a chover.
— Ótimo. Tudo bem, precisamos ir e retocar sua maquiagem para a cerimônia — diz a mãe de Jacqueline. — Meddelin,

você pode ligar para sua tia e pedir que ela nos encontre na suíte da noiva?

— Claro. — Pego meu celular e digito o número da Segunda Tia enquanto todos os outros correm para se preparar para a cerimônia. Por que ela está demorando tanto para atender?

Um barulho irrompe pelo alto-falante.

— Alô? Meddy? — A Segunda Tia está praticamente gritando.

— Segunda Tia? Onde a senhora está?

— *Aduh*, Meddy. Tenho probleminha.

Ah, não. Meu peito se aperta e minha mão livre se fecha completamente. Não, o que quer que seja, por favor, não pode ser muito, muito ruim. Acabei de lidar com uma crise, não posso ter um descanso? É uma luta manter o tom são da minha voz.

— O que foi?

— Hummmm. Bem, olhe só. Bem. Difícil dizer de quem é culpa, sabe? Porque ninguém diz a ninguém o que é para fazer, então todo mundo faz tudo.

— A senhora está me matando de nervoso. Por favor, só me conte o que aconteceu.

— Bem, hummm. Difícil de explicar.

Será que é possível ficar ainda mais frustrada? Tenho certeza de que estou tão ansiosa e perturbada que poderia até estrangular um cavalo. Embora eu nunca fosse capaz disso. Mas poderia.

— Segunda Tia!

— Bem, não importa, não dá para fazer nada. Por que você me ligou?

Balanço um pouco a cabeça, tentando dissipar a névoa de irritação. Respirações profundas. Inspirar. Expirar. Foco no casamento, na pobre Jacqueline. De qualquer forma, posso muito bem perguntar à minha mãe que diabos está acontecendo. Ela nunca consegue esconder um segredo de mim.

— A noiva precisa retocar a maquiagem dela antes da cerimônia.

— Ah, tudo bem! Vou lá agora.

Assim que ela desliga, rolo meus contatos para procurar o número de Ma, mas alguém pigarreia, me interrompendo.

— Nathan! — Ah, não, há quanto tempo ele está lá? O que ele ouviu? O que eu disse?

— Desculpa, não quis assustar você.

— Ah, não, não assustou. — Assustou, sim. — Posso você ajudar?

— O quê? — Ele franze a sobrancelha.

Eu me retraio. É isso que acontece quando tento falar enquanto repasso mentalmente minha conversa com a Segunda Tia procurando por algo incriminador.

— Desculpa, eu quis dizer: está precisando de alguma coisa? — Será que isso saiu muito ríspido?

— Hum. Eu queria me desculpar por... — Nathan gesticula em volta de si com um suspiro. — Você sabe. Tudo que acabou de acontecer. Tentei dissuadi-los de revistar o seu quarto. Sei que foi uma invasão de verdade.

Eu me derreto por dentro.

— Obrigada por dizer isso. Sei que você fez tudo ao seu alcance. Mas não tem problema, não ligo, e tudo acabou sendo resolvido no fim, então... — Eu te amo. Ainda sou apaixonada por você. *FOCO*. Por mais doce que ele esteja sendo, não posso me distrair muito agora. Preciso ligar para Ma e descobrir o que está acontecendo. — Enfim...

— Onde está o seu namorado?

— Meu o quê?

Nathan inspira profundamente, sem dúvida tentando não demonstrar que se sente um pouco incomodado com o que está prestes a dizer:

— Seu namorado? O cara que estava no seu quarto antes.

Tudo o que tinha acabado de derreter dentro de mim congela com pontas afiadas. Merda. Vai. Com. Calma.

— Ah, ahn, ele foi dar uma volta pelo resort — digo sem entusiasmo. Ah, meu Deus, ele deve achar que sou a maior babaca do mundo, tendo-o beijado duas vezes e depois falando que tenho namorado. Argh!

— Ah, é? Que... interessante. — Seu rosto bonito está indecifrável. — Só que eu dei uma olhada na lista de passageiros do barco, e ele não está na lista do horário em que você chegou à ilha.

— É que... sim. Aham. — Pensa! Rápido! — É porque ele na verdade é um dos membros da equipe? — revelo. Minha mente se esforça para acompanhar minha boca, revisando as palavras. Na verdade, essa não é uma má ideia. — Sim, na verdade ele não é meu namorado, ele é um cara com quem eu tive um caso de uma noite só. Ou de uma manhã só, se preferir. — O barulho que eu faço é simplesmente a risada mais falsa do mundo.

— Então um dos membros da minha equipe deixou o trabalho para ter uma... uma coisa com você, e depois tirou uma soneca no seu quarto? Tenho que admitir que, como patrão dele, não estou muito satisfeito de saber disso.

Será que essa situação pode piorar?

— Não quero arrumar problema para ninguém — falo meio cantando. — Eu só... Ele não dormiu por muito tempo, a gente tinha acabado de... sabe.

Nathan suspira, os ombros largos se curvando um pouco.

— Sei. Acho que é só o ciúme interferindo. Para falar a verdade, está tudo certo. Vocês dois são adultos capazes de consentir. Tem sido um dia difícil, só isso.

— Sinto muito mesmo. — E estou falando sério. Nem consigo descrever como eu sinto tanto por tudo.

Um pequeno sorriso vibra no rosto dele, transformando-o no Nathan que conheço e amo. Ah, se eu pudesse me aproximar e beijá-lo.

— Não, não precisa se desculpar. Está tudo bem. A crise passou. Tenho que ir. Me certificar de que tudo está em ordem para a cerimônia.

— Certo, claro. Vejo você por aí.

— A gente se vê, Meddy.

Só o som do meu nome naquele tom de voz baixo e intenso é o suficiente para fazer um arrepio descer pela minha espinha. Eu o observo indo embora, depois sacudo a cabeça para esvaziar a mente mais uma vez. Ando fazendo muito isso hoje. É difícil acompanhar toda a loucura que vem acontecendo nas últimas horas. Pego meu celular mais uma vez e ligo para Ma.

— Alô, Meddy? — No fundo, ouço o barulho de pessoas gargalhando e falando alto.

— Ma, o que houve?

— Tem probleminha. Muito pequeno. — Alguma coisa cai e se quebra do outro lado da linha. Parece grande.

— O que está acontecendo?

— *Aduh*, é sua Quarta Tia, *lah*, ela nunca conta pra ninguém, veio aqui agora, deu aquela bebida para eles, sabe, abstinência?

— Abstinência? — Por um abençoado segundo, fico confusa. Depois a ficha cai e o pavor me inunda. — Absinto? Ela deu absinto para quem?

— Para todos os... Ah!

— Ma?

— Não escute a sua mãe.

— É a... Quarta Tia? É você?

— Sim, lógico, quem mais seria?

— Por favor, me diga o que está acontecendo. Para quem você deu absinto?

— Bom, isso não é exatamente verdade. Quer dizer, sim, eu trouxe um pouco de absinto, mas sua mãe também trouxe a porcaria da medicina chinesa dela — sibila a Quarta Tia, a voz triunfante. Posso praticamente ver minha mãe e ela se matando com o olhar. Outra coisa se quebra no fundo e ela grita: — Ei! Parem! Seus animais.

— A porcaria da medicina chinesa dela — repito. — Não estou entendendo...

— Bem, não é uma coisa ruim de verdade, eu acho. Olhe, não se preocupe demais, é melhor assim.

Um alarme toca, e não é só um daqueles que estão enlouquecendo dentro da minha cabeça. Olho o telefone. Merda. É o aviso para eu ir até a piscina para a cerimônia.

— Preciso ir. Por favor... — Por favor o quê? — Preciso ir. — Desligo e corro para o quarto de Jacqueline.

Como sempre, está um caos, embora agora os seguranças grandalhões tenham sido substituídos pelas madrinhas. A maquiagem de Jacqueline foi retocada, e ela está perfeita, sem nenhum vestígio do incidente horroroso com Maureen em seu rosto, a não ser o minúsculo tremor no queixo de vez em quando. Quando me vê, ela sorri.

— Meninas, posso conversar com a Meddy um minuto, por favor?

A Segunda Tia, que está agitada em volta de Jacqueline, acrescentando pequenos toques finais invisíveis em seu penteado, se vira para mim e me lança um olhar de modo significativo, mas não tenho ideia do que isso pretende transmitir. Estou morrendo de vontade de puxá-la de lado e sacudi-la até ela me contar o que está acontecendo, mas, em vez disso, eu a observo sair do quarto com as madrinhas.

Uma vez que não há mais ninguém ali, Jacqueline suspira.

— Meddy, mil desculpas.

— O quê... Por quê?

— A coisa toda dos presentes da cerimônia de chá e por revistar o seu quarto! Estou me sentindo péssima.

— Ah, certo. Não se preocupe com isso, por favor. Só sinto muito que você tenha passado por todo esse estresse.

Ela pega minhas mãos.

— Eu só... Maureen tinha tanta certeza de que você tinha roubado os presentes. Ainda não consigo acreditar que ela fez aquilo. — Um soluço engasgado escapa, e ela olha para o teto e pisca furiosamente para impedir as lágrimas de caírem. Pego um pedaço de papel na mesa e abano o rosto dela. — Ela é minha melhor amiga há mais de dez anos. Ainda não consigo... — Seus olhos lacrimejam, as lágrimas ameaçando cair e arruinar todo o trabalho da Segunda Tia.

— Está tudo bem — digo logo. — Vamos esquecer isso agora. Você vai ter todo o tempo do mundo depois do casamento para pensar no que aconteceu.

— Eu nem pude contar a nenhuma amiga porque são todas madrinhas, e Tom disse que, se alguma delas soubesse, ficaríamos malvistos, porque demonstra que eu fui burra a ponto de ser enganada pela minha própria madrinha principal, então só fiquei aqui, morrendo de vontade de conversar com alguém sobre aquilo, alguém que entendesse...

— Eu entendo. Mas você não é burra. — Sério, Tom? Que porra foi essa? — Não é mesmo. Não tinha como adivinhar. Ela funga.

— Obrigada.

— Você está deslumbrante. Suas fotos vão ficar lindas.

— Verdade? — Ela se anima um pouco.

— Sim. Sem dúvida a noiva mais linda que eu já fotografei. E definitivamente minha cliente preferida. Bom, com certeza no top cinco.

Ela ri.

— Top cinco? Nem mesmo no top três?

Faço uma careta.

— Talvez top dez. — Sorrimos uma para a outra, depois eu a ajudo a se levantar, tirando fiapos da frente de seu vestido bufante. — Você está um sonho. — Checo as horas no meu celular. — Preciso ir para o meu lugar no altar. Vejo você lá, Jacqueline. Você vai estar incrível. — Aperto as mãos dela mais uma vez antes de sair.

Na sala da suíte, procuro pela Segunda Tia, mas ela não está à vista. Droga. Atravesso apressada o corredor, saio para o ar livre e desfruto da brisa fresca que vem do oceano. A cerimônia de casamento foi arrumada para acontecer na água. Literalmente na água; o resort foi construído em forma de semicírculo, com o enorme e amplo edifício circundando delicadamente uma gigantesca piscina com borda infinita. Um palco foi construído bem em cima da piscina, então parece flutuar. Fileiras e mais fileiras de flores adornam os lados do corredor, e vasos de flores com lanternas no meio flutuam serenamente na superfície da piscina. Todo o cenário é de tirar o fôlego.

Duas mil cadeiras estão dispostas em volta da piscina de borda infinita, e todas estão ocupadas. Ironicamente, dois mil é um número pequeno para um casamento sino-indonésio. Em Jacarta, a média dos casamentos de classe média é de três mil presentes. Os convidados parecem felizes, o que é um alívio; acho que nenhum deles sabe dos contratempos que aconteceram nos bastidores. Para todos os efeitos, esse casamento maravilhoso está correndo sem problemas. Procuro

Ma e minhas tias, mas elas não estão em lugar nenhum. Seb acena para mim, e faço sinal de positivo. Ele vai cobrir toda a cerimônia a distância com sua 18-200mm. Inspirando profundamente, encaixo a lente 35mm na minha primeira câmera e a lente 24-70mm na segunda e começo a trabalhar, tirando fotos da cena como um todo e closes do máximo de detalhes que consigo sem ser inconveniente demais.

Então a música começa e a voz do apresentador explode nas caixas de som.

— Senhoras e senhores, por favor, levantem-se para saudar os pais do noivo!

As cadeiras Tiffany são arrastadas para trás conforme os convidados se colocam de pé.

— O sr. e a sra. Sutopo, pessoal! — exclama o apresentador enquanto os pais de Tom atravessam o corredor, sorrindo e acenando para os amigos e familiares.

Dou um passo ágil para um dos lados do corredor, com cuidado para não cair dentro da piscina, e tiro fotos do casal.

— Atrás vêm os padrinhos. Vamos dar uma salva de... ahn.

Estou ajustando a velocidade do obturador quando a voz hesitante do apresentador chama minha atenção, então ergo o olhar e vejo o primeiro padrinho fazer a curva e atravessar o corredor. Ou melhor, cambalear pelo corredor. Ele está visivelmente aos tropeções, a camisa meio para fora da calça. Sinto enjoo e cólicas. O segundo padrinho não está se saindo muito melhor nem o terceiro.

— Uma salva de palmas para os padrinhos, todo mundo! — A voz do apresentador volta a ser ouvida, com um tom de constrangimento.

Começo a ouvir aplausos mornos, e depois murmúrios, quando o quarto e o quinto padrinhos cambaleiam pelo corredor bêbados, rindo, com os braços um em volta do outro.

O apresentador prossegue com uma tagarelice animada, tentando abafar o burburinho, e então o sexto, o sétimo e o oitavo padrinhos entram, e é ainda pior porque um deles está tão bêbado que não consegue ficar de pé; os outros dois caras estão praticamente o carregando, a ponta dos sapatos se arrastando pelo tapete de pétalas falsas. O resto dos padrinhos segue na fila, fazendo uma algazarra, rindo e se agitando diante da multidão agora silenciosa.

Não tenho ideia do que fazer além de continuar tirando fotos deles. Acho, desta vez, que esse problema não é meu, o que é um pensamento legal para…

Ah.

Meu.

Deus.

Conforme os padrinhos vão tomando seus lugares no altar, agora estou perto o suficiente para ver que o oitavo padrinho, aquele que eu achei que estava bêbado demais para andar, aquele que estava sendo carregado pelos outros…

O oitavo padrinho é Ah Guan.

PARTE 3

◆

GAROTA FICA COM GAROTO

(Ou tenta, pelo menos. É difícil porque tem um cadáver e tudo o mais.)

26

Não vou gritar. Não vou. Está tudo bem. Não é um problema de forma nenhuma. Sim. Posso lidar com isso. Quem não tem condições de lidar com um probleminha como a porra de um cadáver apoiado no altar como um fantoche macabro na frente de duas mil pessoas?

Estou ótima. Ó-ti-ma.

Acho que vou vomitar. Ou desmaiar. Ou entrar em combustão espontânea. O que diabos está acontecendo? Por que o levaram para fora?

Examino os dois padrinhos que seguram Ah Guan. Como estou a apenas poucos metros deles, posso ver que, atrás dos óculos escuros, eles estão bêbados pra cacete. Todos os doze padrinhos. Estão cambaleando e dando risadinhas e apontando em direções aleatórias, e nenhum deles parece saber o que diabos está acontecendo. Será que o absinto pode causar um efeito tão forte assim nas pessoas? Qual foi a quantidade que a Quarta Tia lhes deu?

O suor escorre pela minha nuca. Preciso fazer alguma coisa. Aqueles caras não vão ficar de pé por muito tempo e, quando eles caírem, não dá para saber o que vai acontecer com o corpo de Ah Guan. Olho em volta e tento captar o olhar da cerimonialista sem chamar muita atenção para mim, mas é inútil; ela está atrás da multidão, supervisionando os vários membros da equipe, provavelmente coordenando a entrada da comitiva da noiva com o tempo da música.

— E agora, aqui está ele — exclama o apresentador, voltando ao seu ritmo após a interrupção dos padrinhos —, o homem da vez, o lindo noivo, Tom Cruuuuuise Sutopo!

Deixando meu pânico de lado, levanto minha câmera e registro os momentos em que Tom ginga pelo corredor com um sorriso presunçoso. Toda vez que aperto o botão para tirar uma foto, me dá uma vontade histérica de rir. Por que ainda me preocupo em fazer meu trabalho? Há literalmente um cadáver no altar! As coisas provavelmente não podem ficar piores do que já estão. Ainda assim, de alguma maneira, continuo tirando foto atrás de foto, até mesmo ajustando a velocidade do obturador entre elas. Aqui Tom está parecendo presunçoso; aqui outra de Tom parecendo ainda mais presunçoso; e uma terceira de Tom, bonito em seu terno, mas também presunçoso. E o tempo todo, o corpo de Ah Guan está a apenas alguns metros de mim. É como se eu pudesse sentir o frio de sua aura subindo pelas minhas costas. Preciso continuar me controlando para não virar a cabeça e olhar para ele.

À medida que Tom se aproxima do altar, seu sorriso vacila. Ah. Ele avistou os padrinhos. Ele tenta ao máximo manter o sorriso superior no rosto, mas seus olhos faíscam quando ele percebe os smokings amarrotados, os óculos escuros e a falta de equilíbrio. Ele assume seu lugar perto dos padrinhos.

— Que merda é essa, caras? — indaga ele, os lábios ainda esticados em um sorriso falso. — Sério, que merda é essa?

O padrinho perto de Tom se vira para encará-lo, a boca aberta. Demora alguns momentos para que seu cérebro aparentemente volte a funcionar.

— Onde? — retruca ele.

— Inacreditável — murmura Tom. — Vocês estão encrencados demais.

Engulo em seco. Tom só está separado do corpo de Ah Guan por sete padrinhos. Ele está tão perto. Quando se inclina para a frente para olhar a fila bagunçada dos padrinhos, meu coração se aperta e por pouco não desmaio. Mas tudo o que Tom faz é rir com desdém e balançar a cabeça para eles antes de se endireitar novamente.

A música abaixa até fazer uma pausa, e o apresentador diz:

— E agora, senhoras e senhores, vamos saudar a comitiva da noiva! — Começa a tocar o "Cânone em Ré Maior", de Pachelbel, e a primeira madrinha entra.

Com todos os olhos nela, sou a única que avista a cabeça do primeiro padrinho balançando de leve para baixo e depois sacudindo para cima novamente. Ah, não. Parece que ele está quase dormindo.

Eu me aproximo mais de Tom. Quando estou a uma distância mínima dele, digo:

— Tom, acho que precisamos dispensar seus padrinhos.

Ele me encara como se eu fosse uma mosca irritante e debocha.

— Certo, e ficar sem padrinho nenhum no meu casamento como a porra de um fracassado? Nem pensar.

— Olhe para eles. Eles mal conseguem ficar de pé. — Aceno com a cabeça para os padrinhos. Pelo menos três deles estão se balançando de forma mais acentuada. Merda, um deles está escorando Ah Guan. Se ele cair... — Se eles caírem, vai ser um papelão — sibilo, minha voz aumentando de pânico. — Vai estragar tudo! — Como a minha vida, por exemplo.

Um lampejo de insegurança cruza o rosto de Tom, mas então ele ergue o queixo, a mandíbula rígida de uma maneira teimosa, e diz:

— Se esses merdas caírem, vou processar todos eles.

"Processar"? Como essa cabecinha distorcida funciona? Processar os próprios amigos? Quer dizer, claro, de seu ponto de vista, os amigos pisaram feio na bola, mas, mesmo assim, não vale a pena continuar batendo nessa tecla e arruinar o próprio casamento. É tipo jogar pedra no próprio telhado. E também, com uma ponta de remorso, me ocorre que nem é muito culpa dos padrinhos. Foi a Quarta Tia que os deixou bêbados e fora de si. Preciso consertar isso, mas como? Pego o celular e digito o número da cerimonialista.

— Uma salva de palmas para nossas lindas madrinhas — anuncia o apresentador, sua voz carregada de um óbvio alívio por nenhuma das madrinhas, até então, parecer bêbada.

— Alô? Meddelin? — atende a cerimonialista. — O que foi? Você não está tirando...

— Precisamos tirar esses padrinhos do altar.

Ela suspira.

— Sim, eles parecem estar bêbados mesmo, esses merdas. Mas não sei como fazer isso sem parar tudo.

A quarta madrinha já está atravessando o corredor. Estou ficando sem tempo.

— Peça ao apresentador para anunciar, faça parecer que o planejado sempre foi ter só a noiva e o noivo no altar. Ele pode falar, tipo: "E agora a comitiva dos noivos sairá para que o casal possa ficar com o altar só para eles."

— Hum. Isso pode funcionar. É. Boa ideia. Vou falar com ele. Meu Deus, aqueles filhos da puta, eles parecem prestes a cair. — Ela desliga e solta a respiração. — Por favor, por favor, isso tem que funcionar. Que os padrinhos consigam se segurar por tempo suficiente para sair do altar. Claro, quando eles saírem, não tenho ideia do que vai acontecer com Ah Guan, mas um passo de cada vez.

Quando a última madrinha toma seu lugar no altar, há um silêncio de expectativa. Nos casamentos sino-indonésios, na hora em que a cerimônia começa, o noivo e os membros próximos da família já viram a noiva, mas o resto dos convidados não. O apresentador grita:

— É agora! O momento que todos aguardavam! Aí vem nossa linda noiva, Jacqueline Wijaya!

Todos soltam suspiros de admiração conforme Jacqueline, acompanhada pelos pais, faz a curva e caminha graciosamente pelo corredor. Ela parece a rainha das fadas. Seu vestido esvoaça com delicadeza ao vento, dando-lhe um visual etéreo, e, atrás do véu de renda pura, seu rosto está radiante. Mas, quando dou zoom e tiro fotos dela, vejo que seu sorriso é forçado e seu queixo treme ligeiramente. Tante Yohana fala alguma coisa para ela, e ela assente de leve.

A distância, posso ver a cerimonialista correndo até o apresentador e lhe sussurrando alguma coisa. Ele franze a testa e balança a cabeça. Meu coração se aperta. O homem se recusa a dar o aviso para a comitiva dos noivos deixar o altar. A cerimonialista fala alguma outra coisa, gesticulando freneticamente, e o apresentador mira o altar, encolhendo-se quando seu olhar pousa nos padrinhos. Jacqueline chega, abraça os pais e depois se vira para encarar Tom, que sorri com malícia para ela.

— E aqui estamos nós, a noiva e o noivo! Ah, que lindo casal! — exclama o apresentador. — Antes de a cerimônia começar, por favor, peço que todos os padrinhos e madrinhas se retirem do altar para que a noiva e o noivo possam ter um pouco de privacidade?

Um murmúrio percorre a multidão de convidados, e Jacqueline e Tom se viram confusos.

— Que diabos está acontecendo? — pergunta Tom.

Ando até eles com o máximo de discrição e falo:

— Acho que é melhor. Os padrinhos estão mal. Você não quer que eles causem um escândalo durante a cerimônia.

Jacqueline arregala os olhos quando ela nota os padrinhos em seu completo desalinho.

— Ah, meu Deus. Sim, você está certa. Sim, diga para eles saírem.

— Não! — retruca Tom rispidamente. — Eles são MEUS padrinhos, eu decido o que fazer com eles, e eu digo para eles ficarem.

— Eles não são *coisas*, Tom — sussurra Jacqueline. — Olhe para eles, estão péssimos. Eles precisam se deitar. — Ela se inclina para a frente e levanta a voz: — Sim, muito obrigada a todos vocês por estarem aqui. Ahn, a cerimônia vai ser bem longa, então vocês podem se sentar. — Ela gesticula para que a madrinhas também saiam.

As madrinhas começam a voltar para o corredor, mas os padrinhos continuam balançando em seus lugares até Jacqueline fazer um gesto com a cabeça para uma das madrinhas. Ela cruza o altar e pega o primeiro padrinho pela mão, aparentemente pretendendo guiá-lo pelo corredor.

— Não! Nenhum de vocês ouse sair daí — vocifera Tom, alto o suficiente para os convidados da frente escutarem. Eles se mexem e se entreolham, e o burburinho fica mais alto.

— Você não está sendo razoável — diz Jacqueline. — Continue — pede ela à madrinha —, tire eles daqui.

A madrinha faz o que a noiva falou, enlaçando o braço do padrinho com uma das mãos e segurando firme com a outra, cambaleando um pouco quando o padrinho balança e apoia boa parte de seu peso nela.

— Parem! — ordena Tom, mas é tarde demais. Todas as madrinhas, que obviamente o desprezam, se reuniram e estão ajudando os padrinhos a saírem. — Não, esperem... ESPEREM! Tudo acontece em câmera lenta. Vejo Tom estendendo o braço de forma desesperada, irritado, tentando segurar qualquer coisa que esteja ao seu alcance. Vejo a cena se desdobrando bem devagar, como se ele estivesse se movendo embaixo d'água ou em um sonho. Ou em um pesadelo, melhor dizendo. Porque, naquele momento, o homem mais próximo de Tom é o padrinho número sete. Um dos caras que está mantendo Ah Guan em pé. Abro a boca, e dela sai um "Nãooo", baixo e devagar e tarde demais.

Tom agarra o padrinho, empurrando-o para trás, e, em seu estado embriagado, o padrinho número sete tomba como um pino de boliche. O padrinho número seis, que está segurando o outro braço de Ah Guan, cai também, os pés tropeçando pelo altar até que ele cai em um mergulho teatral na piscina de borda infinita. Sem nenhum apoio, Ah Guan cai no chão como um tronco de madeira.

Vou vomitar. Isso é tão ruim... Isso é... Não pode estar acontecendo.

As pessoas estão gritando. Mais padrinhos caíram na água e... Ah, meu Deus, eles estão bêbados demais para nadar.

— Salvem os padrinhos! — grita alguém. Há mais gritos, mas não consigo entender nada. O mundo é um borrão de barulho e movimento.

Diversos convidados tiram o paletó e mergulham na água. Nathan vem correndo dos fundos, onde devia estar, supervisionando o evento. Seus seguranças avançam na frente dele e pulam dentro da água.

A realidade vem à tona novamente e percebo que, no caos, ninguém notou o corpo. Ah Guan ainda está caído, intocado, enquanto as pessoas escalam por todo lado. Essa é minha chance. Preciso tirá-lo de lá. Agarro o braço dele e não hesito nem um pouco. Coloco toda a minha força ali, e a adrenalina correndo pelas minhas veias me impulsiona para cima, para cima, para cima, e, antes que eu perceba, estou em pé. O braço de Ah Guan está caído em volta dos meus ombros. Seguro firme em sua cintura, sem nem mesmo fazer uma careta com o fato de estar carregando um homem morto, sem dar ao meu cérebro tempo para se desesperar, dou um passo adiante. E outro. Eu consigo fazer isso. Posso tirá-lo daqui.

— Ah, meu Deus, ele está completamente desmaiado — diz Jacqueline, correndo para a minha frente.

Não. Não, não.

— Está tudo bem! — grito.

— Deixa que eu ajudo.

Ela está buscando o outro braço de Ah Guan. Seus dedos roçam na mão dele. A mão fria, imóvel, morta. A expressão no rosto dela congela.

— Espera...

— Não! — O instinto me domina e eu a empurro para o lado. Não posso deixar que ela descubra, não a linda e perfeita Jacqueline, não dessa maneira, não...

Ela tropeça para trás, os olhos arregalados, e, antes que eu perceba, tomba por cima do corredor e cai direto dentro da água.

27

Pela primeira vez na vida, não hesito. Nem mesmo uma fração de segundo para me perguntar: *O que eu faço agora?* No momento em que Jacqueline cai dentro da piscina, largo todo o meu equipamento de fotografia e mergulho atrás dela. Estamos na parte mais funda — a piscina tem mais de dois metros de profundidade ali, e todo aquele tule, as camadas volumosas de renda, parecem leves e arejadas, mas na terra aquilo tudo pesa quase sete quilos. Embaixo d'água, o vestido deve parecer uma armadura de metal. Agarro os braços dela e a puxo para cima, mas é como tentar mover uma bigorna. Nem preciso pensar *Ah, meu Deus, ela vai se afogar*. Eu a carrego para cima, batendo as pernas freneticamente. De alguma maneira, nós duas emergimos na superfície. Jacqueline arfa de maneira desesperada, então minha força acaba, e nós duas afundamos outra vez. Meus pulmões estão gritando, meu peito está ardendo e meus músculos estão moles. Bato as pernas novamente, mas elas estão muito fracas.

De repente, bolhas espumam à nossa volta. Pés e pernas são lançados para baixo. Corpos mergulham. Mãos se estendem e nos agarram, envolvendo nossos braços com firmeza, e, antes que eu me dê conta, estou rompendo a superfície pela segunda vez. Sinto o ar entrando, livre, afiado e doloroso. Tento engolir tudo. Tusso, talvez vomite um pouco, tento respirar novamente.

— Calma, calma, está tudo bem — diz uma voz baixa.

Meus olhos continuam rolando nas órbitas e sinto que posso desmaiar a qualquer momento, mas, ainda assim, de alguma forma, reconheço a voz e o braço em torno do meu peito, me mantendo boiando.

— Nathan... — digo. Ou melhor, tento dizer. O nome dele sai como um balbucio engasgado. — Jacqueline. Salve a Jacqueline!

— Ela está bem, ela está bem. Os salva-vidas a resgataram.

De fato, alguns centímetros à minha direita, dois salva-vidas ajudam Jacqueline. Eles jogaram uma boia em volta dela e estão se dirigindo à beira da piscina. Meu alívio dura pouco. Olho para o altar, onde cerca de metade da comitiva dos noivos ainda está lutando para se retirar e, como se o universo inteiro estivesse esperando que eu olhasse, é nesse momento que uma das madrinhas, com pressa para sair do palco, tropeça no corpo inerte de Ah Guan.

Ela cai com força; mesmo de onde estou dentro da água, consigo ouvir o barulho.

— Quase lá — comenta Nathan, tentando me tranquilizar, mas eu mal registro.

A madrinha se levanta com dificuldade, o rosto uma máscara de pavor. Quando fica de pé, ela chuta Ah Guan sem querer. Ele não se mexe, apenas fica deitado ali como um saco de batatas. A mulher abre a boca, horrorizada. Seu grito me perfura inteira, uma punhalada no meio de todo o caos e o pânico da multidão.

— Ele está morto!

Eles não a escutam de primeira. Pelo menos não a maior parte da multidão. Estão todos muito concentrados no espetáculo que é Jacqueline. Celulares foram sacados, todos mirando a massa branca e felpuda que é arrastada até a beira da piscina por salva-vidas musculosos.

Mas então outra madrinha vai ajudar a primeira.

— Ele está morto! — grita a primeira novamente.

— O quê?

— Aquele cara! Ele está morto!

A segunda madrinha olha para Ah Guan. Estende a mão, o rosto incrédulo.

— Ei, cara. — Ela o cutuca. E então recua, o rosto dominado pelo pavor. Ela não grita, mas, quando sua boca se mexe, posso ver claramente o que diz. — Merda. Ele está morto.

A equipe de segurança do hotel está fazendo seu melhor para manter a paz, mas isso é quase impossível quando dois mil convidados privilegiados acabaram de descobrir um cadáver. Há gritos, suspiros dramáticos, desmaios ainda mais dramáticos e muitas solicitações para "falar com a pessoa responsável". A pessoa responsável é Nathan, e no momento ele está dando ordens para isolar o altar e para que os convidados sejam acompanhados de volta aos seus quartos enquanto ele liga para a delegacia.

Alguém me envolveu com uma toalha, que eu rapidamente encharquei, já que minhas roupas estão ensopadas. A brisa do mar, antes quente, ficou fria. A tempestade está chegando, e o vento corta minhas roupas molhadas como uma faca.

Estremeço. Eu deveria entrar, mas não consigo ir embora, não quando o corpo do homem que matei está bem no meio de toda a confusão e há milhares de pessoas à minha volta apontando para ele e gritando.

Nathan caminha por todo lado, dando ordens em seu walkie-talkie. Ele também está encharcado, mas não parece notar. Designa dois seguranças para impedir qualquer convidado acometido de uma mórbida curiosidade (o que vem a ser todo mundo) de se deslocar pelo corredor. Embora os convidados pareçam horrorizados, também parecem fascinados, a atenção totalmente voltada para o cadáver.

— Meddy!

Quase choro quando me viro e vejo Ma e minhas tias atravessando a multidão. Enquanto as observo, a Grande Tia afasta um homem alto do caminho com cotoveladas e abre espaço para Ma e as outras tias. Meu peito infla de amor. Minha família mandona, barulhenta e sufocante está ali comigo. Tudo vai ficar... Bom, é improvável que alguma coisa vá ficar bem, mas pelo menos não passarei por isso sozinha.

Ma finalmente se espreme para fora da multidão, e corro para recebê-la com um abraço. Ela nunca foi de abraços, mas não me importo, não agora. Só quero sentir o cheiro dela. Por um momento precioso e fugaz, sinto o cheiro de casa — roupas recém-lavadas e um toque de molho de peixe — e o inspiro, tirando força daquele aroma.

— Meddy, você está bem? Como? Aconteceu o quê? — Minhas tias tagarelam à nossa volta. — *Aduh*, por que corpo está ali?

— Não sei, eu... — Estou cercada de gente. — Vamos sair daqui primeiro. — Juntas, abrimos caminho entre a multidão, minhas tias dando cotoveladas em peitos e pisando em pés sempre que precisam (e algumas vezes mesmo quando não precisam), até nos afastarmos da confusão, na lateral do prédio principal do resort. Não há ninguém aqui. Acho que todos nas imediações seguiram o barulho e a energia da multidão para satisfazer sua curiosidade. Mesmo assim, todas nós olhamos em volta por um instante para nos certificar de que estamos completamente sozinhas.

— Tudo bem, então. — Inspiro profundamente. — Não tenho ideia de como Ah Guan acabou no altar. Alguma de vocês sabe como isso aconteceu?

Fico surpresa quando minhas tias fitam os próprios pés, sentindo-se culpadas por um instante. Então todas apontam uma para a outra, acusando-se mutuamente. Quer dizer, acho que estou surpresa, mas também não muito.

— Tudo bem. — Outra inspiração profunda. — Vamos ver. — A Grande Tia olha de cara feia para a Segunda Tia, que está apontando um dedo acusatório para a irmã mais velha. Ma e a Quarta Tia estão apontando uma para a outra. Certo. Então nenhuma novidade. — Por que vocês acham que é culpa da outra? — Ergo as mãos. — Esperem, uma de cada vez. Grande Tia, a senhora primeiro.

— Por que ela primeiro? — pergunta a Segunda Tia.

Dou de ombros.

— Não sei, porque ela é a mais velha? Não é assim que são as regras? Enfim, não temos o dia todo, então... Grande Tia? O que aconteceu segundo o seu ponto de vista?

A Grande Tia fuzila a Segunda Tia com os olhos uma última vez antes de se voltar para mim. Seu rosto se suaviza, e ela começa a contar sua história em mandarim rápido.

— Voltei para a cozinha para procurar um uniforme de garçom para Ah Guan. Há tantos garçons e outros tipos de copeiros por aí, então pensei que seria o disfarce perfeito. Foi uma boa ideia, não foi?

Levo um momento antes de perceber que ela está realmente esperando uma resposta, e concordo apressada.

— Sim, muito boa ideia.

— Então eu me certifiquei de ser extracautelosa. Fui até o vestiário e olhei se não tinha ninguém lá, aí procurei dentro dos armários um por um, e arrá! Encontrei um! Um uniforme de garçom! Peguei até os sapatos dele. Eu lembrei, sabe, que Ah Guan não estava calçado! Sou muito detalhista, você sabe, por causa do meu trabalho — acrescenta ela com óbvio orgulho.

Levo um momento para decodificar todas as palavras em mandarim e só então digo:

— Sim, a senhora é muito detalhista, Grande Tia. Então encontrou o uniforme do garçom... Mas por que Ah Guan não está usando?

— Exatamente! Por que não usando? Pergunte a ela! — exclama a Grande Tia, triunfante, trocando para o inglês e apontando para o rosto da Segunda Tia. Meu Deus, ela é boa. Agora que terminou de contar a sua parte, trocou para inglês para incitar a Segunda Tia a contar sua história em inglês também.

— Você demora tanto! — retruca a Segunda Tia, mordendo a isca. — E eu sei que você vai errar, esquecer uma coisa ou outra. Você já fez muita bagunça. Por que eu devo ficar lá e esperar você cometer mais erros? Por quê? Não. Dessa vez, vou tomar controle. Preciso ir à suíte de noivo porque noivo e padrinhos querem arrumar cabelo, então, tudo bem, eu vou. Lá dentro, eu vejo, *waduh*, tantos deles. Tantos! E todas as roupas de padrinho jogadas lá, e todos aqueles garotos bobos bebendo sem prestar atenção em mim, então eu penso: "Arrá! Este é disfarce perfeito. Tem tantos padrinhos aqui, quem vai notar mais um?" Então quando eles não olham, pego um conjunto e corro de volta para quarto.

— Se faz você se sentir melhor, sua mãe e eu ajudamos a colocar as roupas de padrinho nele — intromete-se a Quarta Tia.

Como isso poderia fazer eu me sentir melhor, mesmo que remotamente?

Ma deve ter lido minha expressão, porque diz:

— Estamos sempre escutando Grande Tia... — Ela se vira para a matriarca e acrescenta: — Da Jie, você sempre dá conselhos muito bons, mas dessa vez achamos que podemos talvez dar uma chance a Er Jie, já que ela chegou tão rápido com roupa de padrinho.

Bato na minha testa.

— Isso não tem nada a ver com escutar. O importante é avaliar quem tem o melhor plano!

A Grande Tia assente com uma expressão orgulhosa.

— Bem, na hora, parecia que vestir o morto como um padrinho era o melhor plano — argumenta a Quarta Tia.

— Eu só... quer dizer... Sem querer ofender, Segunda Tia, mas é uma péssima ideia! E o pobre padrinho de quem vocês roubaram o terno? Cadê ele?

— Provavelmente roncando, bêbado como um gambá, em algum armário por aí — diz a Quarta Tia, abanando a mão.

— Mas...

— Pare de interromper — pede a Quarta Tia. — Enfim, aí vestimos o morto com a roupa de padrinho e decidimos que, enquanto todos estivessem se preparando para a cerimônia, tentaríamos nos livrar dele.

— Aí cada uma pega um braço e carregamos corpo para fora do quarto — explica Ma. — Achamos que podemos levar para o jardim dos fundos, deixar corpo lá em banco, então vai demorar muito tempo até alguém encontrar. Ninguém vai ao jardim dos fundos, não é?

— Esse não é um plano bem pensado — reclamo.

— É muito bem pensado, sim! Como vão saber que temos alguma coisa a ver com corpo de padrinho? — grita Ma.

Abro e fecho a boca, mas nenhuma palavra sai.

— Mas, no meio do caminho para jardim, vocês todos vêm pelo corredor procurando presente de cerimônia do chá — diz a Segunda Tia. — Entramos em pânico! *Waduh*, e se nos veem com corpo? Então escondemos rápido atrás de carrinho de serviço de quarto.

Ah, meu Deus. Isso está ficando pior a cada segundo.

— Era um carrinho de serviço de quarto maravilhoso. Tinha todas aquelas garrafas de champanhe — diz a Quarta Tia. — O que me deu uma ideia. Corri de volta ao meu quarto e peguei uma garrafa de absinto...

— Por que a senhora trouxe uma garrafa de absinto? — Não consigo esconder o choque na voz.

— Sim, por que você trouxe garrafa de absinto? — pergunta Ma, o sorriso mais crítico do mundo dançando em seus lábios.

— Sou uma artista! — exclama a Quarta Tia. — Nenhuma de vocês entende a quantidade de energia que precisamos ter até para subir no palco. Depois, precisamos de alguma coisa para nos ajudar a descer. Vocês deveriam agradecer pela droga escolhida por mim ser só uma dose de absinto. A maioria dos artistas escolhe coca.

— Coca tem muito açúcar. — A Grande Tia torce o nariz. — Melhor beber Coca Zero, senão mais para frente você tem diabetes.

— Ela quis dizer cocaína... Não importa. Então o que aconteceu?

— Peguei o absinto e carregamos o corpo para a suíte do noivo. Só entrei no quarto e falei logo: "Prontos para se divertir?", enquanto balançava uma garrafa. Os padrinhos ficaram assim: "UAU, uma mulher linda *e* álcool?"

— Acho que eles só notaram álcool — murmura Ma.

— Eles estavam assobiando!

— Por causa de álcool!

— Tudo bem, tudo bem — sussurro alto. — O que aconteceu depois?

— Bem, usei meus truques femininos para levar os rapazes até o lado mais distante da sala e, enquanto eles abriam a garrafa e serviam doses para todos, sua mãe e a Segunda Tia carregaram o corpo para dentro e colocaram em um dos quartos. Tudo correu tranquilamente, ENTÃO sua mãe teve uma daquelas ideias malucas...

— Maluca, não — bufa Ma. — Só quero ter certeza de que eles não estão, você sabe, muito alertas. Porque se eles estão muito alertas, se descobrem logo que tem corpo no quarto, então isso vai ser muito ruim.

— Ma, fale logo. O que a senhora fez?

— Eu só... Eu vejo muitas garrafas de champanhe na cozinha deles, então abro uma ou duas e coloco um pouco de... Você sabe.

Inspiro profundamente.

— Não sei. O que a senhora colocou nas bebidas?

— Só medicina chinesa, muito boa para saúde.

— É maconha — esclarece a Quarta Tia, triunfante.

— O QUÊ? — Meu Deus, não sei nem por onde começar. Talvez pelo fato de minha mãe ter drogado uma dúzia de padrinhos. Ou quem sabe pelo fato de que minha mãe carrega um estoque de maconha por aí. Mas que p...??

— Não, não, é medicina tradicional chinesa — bufa Ma. Me poupem de outra rodada de rivalidade entre irmãs.

— Medicina tradicional chinesa não inclui maconha! — Quase grito, mas no último minuto me lembro de abaixar a voz.

— Não, receita original pede tipo de fungo, que chama *dong chong xia cao* — admite Ma. — Mas *wah*, *dong chong xia cao* tão caro! Aí procurei muito por substituto, então alguém na internet me disse que existe erva muito boa, chamada Tetris Hydro Canned Oil. Muito boa para dor.

— Ela quis dizer tetra-hidrocanabinol — explica a Quarta Tia. Por um breve instante, eu me pergunto se ela memorizou o que THC quer dizer só para esse momento.

— THC? Ma, essa é a substância ativa da maconha! — Ah, meu Deus.

— Não, essa é diferente. Erva muito boa para fluxo sanguíneo, você sabe como inverno afeta muito meus ossos, muito mesmo, tanta dor, isso me ajuda. Tem um pouco de efeito colateral, me deixa um pouco tonta.

— Deixa você chapada — diz a Quarta Tia.

— Chapada não, só um pouco tonta.

Fecho os olhos.

— Então por causa de vocês duas, aqueles pobres padrinhos ficaram bêbados *e* chapados? Vocês podiam ter matado aqueles caras!

— *Aduh*, bata na madeira, não fale coisa que dá tanto azar — repreende a Segunda Tia, batendo em uma árvore por perto.

— Não falar uma coisa que dá tanto azar? — grito, dividida entre rir e chorar. — Quer dizer, é um pouco tarde para isso, não acha?

— Tsc — desaprova Ma. — Não seja grosseira, Meddy. Não criei você assim.

Isso é surreal. Respiro fundo de novo.

— Certo, então vocês drogaram os padrinhos, e depois...

— E depois saímos, só isso — conclui Ma. — Quando saímos, todos eles ainda felizes, felizes, todos rindo.

— Mas como Ah Guan acabou no altar?

Minhas tias e minha mãe dão de ombros, mas não preciso que elas respondam. Posso ligar os pontos agora. Vejo tudo com muita nitidez na minha cabeça. Um dos padrinhos atendeu à ligação de uma cerimonialista em pânico, perguntando onde diabos eles estavam, pois a cerimônia começaria em breve. Eles se atrapalharam para vestir a roupa. O quarto girava, eles cambaleavam para todo lado, e então um deles talvez tenha ido até o quarto para pegar alguma coisa e viu Ah Guan na cama. Vejo a cena passando como um filme na minha mente. Ele cambaleia até Ah Guan e o cutuca. Imagina que Ah Guan provavelmente desmaiou e, em sua mente confusa pelo absinto e pela maconha, acha que a melhor atitude é arrastar Ah Guan para a cerimônia. Ele pede ajuda, e um dos outros padrinhos aparece. Juntos, arrastam Ah Guan para fora da cama, rindo de como ele é leve. O chão se inclina sob seus pés, e eles quase caem, mas é tudo parte da diversão. Eles nem sabem mais para que lado fica o teto.

E foi assim que um cadáver acabou no altar.

28

No minuto em que Ma e minhas tias terminam de me atualizar sobre o que aconteceu, elas começam uma discussão em mandarim, indonésio e inglês.

— *Tuh kan?* Viu, é isso que acontece quando vocês não me escutam! — exclama a Grande Tia.

— Ah! Você só está com ciúmes porque, para variar, eu tomei o controle da situação, não ficamos só seguindo você que nem zumbis — replica a Segunda Tia.

— Por que você deu tanto absinto para eles? Eles não são bêbados como você! — questiona Ma.

— Esperem aí, não é minha culpa se os padrinhos não dão conta. Além disso, não fui eu quem drogou aqueles rapazes — defende-se a Quarta Tia.

Isso é bem típico delas. A Grande Tia e a Segunda Tia com sua rivalidade, Ma e a Quarta Tia com seus ciúmes. Não consigo aguentar nem mais um segundo disso, então, enquanto elas discutem, saio de fininho.

Como se para refletir o nosso humor, o vento aumentou e está uivando como uma viúva em luto. Ele ergue meu rabo de cavalo, que chicoteia meu rosto. Até este momento, a adrenalina havia me deixado alheia ao que se passava ao meu redor, mas agora percebo que estou congelando com minhas roupas molhadas. Meus dentes estão batendo muito, e cada inspiração faz minha mandíbula estalar. Aperto a toalha ao redor do corpo e ando em direção à piscina de borda infinita. Estou morrendo de medo de ver o que aconteceu enquanto eu fazia um balanço da situação com a minha família, mas preciso olhar. Preciso saber.

Estou meio que esperando policiais espalhados, barulho de sirenes e luzes vermelhas e azuis piscando. Mas, quando chego lá, o lugar está quase vazio. A equipe de segurança do hotel está conduzindo os últimos hóspedes para fora do local, pedindo, com a voz firme, que todos voltem aos seus quartos e permaneçam lá. Jacqueline e Tom — graças a Deus — não estão à vista. Checo meu celular e vejo meia dúzia de mensagens de Seb, dizendo que o mandaram voltar para o quarto. Meu coração quase para quando avisto Nathan no altar, a silhueta de sua figura alta contra o céu tempestuoso. Ele está fitando o corpo no chão e, da minha posição, é impossível ver seu rosto. Suas costas estão eretas, mas sua cabeça está curvada como se estivesse imersa em pensamentos.

— Senhorita, por favor, precisa voltar para seu quarto — diz o segurança.

Nathan se vira e me vê.

— Não, tudo bem, ela está comigo! — grita ele, correndo na nossa direção.

Bem quando estou prestes a andar até ele, um vozerio se faz ouvir; viro para trás e avisto o delegado que havia encontrado hoje mais cedo empurrando com o ombro alguns seguranças do hotel.

— Passando — diz ele pomposamente. — Delegado passando. — Quando ele se aproxima de mim, coloca a mão carnuda no meu ombro, embora a passagem seja ampla o suficiente para nós dois, e me empurra para o lado como se eu fosse um carrinho de compras. — Afaste-se, senhorita, o delegado está passando — anuncia o homem, com uma voz arrogante que me faz ter vontade de dar um soco na cara dele. Em vez disso, observo calada enquanto ele desfila em direção a Nathan, com ar de superioridade.

Chego mais perto, não perto o suficiente para eles mandarem eu me afastar, mas perto o suficiente para escutar o que estão falando. Não é difícil ouvir o delegado; mesmo por cima do uivo do vento, ele está praticamente berrando.

— Eu sabia que isso não ia dar certo — comenta ele a título de cumprimento. — Vocês, ricos, acham que podem só aparecer aqui na minha ilha e construir resorts gigantes... Rá! Eu estava esperando acontecer uma coisa dessas, garoto.

Nathan enfia as mãos nos bolsos, talvez para se impedir de socar o delegado também.

— E agora um passarinho me contou que vocês têm um cadáver. Alô, o que temos aqui? Um cadáver.

Para minha surpresa, o delegado estende uma das pernas e cutuca o braço de Ah Guan com a ponta do sapato. Isso não me parece o protocolo correto de cena de crime, mas quem sou eu para julgar? Só tenho como referência episódios de *CSI* e *Law & Order*. Até onde eu sei, talvez todos os delegados usem a ponta dos sapatos para... Tudo bem, quem estou tentando enganar? Esse cara é louco.

— Delegado McConnell — cumprimenta Nathan —, estou muito feliz por tê-lo aqui novamente.

O delegado bufa, e é incrível como ele me lembra uma foca.

— Ah, sim, aposto mesmo que você está feliz. Que confusão. Mas não se preocupe, agora vocês têm alguém por aqui que sabe o que está fazendo! — grita ele para o pequeno público. Ele olha em volta e franze a testa. — Onde está todo mundo?

— Pensamos que seria melhor ter o mínimo possível de gente aqui, então mandamos todos os convidados de volta aos quartos.

— Ah, sim! Não querem testemunhas, é isso? — O delegado coça o queixo com um esforço consciente, como se fosse algo que ele viu na TV e quisesse copiar.

Uma ruga se forma entre as sobrancelhas de Nathan.

— Bem, não, todos testemunharam o corpo...

— Por que ele está usando essa roupa ridícula, então? Ele é um daqueles artistas New Age? Girando cassetete ou coisa assim?

— Girando cassetete? — Nathan parece tão confuso que quero abraçá-lo e me desculpar por tudo. — É... Não, ele era um dos padrinhos.

— Padrinho, é? — O delegado caminha em volta do corpo e, novamente, o cutuca com a ponta do sapato. Dessa vez, entretanto, ele empurra com mais força, até Ah Guan virar de costas para o chão. Vejo um vislumbre de seu rosto inerte antes de olhar para o outro lado, a bile subindo pela minha garganta. Com um esforço sobre-humano, engulo-a de volta.

— Preciso conversar com os outros padrinhos.

— Certo, eles devem estar todos nos quartos. Por favor, venha...

— Não, traga todos aqui.

— Eles estão... Bem, não sei se eles são capazes.

O delegado estreita os olhos.

— Traga. Todos. Aqui. Não me faça acusá-lo de obstrução de justiça, garoto.

Minhas mãos se fecham com força. Impossível esse cara ser mais detestável. Nathan liga seu walkie-talkie e pede que alguém acompanhe os padrinhos de volta ao altar. Quando termina, olha para as nuvens cinzentas borbulhantes e diz:

— Devemos levar o corpo para dentro? Parece que está prestes a cair um temporal.

O delegado dá o que ele provavelmente acha que é um autêntico olhar de soslaio perspicaz.

— Entendi. Então você quer mover a vítima da cena do crime, é?

— Hum... não? Faça o que achar melhor — diz Nathan.

Ele pega o celular e digita alguma coisa. Um instante depois, meu telefone vibra.

Nathan [16:25]: Eu odeio muito esse cara. Ele é um picareta.

Meddy [16:26]: Sério. Como ele virou delegado??

Nathan [16:26]: Não faço ideia. Meu palpite é que ele matou todos os outros candidatos. Ou talvez não tivesse nenhum mesmo. É uma ilha pequena.

Meddy [16:27]: Verdade. Espero que isso se resolva logo.

Nathan olha na minha direção e me dirige um sorrisinho que derrete todos os meus músculos. Músculos que quase imediatamente se enrijecem quando vejo dois seguranças acompanhando alguns padrinhos pelo corredor. Eu me afasto para deixá-los passar. Os padrinhos ainda estão visivelmente fora de si, os olhos loucos, as cabeças pendendo.

— Esses são os mais sóbrios, senhor — informa um dos guardas a Nathan em tom de desculpa.

— Está ótimo. Sinto muito por fazer vocês virem para cá de novo — diz Nathan aos padrinhos.

Em resposta, um deles abre um sorriso chapado e diz algo como "Tushbem", e o outro simplesmente encara Nathan de forma cansada. Eu me retraio. Ma e a Quarta Tia realmente aprontaram com esses pobres rapazes.

O delegado McConnell não perde tempo. Ele anda a passos largos até os padrinhos e aponta para o corpo de Ah Guan.

— Quem é esse homem?

Os dois olham para onde ele está apontando e parecem chocados novamente com a imagem do cadáver. Não os julgo. Mesmo após um dia inteiro deslocando o corpo de um lado para outro, ver um cadáver de verdade ainda é chocante para mim.

— Sei lá, cara — responde o primeiro padrinho.

O segundo continua encarando o corpo, a boca aberta. Juro que ele está prestes a babar.

— Ele devia ser um amigo seu. Não era padrinho também?

O primeiro padrinho ri.

— Nãoooo. Não conte para ninguém, está bem? — Ele se inclina para a frente como se estivesse prestes a revelar um segredo, mas sua voz continua tão alta quanto antes. — O noivo não tem amigos. Então ele contratou todos nós para sermos padrinhos dele. A maioria não se conhecia até ontem à noite. — Ele ri novamente. — Essa porra é muito engraçada.

Agora é minha vez de ficar boquiaberta. Isso explica muita coisa. Não é de admirar que Tom agisse tão esquisito perto dos padrinhos. Não é de admirar que estivesse dando ordens como se fossem seus empregados. Porque eram! Ele os contratou para o dia. E explica por que os padrinhos carregaram Ah Guan bem felizes pelo corredor; além do fato de que estavam fora de si, drogados e bêbados, eles simplesmente não se reconheciam.

O delegado balança a cabeça.

— Então nenhum de vocês conhecia esse cara? — Ele cutuca o ombro de Ah Guan com o sapato mais uma vez. Qual é a necessidade de ficar cutucando Ah Guan com o pé?

Ambos os padrinhos balançam a cabeça.

— Será que os outros conhecem?

O primeiro padrinho dá de ombros.

— Quer dizer, quem sabe? Talvez? Tom teve que contratar pessoas de três agências diferentes porque ele precisava de muitos corpos. Opa, má escolha de palavra, hahaha. — Ele fala "hahaha" como se fosse uma palavra de verdade.

Alguém cutuca meu cotovelo. Viro para trás e vejo Ma e minhas tias atrás de mim.

— O que você faz parada aqui assim? — sussurra Ma. — Venha, vamos voltar para dentro, ou mais tarde você pega resfriado.

Não consigo evitar um ronco alto. Aqui estamos nós, com o delegado e o cadáver, e minha mãe preocupada com resfriado?

— Já acabou a briga? — digo, incapaz de disfarçar o azedume na minha voz.

Pelo menos elas têm a decência de parecerem um pouco envergonhadas.

— Por enquanto — responde a Quarta Tia. Ela olha para o delegado e os padrinhos e troca para indonésio. — O que eles descobriram até agora?

— Não muito. Mas quero ficar aqui e ver o que mais eles vão supor.

— Vou entrar. — A Quarta Tia aperta minha bochecha, depois se vira e caminha na direção do quarto, seguida pelas outras tias. Só Ma fica comigo.

A alguns metros de distância, o delegado McConnell está perdendo a paciência rápido.

— Tragam os outros padrinhos! — vocifera ele para os dois seguranças. Eles olham para Nathan, que assente. Enquanto eles saem, o delegado McConnell caminha pelo altar, seu peso fazendo a plataforma inteira tremer. Ouvimos o barulho de um trovão, e pulo assustada.

— É melhor entrarmos mesmo, o tempo está horroroso — diz Nathan. — Podemos interrogar o resto dos padrinhos nos quartos.

— Ah, aposto que você gostaria disso, não é?

Nathan parece confuso.

— Hum, gostaria mesmo. A chuva não vai... sei lá, fazer alguma coisa com o corpo? Dificultar a identificação da hora em que ele morreu ou algo assim?

— Ei, o profissional aqui sou eu — retruca o delegado. — Todos vocês do continente acham que são supersofisticados com toda a sua tecnologia e equipamentos caros e toda essa merda moderninha de DNA.

— O quê?

— Bem, tenho uma novidade para você: vou resolver isso sem toda essa merda tecnológica metida a besta. Vou resolver o caso com um bom e velho trabalho de detetive. — O delegado McConnell bate na lateral da cabeça em mais um de seus típicos trejeitos de astúcia.

— Hum. Tudo bem. Ainda acho que deveríamos entrar...

Ele é interrompido pela chegada de mais dois padrinhos. Eles estão em pior estado do que os anteriores: ficam dando risadinhas e apontando para qualquer coisa no ar.

— Ma, tem certeza de que vocês não, sei lá, estragaram a cabeça deles para sempre? — sussurro.

— *Aduh*, claro que não, *lah*. Medicina tradicional chinesa é muito boa para saúde. Muito boa! — Ainda assim, percebo como Ma, na verdade, parece preocupada.

O delegado McConnell pergunta se eles reconhecem Ah Guan, e os dois dão risadinhas e balançam a cabeça.

— Ei, cara, é hora de acordar. Você está deitado no altar — diz um deles.

— De que agência vocês são? — pergunta o delegado McConnell.

— Agência Melhores Dias — responde um deles.

— Amigos de Festa — diz o outro, com a língua enrolada.

— E provavelmente vocês sabem quem é de qual agência?

Os dois padrinhos o encaram sem entender nada.

— Eu o quê? — fala um deles.

O delegado McConnell aperta a parte superior do nariz.

— O que eu estou perguntando é: esse homem, ele não é das agências de vocês?

Um dos padrinhos balança a cabeça com segurança, enquanto o outro replica:

— Numsei.

Estou esperando que o delegado McConnell fique frustrado com isso, mas, ao contrário, ele esfrega as mãos com satisfação e assente.

— Vocês dois podem ir. Eu sei quem fez isso.

Não consigo evitar um aperto na mão de Ma. Ela aperta de volta e bate na minha de forma tranquilizadora.

— Ah, *Tuhan* — murmura ela. — Está tudo bem. Está tudo bem.

Não está tudo bem. Estou prestes a ser presa. Observo, petrificada, cada parte de mim inerte, enquanto o delegado McConnell sai do altar e vai para o corredor. Vindo direto na minha direção.

Mas ele para na frente de Nathan e anuncia, com uma voz estrondosa que combina com o tempo:

— Nathan Chan, você está preso pelo assassinato deste homem. — Ele puxa um par de algemas com prazer e, sorrindo orgulhoso, as fecha nos pulsos de Nathan.

29

O delegado McConnell mal dirige o olhar para mim e para Ma quando passa por nós, as mãos carnudas nos ombros de Nathan.

Nathan tem os olhos arregalados, mas sussurra quando me vê:

— Vai ficar tudo bem.

E eu fico...

Eu fico...

Furiosa. Será que Nathan me acha tão patética a ponto de precisar me consolar enquanto ELE está literalmente algemado? Por que as pessoas à minha volta sempre querem resolver todos os meus problemas? Será que irradio incompetência? Desamparo? Já cansei dessa atitude. Balanço inquieta. Quero berrar com Nathan, falar para ele parar de me proteger, parar de me tratar como se eu fosse uma coisa frágil, porque não sou. Quero descontar em alguém, qualquer um, e infelizmente a pessoa mais perto de mim no momento é minha mãe.

Minhas tias aparecem na porta do hotel, imóveis e boquiabertas, enquanto todos os seguranças saem em fila, seguindo Nathan.

— Vai ficar tudo bem — diz a Grande Tia em indonésio, ao se aproximar, a voz cheia de insegurança, e eu aproveito. Aproveito a chance de gritar com alguém.

— Não vai ficar tudo bem! — berro. — Não vai ficar, parem de dizer que vai, porque não vai! Eu não queria que nada disso acontecesse. Eu só queria que... Eu só... — Eu só o quê? O que eu teria feito sem a minha família? Estaria presa em casa com um cadáver no meu carro e sem conseguir me explicar. Mas talvez tivesse sido melhor. Qualquer coisa teria sido melhor do que Nathan ser preso por algo que eu fiz.

— Meddy, você está chateada, eu sei, mas só estamos tomando conta de você — argumenta Ma.

Eu me esquivo quando ela estende a mão para mim, e a dor que rasga seu rosto me enerva ainda mais.

— Eu não preciso que a senhora tome conta de mim. Não sou mais um bebê, Ma. Meu Deus, tudo isso é um fardo muito grande!

Elas ficam perplexas com a palavra que começa com "F". É seu pior pesadelo, ser um fardo para os filhos.

— Meddy, como você pode falar isso? — pergunta a Grande Tia em inglês, o peito estufando. — Nós somos família, trabalhamos juntas, sempre estamos perto, ajudando a outra.

— Sim, e é exatamente esse o problema. Sempre estamos perto uma da outra. Não sei como é a vida sem vocês. Tive uma amostra quando fui para a faculdade, aí voltei para casa e agora faço parte do pacote de novo. Não sei quem eu sou sem todas vocês no meu pé. Nem sei se quero ser fotógrafa de casamento, mas não posso realizar minhas próprias coisas, não posso abandonar o negócio da família, porque vocês sempre falam sobre sacrifício e quanto se sacrificaram por mim, então é isso, o ciclo do sacrifício que continua, e continua, e continua.

Elas parecem ter levado um tapa.

— Você não quer ser fotógrafa de casamento? — sussurra Ma.

— Eu detesto casamentos! — exclamo.

Elas dão um passo vacilante para trás, os rostos brilhando de horror.

— É verdade, eu detesto...

— Isso não é verdade. Eu já vi como você olha para os vestidos de casamento — diz a Quarta Tia. — É como se você sentisse tesão por eles; na verdade, é bem perturbador.

Suspiro.

— A senhora tem razão, eu amo algumas coisas nos casamentos. Amo as noivas; adoro ver como elas ficam lindas e felizes usando um grande vestido branco. Mas todo o resto, todo o resto eu detesto. Detesto que os noivos ficam loucos pela expectativa irreal de que o dia precisa ser perfeito. Detesto que tenha se transformado em uma indústria que faz as pessoas gastarem muito mais do que deveriam, e detesto o fato de que nossa família faz parte disso!

Todas elas ficam em silêncio.

— Então está dizendo que nós prendemos você? — pergunta Ma depois de um tempo.

Não respondo. Não posso. O que quer que eu diga, não será suficiente. Não será correto. Não é um não, mas também não é um sim. E, no fim das contas, só posso culpar a mim mesma. Meus primos cresceram no mesmo ambiente e conseguiram ir embora, bater as asas. Eu sou a única que continuo dentro do ninho, e certamente isso prova que a culpa é só minha.

Depois de uma eternidade, balanço a cabeça.

— Eu não culpo a senhora. — Isso também não é totalmente correto. Eu culpo a todos, incluindo a mim mesma.

Ma começa a chorar, e imediatamente todas as minhas tias, incluindo a Quarta Tia, a abraçam. Elas murmuram palavras reconfortantes em indonésio para a irmã:

— Está tudo bem, ela é só uma criança, não sabe o que está falando.

— Meu Hendra também dizia coisas assim, está tudo bem.

— Essas crianças, elas só vão entender do que abrimos mão quando tiverem seus próprios filhos.

Isso é o que sempre acontece quando alguém da minha geração ousa responder os pais. Eles se unem e nos reduzem a crianças birrentas, rejeitando nossas palavras para não furarmos suas armaduras. Uma parte de mim quer berrar até que elas de fato me escutem, mas é óbvio que isso só confirmaria sua crença de que eu não passo de uma criança boba.

Fecho os olhos e respiro fundo antes de falar:

— Sinto muito, Ma, eu não quis magoar a senhora. Só... por favor. Não tente me ajudar aqui. Voltem para o quarto e eu cuido disso. Eu amo todas vocês, mas é hora de eu crescer e limpar minha barra sozinha.

Os olhos de Ma encontram os meus, e, apesar da dor que vinca seu rosto, vejo compreensão surgir na expressão dela. Mas está embaixo de uma coberta de tristeza e raiva. Ela não fala uma palavra, apenas balança a cabeça, decepcionada, e deixa minhas tias a guiarem até o quarto. A Grande Tia me fita, brava; a Segunda Tia está ocupada consolando Ma, e até mesmo a Quarta Tia não tem nada desagradável para dizer à minha mãe, o que me dá a certeza de ter partido o coração de Ma.

Ainda assim, fico firme e não as sigo. Porque sempre fui atrás delas, e aí acabo pedindo desculpas e prometendo que não vou mais ser uma filha de merda, e foi assim que acabei, aos vinte e seis anos, ainda morando com minha mãe e passando meus fins de semana fotografando casamentos imensos e fingindo amar a produção toda.

Não. Tenho coisas mais urgentes para resolver. Como Nathan. Pensar nele me mobiliza ainda mais. Caminho resoluta em direção ao edifício principal, subindo os imponentes degraus de pedra até a recepção. Lá, encurralo um recepcionista e pergunto para onde levaram Nathan.

— Não tenho autorização para informar, senhora — diz ele, com delicadeza, mas percebo um quê de hesitação. De súbito, a imagem da Grande Tia me vem à mente. A Grande Tia, que caminha com as costas absolutamente eretas e o queixo sempre empinado. A Grande Tia, que sempre consegue fazer as pessoas a escutarem. O que ela diria? Levanto o queixo e olho para ele de forma imperiosa.

— Entrei em contato com a polícia de Los Angeles e eles disseram que o delegado não tem jurisdição para prender ninguém. Não vou ficar parada e deixar aquele idiota debochar do sistema de justiça, e nem você. Você não vai me obstruir. Agora me leve até onde estão mantendo Nathan. — Obviamente não dou a mínima para o sistema de justiça, mas pareceu ser uma boa expressão para despejar na minha fala.

Depois de um instante de hesitação, o recepcionista diz:

— Ele foi levado lá para cima. Para o escritório do sr. Chan. O delegado disse que a tempestade está ficando ruim demais para ele dirigir.

— Ótimo. Me leve lá. Agora — acrescento quando o recepcionista abre a boca.

— Imediatamente, senhora. — Ele se apressa para sair de trás do balcão e acena com a cabeça para eu segui-lo. Assim que ele se vira, encolho um pouco. Não acredito que funcionou.

Incorporei minha Grande Tia interior e agora estou sendo conduzida até Nathan. Ufa, eu deveria fazer isso com mais frequência. Essa sensação é bem viciante, na verdade.

Ele me guia através de uma porta lateral até um elevador exclusivo para funcionários. Entramos, e ele usa seu cartão--chave para chegar ao último andar. Tento manter o ar de autoridade, o que é muito mais difícil no silêncio mortal do elevador. Preciso me policiar para não suspirar com um alívio óbvio quando as portas finalmente se abrem.

O andar superior abriga inúmeros escritórios. Nunca havia estado nessa parte de nenhum hotel, mas acho que faz sentido que grandes resorts tenham escritórios para fiscalizar o funcionamento das coisas. O recepcionista me guia por meia dúzia de escritórios até chegar ao fim do corredor. Um segurança está parado do lado de fora. Quando ele nos vê, muda a postura para parecer que está em posição de sentido.

— Oi, Dave — diz o recepcionista. — Esta é... ahn...
— Sou Meddy, advogada do Nat... do sr. Chan.
O segurança arregala os olhos.
— Graças a Deus a senhora chegou — sussurra ele. — Eu nem sei... Por que me mandaram vigiar o escritório dele? Não acredito nem por um segundo que o sr. Chan fez isso.

Assinto para ele, inspiro profundamente e passo pela porta. O delegado McConnell está sentado atrás da mesa de Nathan, com Nathan empoleirado em uma cadeira na frente dele.

— O que é isso? — indaga o homem, me olhando de alto a baixo de um jeito lascivo que me faz ter vontade de tomar um banho quente e prolongado para me limpar.

— Esta é a advogada do sr. Chan — apresenta o segurança.
O delegado McConnell ergue as sobrancelhas. Ele me encara novamente, mas, dessa vez, o olhar está muitos graus

menos lascivo e demonstra mais descrédito, como se não acreditasse que alguém com a minha aparência pudesse ser advogada. Estou prestes a me ofender quando percebo que, bem, ainda estou com a minha roupa toda preta de fotógrafa e tão ensopada que pareço um pinto molhado. Meu cabelo está pingando água na toalha. Ai, Ma e minhas tias estavam certas. Preciso da ajuda delas. Sempre precisei da ajuda delas. Elas não estavam me prendendo. Eu já atingi meu potencial. É isso, esse é o meu auge — como fotógrafa de casamentos para o negócio da família, sempre protegida do mundo pela minha família.

Mas há um brilho no rosto de Nathan. Algo que já vi antes, muitos anos atrás, quando ele me convidou para ir para Nova York com ele. Apenas uma faísca, mas ainda está lá. Esperança pura, intensa.

Minhas bochechas queimam. Mesmo depois desse tempo todo, mesmo depois de tudo, ele ainda tem esperança em nós. E eu...

Eu sinto. Vibrando profundamente dentro do meu peito, como se estivesse acordando de um sono profundo. Esperança. Eu a bloqueei pelos últimos quatro anos, deixei de lado qualquer pensamento de ser independente, disse a mim mesma que estava sendo burra, egoísta ou pouco realista. Pouco realista — esse sempre foi o meu mantra, transmitido por Ma e minhas tias. "Você tem que ser realista", diziam elas. Elas precisaram ser pragmáticas a vida toda; não havia espaço para sonhos e idealismo. "Olhe só a Quarta Tia", argumentava Ma. Ela foi atrás de seus sonhos, da Indonésia até Los Angeles, e olhe onde isso a deixou. É isso que acontece quando você é pouco realista, quando deixa o sonho tomar conta.

Mas tudo o que aconteceu nos últimos dias foi pouco realista. Se houvesse uma hora para usar a expressão, seria agora. Minha mãe se passando por mim na internet, isso é bem pouco realista, porra. Eu acidentalmente matar o rapaz do meu encontro. Quer dizer, menos realista impossível. E todas as peças do dominó estão caindo uma por uma — o corpo sendo transportado para cá, o corpo acabando no altar —, tudo isso passa longe de ser realista. Por que ainda estou tentando agir por regras realistas?

Endireito as costas e estico o pescoço. Encaro o delegado McConnell e o vejo pelo que ele realmente é: um peixe fora d'água, completamente perdido sobre o que fazer. Nada assim jamais aconteceu na ilha, e ele está dividido entre a repentina adrenalina do poder e o oceano inteiro do medo. Invisto nesse medo.

— Meu nome é Meddelin Chan, e sou advogada. Do que meu cliente foi acusado? — Minha voz sai como um punho de aço, batendo na mesa.

Há um instante de silêncio, e então o delegado McConnell se inclina para a frente, apoiando os cotovelos na mesa antes de pensar melhor, voltar a se sentar e cruzar as mãos no colo.

— Aham, sim, advogada dele, hein? Você chegou rápido.

— Ele faz uma pausa. — Espere aí, tenho quase certeza de que já vi você por aqui...

— Sim, já estou aqui há um tempo. Estava tratando de uma papelada.

Nathan balança a cabeça de leve, mas não preciso que ele me guie. Não vou deixar o palhaço desse policial me pegar. Eu me inclino para a frente, coloco as mãos na mesa e pronuncio as palavras muito devagar.

— Do. Que. Meu. Cliente. Foi. Acusado? — Esqueça as batidas; meu coração está esperneando. Juro que criou pernas e está dando coices, se chocando sem parar contra as minhas costelas. A qualquer momento, vai sair com tudo do meu peito, bem ao estilo *Alien*. Mas, de alguma forma, meu rosto permanece firme, meu olhar inabalável, fixo no delegado McConnell.

Ele muda de posição novamente; descruza e cruza as mãos.

— Certo, sim. Bem. Houve um assassinato.

— Do que o meu cliente foi acusado?

O olhar dele flutua, desviando como uma borboleta assustada, antes de voltar a se fixar no meu rosto.

— Bem, ou seja, é...

— Se ele não foi acusado de nada, então não pode ser mantido preso. Vou tirá-lo daqui agora.

— Bem, então eu o acuso de assassinato!

Merda, merda, merda. De alguma forma, eu o encaro, embora tudo dentro de mim esteja gritando: "Nãoooo, você fez isso, você foi e piorou tudo!"

— Assassinato de quem?

O delegado balança a cabeça de leve, o que me lembra um cavalo.

— Do corpo. Lá embaixo, no altar.

— Então o senhor não identificou o corpo?

— Bem, não, claro que não, isso vai ser elucidado mais tarde...

— Qual foi a causa da morte?

— Eu não...

— Hora da morte?

— Bem, quer dizer...

— Encontrou uma arma com o meu cliente?

— Ainda não...

— Então o senhor não tem a causa nem a hora da morte, mas já prendeu meu cliente. Baseado em quê? — Sério, quem sou eu agora? É como se a Grande Tia tivesse me possuído, e, caramba, está funcionando mesmo. O delegado McConnell está suando como se tivesse acabado de correr uma maratona sob um sol escaldante. Na verdade, sinto um pouco de pena dele. — Delegado, acho que nós dois sabemos que o senhor deu um passo maior do que as pernas. Pelo menos já solicitou que tirassem o corpo da chuva? Ele me fuzila com os olhos.

— O protocolo diz que... — Sua voz vai sumindo. É óbvio que ele não tem ideia do que o protocolo diz quando há um corpo misterioso e uma tempestade. Por um lado, ele deveria deixar cenas de crime o mais intocadas possível. Por outro, a tempestade pode destruir muitas provas.

É bom que ele não saiba qual é o protocolo, porque eu com certeza não tenho a mais vaga ideia. Espero que o protocolo seja o que quer que o delegado McConnell não tenha feito.

— O protocolo diz que o senhor deveria preservar o máximo possível da cena do crime, o que nesse caso significa pedir aos funcionários do hotel que montem algum tipo de cobertura, talvez? Para tentar manter o máximo de água da chuva fora da cena do crime? — digo, como se fosse óbvio, como se não tivesse acabado de tirar aquilo do meu traseiro, e a expressão de Nathan quase me faz soltar uma gargalhada histérica.

Nathan está me olhando como... nem sei como descrever... Como se estivesse testemunhando o mais incrível nascer do sol do mundo, o rosto bonito iluminado de deslumbramento.

— Bem, eu estava prestes a fazer isso quando a senhora interrompeu — murmura o delegado McConnell.

Olho diretamente para o copo de uísque na frente dele.

— É mesmo? Porque me parece que o senhor estava se acomodando no escritório do meu cliente.

Ele olha para o copo e fica corado, o rosto ganhando tons de tomate.

— Isso era dele.

— Hum. Bem, é óbvio que o senhor falhou em seguir qualquer tipo de protocolo, então não acho que possa legalmente acusar meu cliente de nada sem provas. — O que são essas palavras saindo da minha boca? Tenho certeza de que qualquer policial legítimo teria percebido meu blefe há muito tempo, mas o delegado McConnell foi pego completamente de surpresa. Seus olhos são círculos perfeitos; sua boca se mexe, mas nenhuma palavra sai. — Então, por fav... então libere meu cliente. Agora — acrescento, quando sinto a necessidade de falar "por favor", e, para minha surpresa, o delegado McConnell realmente se levanta. Fico tensa, meio esperando que ele, não sei, me agarre, me segure pelo colarinho e me prenda.

Ele anda até o outro lado da mesa, seus passos ecoando no grande escritório. Aproxima-se de Nathan, que está tentando ao máximo não rir. Pega um molho de chaves, segura as mãos de Nathan e...

Ah, meu Deus. Eu consegui.

O delegado McConnell abaixa as mãos de Nathan. Elas ainda estão algemadas.

Merda. Não consegui. Ele vem atrás de mim. Não vem? O que está acontecendo?

O delegado McConnell enche seu peito de barril.

— Não me importa de qual firma chique de advogados você é, mas aqui é o meu território. E alguma coisa está me cheirando mal. Não sei o que seu cliente aqui fez, mas eu sei que ele fez alguma coisa, e vou descobrir o que é.

— O senhor não pode mantê-lo aqui porque *acha* que ele fez alguma coisa. Não é assim que a lei funciona. O senhor precisa realmente encontrar uma prova e depois acusá-lo — argumento rispidamente. Pelo menos é assim no *CSI*.

— Se a senhora tem um problema com a maneira como eu lido com as coisas, pode reclamar com a polícia do continente.

— Ele olha para a sala dramaticamente, as mãos em conchas nas orelhas. — Ah, hum, não estou ouvindo o barulho das sirenes, e a senhora? É porque aqueles policiais maricas metidos a besta não têm coragem de vir aqui na tempestade, então parece que eu estou no comando. E eu digo que ele fica aqui.

— Quando eles chegarem, o senhor vai perder sua licença.

— Ou seja lá o que os policiais têm.

O delegado McConnell dá de ombros, seu rosto carnudo se franzindo em um sorriso espertalhão.

— É, eles dizem isso há anos, mas continuo aqui.

O chão está desmoronando. Eu me agarro a qualquer coisa em que consigo pensar.

— Preciso falar com o meu cliente. A sós. Ele ainda tem esse direito.

— Tem mesmo. Cinco minutos. — Assim, o delegado McConnell sai, as mãos enfiadas nos bolsos. Ele está praticamente assobiando de alegria.

Assim que a porta se fecha, afundo no sofá e descanso a cabeça entre as mãos. Cheguei tão perto. Pensei que tinha conseguido.

— Você foi ótima, Meddy.

Continuo com o rosto enterrado. Não vou suportar ver a decepção estampada no rosto de Nathan.

— Meddy. — Nathan se ajoelha na minha frente, tirando minhas mãos do meu rosto com delicadeza. — Ei — diz ele suavemente. — Aí está você. — Há tanta coisa na expressão dele. Nossa história: cada briga, cada beijo, cada risada, tudo impresso, claro como o dia em seu rosto perfeito.

— Sinto muito. — As palavras saem entrecortadas por soluços. — Fiz uma confusão.

— Não, você ajudou. Ele não teria nos deixado conversar em particular se você não tivesse encenado isso tudo. Quer dizer, foi incrível, todas as coisas que você disse para ele. — Ele ri. — Você estava com tudo.

— Você não entende — sussurro. — Eu... eu fiz aquilo.

— Está na hora. A verdade por inteiro. Estou cansada demais de esconder as coisas dele. Eu poderia mentir para o mundo inteiro, mas não para ele. Não para Nathan. — Aquele cara morto. Fui eu que matei.

Ali está ela, a verdade, saindo da minha boca como uma cobra, contorcendo-se no ar entre nós. Não tiro meus olhos do rosto de Nathan porque quero memorizar a maneira como ele está me olhando. Ele nunca mais vai olhar para mim da mesma maneira, não com essa informação horrível que acabei de deixar cair em seu colo. Eu me preparo para o pavor que certamente vai dominá-lo assim que minhas palavras forem assimiladas.

Mas o pavor não aparece. Nathan apenas suspira. Então ele fala as duas palavras que me deixam atônita:

— Eu sei.

30

— O quê? — grito. — Espera. O quê?
— Shh. — Nathan coloca um dedo na frente dos lábios, olhando para a porta.
Luto para abaixar a voz.
— Desculpa. Mas como assim, Nathan?
Ele suspira.
— Eu sei. Eu percebi.
— Quando? O qu... Como? O quê?
— Meddy, você e a sua família estão agindo de forma suspeita pra cacete o dia inteiro. E estavam arrastando aquele cooler ridículo para todo lugar. Eu não sabia o que pensar. Achei que talvez tivesse dado alguma coisa errada com o bolo do casamento e vocês estivessem tentando esconder ou algo do tipo. Mas aí fui até a cozinha checar, e o bolo estava perfeito, então pensei que talvez fosse alguma outra coisa com a comida. Aí o corpo apareceu

no altar... não é preciso ser exatamente um gênio para ligar os pontos.

Fico boquiaberta. Meus lábios formam palavras. Nada sai. Minha boca simplesmente se mexe de forma idiota, sem sentido. Nenhuma palavra ainda.

— Você pode pelo menos me dizer por que fez isso?

De alguma maneira, consigo fazer minha voz funcionar de novo.

— Bem, foi legítima defesa, e eu não queria... Foi tão rápido.

A raiva toma seu rosto.

— Legítima defesa? Ele machucou você?

Balanço a cabeça rapidamente.

— Ele estava prestes a fazer isso, mas eu, hum... É uma longa história.

Nathan solta a respiração.

— Bom, ainda bem que ele não a machucou. — Ele aperta minha mão. — Está tudo bem, não vou contar para ninguém.

— Mas... Por quê? — disparo. — Por que não vai contar? Você foi acusado de assassinato. Você deveria contar para todo mundo que não foi você, fui eu.

— Eu duvido que essa versão do delegado se sustente. Não existe nenhuma prova de que eu tenha alguma coisa a ver com o corpo.

— Você não sabe o que ele vai fazer, como ele vai contar a história. Ele me parece o tipo de cara que não respeita as regras. Não acho que ele se importaria de pegar a pessoa errada, contanto que prenda alguém. — Nathan estremece, e percebo que estou segurando as mãos dele com tanta força que minhas unhas cavaram pequenas meias-luas nas palmas dele. — Desculpa. — Solto as mãos, mas ele pega as minhas novamente e as leva até os lábios.

— Eu falhei com você uma vez, Meddy — diz ele, os olhos fixos nos meus. — Não lutei por você, e me arrependi desde então. Não quero perdê-la de novo.

Meu rosto cora. Inferno, meu corpo inteiro cora. Eu me inclino para a frente e minha boca vai até a dele, nossos lábios se moldando no encaixe perfeito, duas peças do mesmo quebra-cabeça. Nossa respiração se mistura, e eu juro que consigo sentir as batidas do coração dele bem perto das minhas. É por isso que não tive um relacionamento sério desde a faculdade. Ninguém mais se compara a isso, ninguém consegue segurar meu coração nas mãos como Nathan.

— Não posso deixar você ser preso por isso — sussurro.

Ele acaricia meu lábio inferior com o polegar, traçando uma linha ardente até o meu queixo, e um arrepio delicioso me percorre.

— Não vou. De verdade.

Juntando o que resta das minhas forças, eu me afasto.

— Mas... — Meus pensamentos estão uma bagunça. Minha respiração está saindo em arfadas rasas. Luto para pensar direito. — Vai ser uma péssima publicidade. Se houver sequer um pingo de suspeita sobre você, o resort...

Uma sombra cruza o rosto dele, e sei, então, que cheguei ao cerne da questão. O delegado McConnell provavelmente não vai conseguir sustentar a acusação de assassinato, não com tão poucas provas. Mas a acusação será suficiente para afastar os investidores. E então o que vai acontecer? Na minha imaginação, vejo uma sala cheia de pessoas com ternos bem cortados sentados ao redor de uma grande mesa de reuniões. Alguém começa uma votação para afastar Nathan Chan do cargo de CEO do Ayana Lucia. E, um por um, todos erguem as mãos. Não podem deixar que alguém de tão má reputação seja o rosto da empresa. E aí já era. Seria o fim dos sonhos de Nathan. Este lindo resort que ele planejou, projetou e construiu... Ele vai perdê-lo. Provavelmente lhe darão uma boa indenização de rescisão, mas ele nunca mais vai conseguir encontrar investidores para outro empreendimento, não com esse rumor pairando sobre seus ombros, manchando sua vida para sempre.

— Ah, Nathan. — Não consigo suportar a tristeza que ele está tentando esconder a qualquer custo. Eu sei como é quando ele tenta esconder alguma coisa para não me deixar preocupada.

— Vai ficar tudo bem — diz ele, a voz rouca.

Mas não vai.

Como se lesse a minha mente, Nathan me puxa contra ele de modo que sinto o calor intoxicante de seu corpo.

— Por favor, me deixe fazer isso por você — pede ele, com uma voz baixa que faz minhas pernas vacilarem.

— Mas...

— Se você for em frente e admitir a culpa, vou fazer a mesma coisa. Vou insistir que fui eu, e aí mesmo que eu perco tudo definitivamente, cem por cento. — Ele está falando totalmente sério. Nathan realmente escolheria perder tudo para impedir a minha prisão.

— Nathan. — Seu nome sai em um soluço contido, e eu o beijo novamente. Nunca mais quero sentir os lábios dele se afastando dos meus.

Uma cadeira do lado de fora range alto e nos afastamos, logo antes de o delegado McConnell abrir a porta. Ele estreita os olhos para nós. Que imagem devemos ser — dois jovens ofegantes, meu cabelo todo desarrumado, nossos rostos vermelhos, sentados de frente um para o outro na posição mais esquisita. Devemos estar parecendo adolescentes excitados, pegos em flagrante. O delegado McConnell franze a testa. Claro que ele vai perceber que eu não sou advogada...

— Meu Deus, detesto advogados — resmunga ele.

Hum. Talvez ele não tenha ligado os pontos.

— Sim, o senhor e todo mundo — digo, me levantando e me ajeitando com a maior calma do mundo. — Já estou terminando aqui. Obrigada, delegado. Eu vou... — Olho para Nathan, que ergue as sobrancelhas. — Vou voltar depois de consultar minha firma.

— Leve o tempo que quiser — comenta o delegado McConnell, abaixando-se para se sentar na cadeira de couro elegante de Nathan com um prazer óbvio. Ele se recosta, coloca os pés em cima da mesa de mogno e apoia as mãos na barriga.

Tento mandar mensagens silenciosas para Nathan enquanto saio. *Vou voltar. Não vou deixá-lo aqui desse jeito. Vou libertar você. Vou limpar seu nome.* Não sei se ele captou nada disso.

Assim que estou na privacidade do elevador, viro contra a parede e enterro o rosto nas mãos. Que bagunça. O que eu vou fazer? Eu devia simplesmente juntar todas as provas que tenho contra mim para inocentar Nathan e apresentá-las ao delegado. Vou me entregar. Eu...

Mas isso vai incriminar Ma e minhas tias. Aos olhos da lei, minha família é muito, muito culpada. E, para aumentar a imensa torre de calamidades, Ah Guan não estava morto quando o colocamos no cooler. Ele morreu sufocado lá dentro. O que significa que não fui só eu quem o matou. Foi minha família inteira.

Talvez eu possa mudar a história para que eu seja a única culpada. Talvez eu possa contar como se eu tivesse enganado a família inteira, invadido a cozinha da Grande Tia e guardado o corpo no cooler sem o conhecimento de ninguém. Sim, isso poderia funcionar. Agitação e medo tomam conta de mim. Posso fazer isso funcionar. Ficaria na cadeia por muito tempo. Mas não é menos do que mereço. Pelo menos será, pela primeira vez na vida, uma decisão que estou tomando sozinha. Não uma decisão que tomo porque estou cedendo aos desejos de Ma ou a deveres familiares ou algo assim. Acho que posso pelo menos me sentir bem quanto a isso.

Na recepção, as gigantescas janelas de madeira estão fechadas para proteger o lugar da tempestade. Isso transforma o resort completamente, que vai de paraíso tropical a um castelo fechado com chuva e ventos fortes investindo contra ele. O clima é sombrio. Não sei até que ponto os funcionários sabem sobre a prisão de Nathan, mas é óbvio que todos têm consciência de que alguma coisa está errada. Embora sorriam educadamente para mim quando eu passo, suas expressões estão tensas e rígidas de medo. Apressada, atravesso o corredor que leva aos quartos. Primeiro, vou voltar para o meu e trocar essas roupas molhadas. Depois vou pedir que Ma vá comigo ao quarto da Grande Tia, onde vou contar a todas o meu plano de assumir toda a culpa. Respiro fundo. Não vai ser fácil convencê-las. Ma vai chorar com certeza. A Grande Tia vai ficar brava e insistir que eu escute os mais velhos e deixe que elas resolvam o problema. A Segunda Tia provavelmente vai se lançar em alguma pose esquisita de tai chi, e a Quarta Tia vai balançar suas unhas emplumadas e me dizer para deixar de ser tão melodramática. Mas estou decidida. Ninguém pode me impedir de fazer a coisa certa.

No meu quarto, pego a chave-mestra de Nathan e a passo na fechadura, que se abre com um clique. Então empurro a porta e falo:

— Ma, posso tomar um chá...

O resto do que estou prestes a dizer morre na minha boca. Fico lá parada, congelada, enquanto a porta se fecha com um clique. Todos os meus planos, toda a coragem que eu reuni nos últimos minutos, tudo escorre para fora de mim, me deixando vazia.

Porque sentadas na cama estão Ma e todas as minhas tias, de mãos amarradas, e parada atrás delas com uma arma apontada para suas cabeças está Maureen.

— Ah, Meddy — diz ela, erguendo os braços de modo que a arma aponta agora direto para o meu rosto. — Agora podemos começar de verdade.

Acho que, afinal, alguém pode me impedir de fazer a coisa certa.

31

Na TV, vemos armas apontadas para pessoas o tempo todo. Tornou-se tão lugar-comum que nem pisco quando acontece na tela. Mas na vida real, ah, cara, na vida real é muito, mas muito diferente. Com o cano do revólver me encarando como um… Bem, não existe comparação, é a porra de uma arma apontada direto para o meu rosto, o que pode ser mais apavorante? Minhas pernas ficam moles, e, quando dou o primeiro passo, meus joelhos vacilam e cambaleio para a frente.

O quarto explode em gritos de "Não atire!", "*Aiya*, não!", "Tiro, não!".

— Shh. Nossa, parem de surtar, por favor — manda Maureen para minhas tias e minha mãe.

— Desculpa! — exclamo enquanto me endireito. — Eu só… Estou tão assustada. Mal consigo andar. — Pensando melhor, mal consigo respirar.

Maureen revira os olhos.

— Não vou atirar. Só se sente naquela cadeira ali. Meu Deus. Vocês. Se acalmem. — Ela olha para o revólver, como se lembrasse que ele está ali. — Certo. Tudo bem, vou apontar isso para outro lugar por enquanto. — Ela abaixa os braços de modo que o revólver aponta para as minhas pernas. Acho que isso é um pouquiiiinho melhor.

Praticamente rastejo para a cadeira e me afundo nela, agradecida. Meu corpo inteiro é basicamente uma poça. Agora sabemos: quando se trata de lutar ou fugir, eu não faço nenhum dos dois. Eu congelo como um hamster e depois derreto em uma poça trêmula e inútil.

— *Sayang*, você está bem? — pergunta Ma.

Consigo assentir de leve e assisto impotente enquanto Maureen se levanta e caminha na minha direção. Quando está a alguns passos de distância, ela diz:

— Nem pense em me atacar. — É um pensamento risível; meus membros pesam como chumbo. De algum jeito, consigo balançar a cabeça. Agora ela está bem na minha frente, e meu coração não bate mais direito. Está rápido demais. É praticamente um zumbido. Maureen balança a arma para trás, e aperto os olhos instintivamente. Minhas tias inspiram com força e Ma grita:

— Por favor, não! — Ah, meu Deus, lá vem.

Mas nada vem.

Abro um olho. Maureen suspira.

— Droga, eu estava sonhando com esse momento há horas. Eu ia dar a porra de uma coronhada em você.

Estremeço. Novamente, é uma coisa que você vê na TV, mas agora que estou vivendo isso, a ideia de ser atingida por um revólver é nauseante.

— Mas não tenho coragem de fazer isso. — Maureen suspira novamente.

Um suspiro de alívio está a meio caminho de sair da minha boca quando Maureen subitamente corre para perto e coloca o rosto bem na frente do meu, como uma cobra dando bote. Ma e minhas tias gritam de novo. Dou um salto para trás e bato a parte de trás da cabeça no espelho da penteadeira.

— *Aiya!* Não a assuste! — grita uma das minhas tias.

— Ah, merda. Desculpa, não achei que você pularia desse jeito — diz Maureen. — Você está bem?

Tonta, eu me sento novamente. Acho que faço um "sim" com a cabeça.

— Não vou fazer isso de novo. Foi meio que um movimento babaca da minha parte. Eu só queria assustá-la um pouco; não achei que você fosse reagir assim. Nossa, garota.

— Você é tão malvada! — repreende Ma. — Não assuste a menina assim de novo!

Para minha surpresa, Maureen parece arrependida.

— Desculpe, tia. Não vou fazer mais isso. — Ela se endireita e ajeita o cabelo, colocando-o todo para trás. — Tudo bem, vamos deixar uma coisa bem explícita: eu preciso que você faça uma coisa para mim.

Consigo emitir um único:

— O quê?

— Os presentes da cerimônia do chá, idiota. O que mais você achou que seria?

Devo ter parecido confusa, porque Maureen revira os olhos novamente e diz:

— Pegue. Para mim.

— Ah, certo. Como?

Maureen joga as mãos para cima.

— Sei lá, descubra! Engane eles, diga que você quer tirar fotos dos presentes. Coloque uma arma na cabeça da noiva... Não, da noiva, não. Coloque uma arma na cabeça do noivo.

— Eu não tenho arma.

— Aqui. — Ela mexe no bolso de trás e joga uma coisa em cima de mim. Uma arma. O pensamento *Merda, uma arma está sendo jogada em cima de mim* mal tem tempo de atravessar minha mente antes que o revólver me atinja bem no peito. Eu nem registro a dor. Estou me preparando para... algo. Não sei, estou meio convencida de que essa coisa vai disparar e matar alguém, quando a arma cai no chão. Solto um grito agudo. Minha família berra novamente. Maureen balança a cabeça.

— Cara, seus reflexos, francamente.

Agarro o revólver e me atrapalho com ele até apontá-lo para Maureen.

Ela franze o cenho.

— Tudo bem, eu não sou uma vilã de TV, então não vou estender mais isso. O revólver não está carregado.

Engulo em seco. Olho para a arma. Nunca toquei em uma. Não sei nem como checar se está carregada.

— Aperta esse negócio — diz Maureen. — O botão, isso.

O tambor desliza para fora e, como ela disse, está vazio. Coloco de volta no lugar e pouso o revólver na cômoda.

— Eu não... Eu não consigo apontar uma arma para alguém. Nem mesmo descarregada. — Neste momento, percebo que estou secando as mãos na calça sem perceber.

— Você acaba se acostumando — comenta Maureen, tentando me convencer. Ela balança a própria arma e a aponta para mim novamente. — Viu só? — Estremeço e mexo a cabeça de forma que não fique diretamente na linha de fogo. Maureen abaixa a arma novamente. — Tudo bem, é uma merda, mas é necessário, sabe?

— Não sei, não!! — exclamo. — Você não precisa fazer isso. Por que você está fazendo uma coisa dessas?

— Porque está tudo uma droga! — grita ela. — Não quero fazer nada disso. Deu tudo errado, os presentes nem deveriam... Eles deveriam voltar para Jackie quando tudo se acalmasse. Eu só queria... não sei, eu queria... — A voz dela vacila, e ela faz uma pausa para conter as lágrimas. — Enfim, não importa agora, porque deu tudo errado e foi tudo por *sua* causa.

— Por que por minha causa? — Mas, quando falo, tudo fica nítido. Óbvio. FOI por minha causa. Porque matei o cúmplice dela.

— Porque você matou Ah Guan. Era para ele me ajudar com tudo isso, esconder os presentes e depois devolvê-los e tudo, e você o matou e... Meu Deus, Meddelin. Eu até posso ser ladra, mas você e suas tias são assassinas — diz ela em um tom de voz supercrítico.

— Por que você acha que nós o matamos? — indago com a voz mais inocente.

— Ouvi vocês falando sobre isso na lateral do hotel quando estava voltando. Desculpem, tias, mas vocês falam muito alto, e eu falo indonésio muito bem. E mandarim. Vocês sabem como é.

— *Wah*, ela fala indonésio e mandarim muito bem — avalia Ma, melancólica. — Seus pais devem ficar muito orgulhosos.

— Ela me encara de um jeito acusador.

Eu a ignoro.

— Você não estava sendo levada para fora da ilha?

Maureen dá de ombros.

— Sou faixa preta em caratê. — Com minha expressão de horror, ela suspira e diz: — Eu não fiz nada, nossa! Só nocauteei um pouco o cara e peguei a arma dele. Isso ainda não é tão ruim quanto matar Ah Guan.

— Nós não... Não era a minha intenção! Ele ia me atacar. Entrei em pânico e, quando acordei, achei que ele estava morto.

Por favor, deixe a minha família ir. Elas só estavam tentando me ajudar. Nós não sabíamos que ele ainda estava vivo quando colocamos o corpo no cooler — declaro.

Maureen tira um celular do bolso e digita na tela.

— Rá, consegui gravar sua confissão. Certo, é o seguinte: programei essa gravação para ser liberada em todas as minhas redes sociais em uma hora. Se você não me trouxer os presentes da cerimônia do chá, todo mundo que você conhece vai saber o que você e sua família fizeram. Se eu for para a cadeia ou qualquer outra coisa, a gravação vai ser liberada nas redes sociais. Traga para mim os presentes da cerimônia do chá, eu deleto a gravação e podemos seguir nossa vida.

— *Wah*, essa garota muito esperta — divaga a Segunda Tia, concordando com relutância.

— *Iya, pinter ya* — diz a Grande Tia. — Meddy, deveria aprender a ser mais como ela. Muito esperta. Deve fazer bom negócio.

Agora é minha vez de jogar as mãos para cima.

— Sério? Ela está nos chantageando com uma arma apontada para nós!

A Grande Tia faz um som de reprovação.

— *Aduh*, claro que não queremos que você aponte arma para pessoas. Mas, só falando, essa Maureen muito... qual é a palavra... tão cabeça de negócios...

— Má? Louca? — grito.

— Ei! — reclama Maureen.

Gesticulo freneticamente para ela.

— Você está apontando uma arma para mim e pedindo que eu roube sua melhor amiga. Será que você consegue ser ainda pior do que isso?

— Ela vê oportunidade, ela aproveita — diz a Segunda Tia. — Você deveria ser mais assim.

A Grande Tia assente, e as duas se entreolham por um momento, como se estivessem surpresas de descobrir que estão concordando uma com a outra para variar.

— Mas não aponte arma para pessoas, é grosseiro — diz Ma.

— Ah, bem, fico feliz que estabelecemos essa diferença, pelo menos. — Porra. Minhas tias, vou te contar. Elas realmente sabem como me irritar. Nunca sou boa o suficiente para elas, nem mesmo comparada a uma ladra assassina de arma em punho.

Então percebo que a raiva que elas atiçaram dentro de mim reacendeu minhas forças. Estou a mil. Preciso encontrar um jeito de provar que elas estão erradas, de lhes mostrar que não sou essa chorona inútil que elas parecem pensar que sou.

— Se vocês gostam tanto dela, então talvez ela devesse ser a maldita fotógrafa da empresa. — Na hora em que falo isso, percebo como soa infantil e patético.

— *Aiya*, Meddy, não seja assim — repreende Ma. — Só damos conselho para seu próprio bem, precisa aprender a ser esperta como Maureen. Olhe, Maureen quer pegar presente de cerimônia do chá, então precisa pensar em todas as possibilidades.

Maureen dá um sorriso afetado.

— Levei um tempo para descobrir tudo.

— Seja boazinha, descubra como pegar presente de cerimônia do chá e salve todas nós, certo? — incentiva Ma.

— Sim, estamos todas contando com você — diz a Quarta Tia.

Balanço a cabeça sem acreditar.

— Não estou podendo com vocês agora. — Pego a arma descarregada da cômoda e a enfio no bolso de trás.

— Espere, isso está muito óbvio. Está marcando no seu bolso — alerta a Quarta Tia.

— Elas são muito mais volumosas do que parecem, não são? — diz Maureen, solidária.
— Não preciso da sua ajuda — resmungo quando Maureen se aproxima.
— Está bem, nossa...
— Meddy, não seja tão grosseira — repreende Ma. — Maureen só tentando ajudar.
Preciso reunir toda a minha força de vontade para não gritar com elas. Pego minha bolsa de fotografia e tiro duas das minhas lentes, colocando-as com o maior cuidado na cômoda.
— Não toquem nisso.
— Sim, não toquem, são muito caras. Quebrou, pagou — avisa Ma.
— Não vou tocar — promete Maureen, levantando as mãos.
Enfio a arma na bolsa e olho para elas.
— Certo. Então tudo o que eu preciso fazer é apontar a arma para as pessoas antes de roubar o que quero.
— Você consegue, eu acredito em você — diz Ma.
— *Jia you!* — A Segunda Tia faz a saudação chinesa tradicional.
— Elas são tão encorajadoras. Queria que minha família me incentivasse assim também — suspira Maureen.
— Pode ficar com a minha — falo rispidamente, e saio do quarto antes que diga algo do qual sem dúvida vou me arrepender.

32

Comparada a hoje de manhã, a suíte da noiva está praticamente vazia. Os pais de Jacqueline estão na sala de estar, conversando em voz baixa. Eles contorcem o rosto quando me veem. Constatar a exaustão deles é como uma faca no meu peito. Queria poder abraçá-los e implorar seu perdão.

— Oi, Tante, Om. Jacqueline está aqui? — digo, detestando cada palavra, detestando o fato de que estou sendo invadindo um momento tão sensível. Meio que desejo ser enxotada de lá imediatamente. Em vez disso, Tante Yohana assente e sorri.

— Ah, Meddy. Talvez ela fale com você. Ela está no quarto.

Engolindo em seco, vou até lá. Juro que deve dar para ver meu peito se mexendo, já que meu coração palpita num ritmo frenético. Chego às imponentes portas duplas e bato de leve. Como não ouço resposta, cerro os dentes e abro só uma fresta.

— Hum, Jacqueline? Sou eu, Meddy. Posso entrar?

Ouço alguém chorando. Não consigo dizer se é um sim ou um não, então abro a porta e entro, fechando-a em seguida. Jacqueline está enterrada embaixo de dezesseis camadas de tule volumoso, e preciso descascá-las pelo que parece ser um minuto inteiro até encontrá-la.

— Vá embora — soluça ela, batendo com fraqueza na minha mão.

— Ei — digo, delicadamente.

Ela olha para cima e começa a chorar novamente.

— Ah, é você. É só você? Não quero falar com ninguém agora, principalmente as pessoas que eu achei que fossem próximas de mim! — As últimas palavras saem com um dramático meio grito, e ela enterra o rosto nos travesseiros mais uma vez e chora grudada neles.

— Sou só eu. — Sem saber mais o que fazer, sento-me com cuidado ao lado da cama. Olho para o canto onde está o cofre e rapidamente desvio o olhar. Que pessoa horrível eu sou, pensar em roubar essa pessoa arrasada que foi traída por praticamente todo mundo no dia de seu casamento... Acho que sou horrível mesmo, porque meu olhar fica voltando para o cofre, e preciso fazer um esforço consciente para fixá-lo em Jacqueline. Ou talvez eu deva tentar abri-lo agora, enquanto ela não está prestando atenção? Mas eu não sei a combinação do cofre.

— Sabe qual foi a pior parte do dia? — pergunta em meio às lágrimas, subitamente se sentando.

— Hum. — Esquadrinho minha mente. Foram tantas partes ruins. O cadáver no altar? O sumiço dos presentes da cerimônia do chá? Os atores aleatórios contratados pelo noivo para agir como padrinhos?

— Sempre que alguma coisa boa ou ruim acontece, a primeira pessoa com quem eu falo é Maureen. E agora eu não posso, porque até ela se mostrou uma traidora imunda! — Ela recomeça a chorar. — O que há comigo? Eu sou tão horrível que todo mundo acaba mentindo para mim? Meu próprio noivo não consegue nem ao menos confiar o suficiente para me contar que não tem amigos para serem padrinhos. Que droga é essa? — grita ela, me encarando com o rosto molhado.

Qual é a coisa certa a se dizer numa hora dessas? Quer dizer, é uma droga MESMO, mas acho que não é o que ela quer ouvir.

— Hum. Não é legal, mas também não é a pior coisa que um cara pode fazer. — Só que Tom já fez pior, além do fato de se chamar Tom Cruise. Ele também vem a ser um idiota de primeira. Eu não deveria defendê-lo. — Certo, sim, é uma merda mesmo. Olha, quer saber a verdade? Tom é meio que um merda.

Jacqueline abre a boca e me encara com aqueles olhos enormes. Ah, meu Deus. Não acredito que deixei isso escapar.

— Desculpa, eu não quis dizer isso. Me ignore, não estou pensando direito, bati minha cabeça ainda agora, quando... hum. Pois é. — Ah, meu Deus, eu quase disse: "Bati minha cabeça ainda agora, quando Maureen me deu um puta susto com um revólver." Controle-se, Meddy.

Para minha surpresa, uma coisa parecida com uma risada sai da boca de Jacqueline antes que ela a cubra.

— Não acredito que você disse isso.

— Desculpa, de verdade, eu...

— Não, não se desculpe. Depois de hoje, acho que você tem razão — diz ela em um sussurro, e então dá uma risada perplexa. — Não acredito que acabei de falar isso do cara com quem estou prestes a me casar.

— Você está? Prestes a se casar com ele, quero dizer. — Sei qual é a resposta que espero ouvir. Não conheço essas pessoas há muito tempo, mas pense na Bela e na Fera. Não é nem que Tom seja particularmente feio; ele só é argh demais em todos os aspectos possíveis.

— Sim, claro... — vacila ela e parece horrorizada. — Eu... eu não sei. Nossas famílias são tão boas juntas. Nossos pais se dão tão bem, eles têm investimentos uns com os outros, e desejam tanto esse casamento...

Sei muito bem do que ela está falando. Nas comunidades sino-indonésias ricas, os pais armam e planejam para que seus filhos e filhas possam se casar com os filhos e filhas mais ricos. Considerando os vastos conglomerados de empresas e imóveis dos Sutopo, Tom é um ótimo partido, apesar de sua personalidade detestável.

As últimas palavras dela saem em um sussurro:

— Mas ele é mesmo um merda, né? — comenta ela, entre o riso e o choro. — Meu Deus, queria que Maureen estivesse aqui. Ela sempre detestou Tom, sabia? Bem, ela sempre detestou todos os caras com quem eu namorei, mas com o Tom, nossa, ela sempre reclamava de como ele é nojento, e eu nunca vi. Sinceramente? Acho que estou mais chateada por causa de Maureen do que por todo o resto. Sou uma pessoa ruim por isso? Nem pensei muito naquele pobre cara morto... Quer dizer, Deus do céu, havia um cara morto na cerimônia do nosso casamento! Não é o cúmulo do mau agouro? Não posso acreditar que um dos atores que Tom contratou acabou morrendo.

Eu pisco. Levo um tempo para processar aquilo. Claro. Ela não sabe que Ah Guan não era um dos padrinhos. Ela não conhece nenhum dos padrinhos do noivo. Ninguém conhece.

— Queria poder conversar com Maureen! — Jacqueline chora novamente, enterrando o rosto nas mãos. — Sinto tanta falta daquela babaca.

Ótimo. Lógico, a única pessoa da qual ela sente falta vem a ser a mulher que agora está fazendo minha família de refém sob a mira de uma arma. Minha família que provavelmente a está bajulando e falando que ótima filha ela devia ser em vez de mim.

Argh, maldita Maureen. Certo. O que ela faria se estivesse aqui? Quer dizer, além de pegar os presentes da cerimônia do chá e fugir com eles. Faço uma careta quando penso nisso. Apesar de tudo o que aconteceu, não consigo conciliar a imagem de Maureen roubando os presentes que são para Jacqueline. Minha mente não para de pensar em como isso parece não se encaixar e repassa todas as vezes em que captei amostras de amizade verdadeira entre as duas. A maneira como Maureen previa as necessidades de Jacqueline e trazia água até mesmo antes de ela pedir. A maneira como Maureen segurou os braços de Jacqueline enquanto ela entrava em seu vestido imenso. A maneira como as duas completavam as frases uma da outra. Há tanto amor presente nessas atitudes. Muito mais do que qualquer coisa entre Jacqueline e Tom, isso é fato.

E é aí que cai a ficha. Tudo se encaixa. O roubo dos presentes da cerimônia do chá, mas a intenção de devolvê-los. Como Maureen ficou angustiada quando encontraram os presentes no quarto dela. Ela ficou triste, arrasada, não pela perda dos presentes, mas pelo fim de sua amizade com Jacqueline.

Porque Maureen está apaixonada por Jacqueline.

Começo a abanar as mãos como Ma e a Grande Tia e, pensando bem, o resto da família quando ficam entusiasmadas. Há um chiado emanando de algum lugar. Levo um tempo para perceber que vem de mim. Ah, meu Deus, ah, meu Deus...

— Por que você está repetindo "Ah, meu Deus"? — pergunta Jacqueline, interrompendo o choro. — E por que você está abanando as mãos como uma galinha em um abatedouro?

— Ah, desculpa. Não percebi que estava falando "Ah, meu Deus". — Limpo a garganta. Preciso ganhar um pouco de tempo, tentar descobrir como contar para ela. Devo contar? Não é exatamente um segredo meu, e será que ajudaria? Não sei... Minha cabeça está girando com tantas informações, como o fato de que Maureen ainda está no meu quarto mantendo minha família como refém. Será que vou colocar a vida delas em risco ao contar a verdade para Jacqueline? O que eu faço? Não estou pronta para lidar com isso, não consigo...

Eu consigo. A vida inteira, eu disse a mim mesma que sou incapaz de lidar com qualquer coisa. Seja me mudar para Nova York com Nathan ou sair da casa da minha mãe ou deixar o negócio da família e começar o meu próprio. Repetidas vezes, digo a mim mesma que não estou pronta. Ainda me faltam as habilidades de que preciso para entrar em ação. Mas não tenho ninguém com quem contar agora. Nathan foi capturado por um delegado incompetente embriagado pelo poder, e minhas tias estão sob a mira de uma arma. Tudo se resume a mim. Fui eu que comecei tudo. Eu que devo terminar.

Respiro fundo. Forço minhas mãos a pararem de abanar. Inspiro. Pego as mãos de Jacqueline. Olho dentro dos olhos dela.

— Jacqueline, você confia em mim?

Ela faz uma inspiração trêmula e então confirma com a cabeça.

— Bom. Então preciso que você faça uma coisa.

33

Bato à porta do meu quarto e abro uma fresta antes de chamar:
— Sou eu, Meddy. Não atira, estou entrando.
Alguns gritos alegres de "Ah, você voltou" e "*Ayo, masuk, masuk!*" me recebem. Minha família parece animada demais para quem está na mira de uma arma, devo dizer. Quando entro, estão todas sentadas tomando chá, até Maureen.
— Sério?
— O quê? — pergunta Ma, parecendo muito surpresa, como se eu não tivesse acabado de flagrá-la tomando chá com minha arqui-inimiga.
— Nada. É óbvio que vocês estariam tomando chá com a sequestradora, por que não?
— Não sou uma sequestradora — diz Maureen, parecendo ofendida.
— *Yah*, por que está sendo tão grosseira, Meddy? Não eduquei você assim — repreende Ma.

Reviro os olhos.

— Enfim. Aqui está. Peguei. — Jogo a bolsa de viagem no chão, fazendo uma careta quando ela bate no piso com um tilintar alto. Merda, espero que eu não tenha acabado de quebrar um relógio Cartier de valor incalculável ou algo do tipo.

— Hati-hati! — exclama a Grande Tia.

— Desculpa, não pensei direito... — É difícil tentar causar impacto.

— Aaah, sensacional — diz Maureen, levantando-se da cadeira. Ela começa a se inclinar, então pausa e aponta a arma para mim, dizendo:

— Abra.

Faço o que ela manda e dou um passo atrás quando ela cutuca a bolsa com os dedos dos pés. Joias e relógios brilham lá dentro.

— Uau! — exclama Maureen depois de uma pausa. — Achei que você não ia conseguir.

— Vou falar, minha filha é muito esperta — diz Ma, balançando a cabeça e sorrindo para mim com orgulho.

Sinto um lampejo de orgulho antes de perceber como é errado sentir orgulho por causa disso. Ainda assim, é bom ser elogiada.

— Como você conseguiu? — pergunta Maureen, me encarando. — Como você conseguiu abrir o cofre? A suíte deve estar cheia de gente. Como você passou por eles?

— Bem, vejamos. Eu disse que estava lá para falar com Jacqueline, e depois conversei sozinha com ela e disse que você queria os presentes. Então ela me deixou ficar com eles.

Todas me fitam como se tivesse crescido outra cabeça em mim.

— Ah, certo, claro, ela simplesmente deixou você pegar — vocifera Maureen.

— Sim, deixou. Ela disse que não quer os presentes mesmo, agora que estão manchados por todas as coisas ruins que aconteceram, e ainda disse que você deveria ficar com eles.

— Mentira. Pare de mentir! — Maureen segura a arma com as duas mãos e mira direto na minha cabeça.

Minha família dá um grito agudo.

— *Aduh*, não aponte arma para pessoas — repreende a Grande Tia.

— Por favor, Maureen, abaixe revólver, seja boa garota — suplica Ma.

— Silêncio, estou tentando pensar! — Maureen olha para mim. — Como você conseguiu, de verdade?

— Eu disse a eles que queria falar com Jacqueline. Ela estava sozinha no quarto. Entrei lá, apontei a arma para ela e mandei-a esvaziar o cofre ou eu atiraria.

O queixo de Maureen treme.

— Ela ficou bem?

— Não, ela não ficou bem. O que você achou que aconteceria?

— Sei lá! Não achei que você fosse conseguir!

— Bem, eu consegui, e aqui estão suas malditas coisas. Agora você pode pegar, deve ter pelo menos dois milhões de dólares aqui, e IR EMBORA.

Os olhos de Maureen desviam para a bolsa. De volta para mim. Para a bolsa de novo.

— Ela... ahn... ela perguntou por mim?

— Por que você quer saber? Você acabou de roubá-la.

— Só porque eu não... Eu queria...

— O quê? — disparo, dando um passo na direção dela.

— Você queria o quê?

— Eu ia... Pensei que talvez dessa maneira, Jackie viria aqui e falaria comigo. Sem chamar a polícia nem nada do

tipo. Se ela visse que eu estava com os presentes, mas eu os devolvesse, talvez ela... não sei...
— Por que ela falaria com você de novo depois de ser roubada por você? Duas vezes!
— Eu não ia roubar. Esse não era o plano!
— Qual era o plano? Como você conheceu Ah Guan para começar?
— Eu... Nós éramos amigos. Foi ele que me fez sugerir sua mãe como florista para Jackie. Disse que ela faria um bom negócio. Ele sabia que eu estava chateada com o casamento, então bolou esse plano todo para a cerimônia ser cancelada. Ele disse que podíamos pegar os presentes da cerimônia do chá, esconder por um tempo até que o casamento fosse cancelado, e depois devolveríamos.

Sabendo o que eu sei sobre Ah Guan, ele provavelmente não tinha planos de devolvê-los, mas acredito que Maureen esteja falando a verdade. Dou outro passo na direção dela.

— Por que Ah Guan achou que você estava chateada com o casamento?
— Porque...
— Por quê, Maureen?
— Porque eu amo Jackie!

Minha família dá um suspiro coletivo.
— Eu a amo, ok? — grita Maureen, as lágrimas rolando pelo rosto. — Eu amo Jackie desde o dia em que nos conhecemos, quando estávamos na faculdade. Eu disse a mim mesma para não ser egoísta, que ela não gosta de mulheres. Eu a apoiaria em todos os relacionamentos. Apoiei a maioria deles, mas Tom é um...
— Um merda!

Todas nos viramos para olhar a porta, por onde Jacqueline entra, o peito arfando. Mais uma vez, minha família dá um suspiro coletivo.

— *Wah*, maquiagem ainda está boa — diz a Grande Tia com aprovação.

A Segunda Tia olha surpresa para a irmã mais velha. Todas olhamos, na verdade. Pelo que me lembro, é a primeira vez que a Grande Tia diz alguma coisa legal para a Segunda Tia.

— É... Sim, rímel não sai. É porque aplico cola de cílios por cima, sabe... — explica a Segunda Tia, sorrindo com um orgulho evidente.

— Shhh — sibilo.

Jacqueline entra de modo tempestuoso. Embora não esteja mais com seu imenso vestido branco, há alguma coisa nela que chama a atenção. Talvez seja porque ela é etereamente linda. Ou talvez seja a maneira como ela está olhando para Maureen, meio encarando, meio outra coisa. Ela está incandescente. Pode ser raiva ou tristeza ou...

— Jackie...

— Eu também te amo!

Amor. É o amor que a ilumina com tanto brilho, é o amor que chamou toda a nossa atenção, é o amor que agora a impulsiona para dentro do quarto.

Eu estava certa. As duas se amam. Era um palpite, mas eu estava disposta a arriscar tudo por isso. Eu me afasto para deixar Jacqueline passar, e finalmente ela fica cara a cara com a melhor amiga.

Lentamente, Jacqueline levanta a mão e a coloca no revólver. Maureen não reage quando Jacqueline tira a arma da amiga e solta o negócio das balas. Eu realmente preciso aperfeiçoar meu vocabulário sobre armas.

— Vazio — diz Jacqueline, um sorriso surgindo em sua boca. — Sabia que você nunca machucaria ninguém. Não de verdade.

— Eu... Jackie... Há quanto tempo...

— Meddy me fez esperar lá fora enquanto ela trazia a bolsa para dentro. Eu ouvi tudo. — Jacqueline toca delicadamente o rosto de Maureen. — Por que você não me disse antes?
— Eu não achava que... Eu... Você é hétero, eu não queria...
— Eu só namorava homens porque não queria que você sequer suspeitasse que eu estava interessada em você — murmura Jackie. — Eu não queria que você se assustasse. Eu achava que *você* fosse hétero.

As duas riem, depois caem uma nos braços da outra. Jacqueline ergue o rosto, Maureen abaixa a cabeça e, finalmente, suas bocas se unem em um beijo de tirar o fôlego que faz meus olhos se encherem de lágrimas. Desvio o olhar para lhes dar um pouco de privacidade e vejo que Ma e minhas tias estão sentadas lá, encarando e sorrindo na cara de pau, nem mesmo fingindo olhar para o outro lado nem nada.

Eu as repreendo, e elas parecem ligeeeiramente envergonhadas. Fico lá parada, constrangida, mirando o teto enquanto minha família continua dando umas espiadas nelas. Depois do que parece ser uma eternidade, as duas finalmente se afastam, ofegantes e sorridentes.

— Olhe, batom não saiu — diz a Segunda Tia.

— Sim, sua maquiagem número um. Com licença, desculpe incomodar, mas pode nos desamarrar? — pergunta a Grande Tia. — Minhas pernas com muita dor.

— Ah! Sim, claro. Desculpa — fala Maureen, e todas nós corremos até a mesa para ajudar a desamarrar as cordas.

Eu me ajoelho na frente de Ma e começo a desatar os nós em volta de seus tornozelos. Agora que estou agachada tão perto dela, posso ver cada linha em seu rosto, cada ruga e vinco, todas as linhas de riso e de preocupação, os caminhos de sua vida tão explicitamente escritos em suas feições.

— A senhora está bem? — pergunto suavemente.

Quero falar tanta coisa para ela, mas, ao mesmo tempo, parece que nesse momento ela sabe de tudo, de cada segredo que eu mantive enterrado no meu coração.

— Estou — diz ela, sorrindo para mim. Seus olhos brilham com lágrimas não derramadas. — Estou tão orgulhosa de você, Meddy.

E, naquele momento, sinto um orgulho como nunca senti, de mim e da minha família.

34

— Deixa eu ver se entendi — diz o delegado McConnell. — O cara morreu porque... Espere, por quê?

Preciso reunir toda a minha força de vontade para não saltar da cadeira e esganar o cara. Por sorte, estou cercada da minha família, além de Jacqueline e Maureen. Jacqueline aperta o meu ombro e dá um sorriso de incentivo. Eu posso fazer isso. Posso inventar uma história para enganar esse homem e nos deixar fora disso.

— Na verdade, é bem simples, delegado. Ah Guan, o falecido, queria roubar os presentes da cerimônia do chá...

— São os presentes que a sua gente recebe antes do casamento?

Estremeço com as palavras "sua gente", mas sigo em frente.

— Isso. Na tradição chinesa, normalmente fazemos uma cerimônia do chá, em que os parentes dos noivos dão dinheiro e joias e por aí vai. Depois da cerimônia do chá, Maureen e eu levamos os presentes de volta para a suíte da noiva.

— Espere, você não é a advogada? — pergunta o delegado McConnell. Meu Deus, ele só percebeu isso agora? Eu vesti roupas secas, mas ainda assim. Como se estivesse lendo a minha mente, ele balança a cabeça e murmura: — Vocês são todos muito parecidos para mim.

— Sim, porque somos todos família — diz Ma, sorrindo com orgulho.

— O quê, vocês são todos parentes?

— Não, ela quis dizer alguns de nós — explico rapidamente. — E eu sou meio que... um tipo de pessoa que advoga. — Do tipo que assistiu a todas as temporadas de *The Good Fight*. — Enfim, então Maureen e eu levamos os presentes de volta para a suíte da noiva e voltamos para a cerimônia, e foi aí que Ah Guan pegou os presentes. Ele deve ter ficado lá o tempo todo, disfarçado como um dos padrinhos. Acho que ele não esperava que os noivos descobrissem o sumiço dos presentes tão cedo; normalmente, o casal só olha os presentes no dia seguinte, mas... não sei, vai ver Tom queria olhar que tipo de Patek Philippe ele tinha ganhado. Quando Ah Guan soube que estavam fazendo uma busca, deve ter entrado em pânico e colocado as joias roubadas no quarto de Maureen. Ela era a pessoa mais suspeita porque foi a última a estar com os presentes.

O delegado McConnell assente lentamente, franzindo a testa o tempo todo.

— Então ele precisava de um lugar para se esconder, e onde melhor do que à vista de todos? — digo, gesticulando com animação. — Ele estava disfarçado de padrinho mesmo, e os outros padrinhos estavam bêbados e não sabiam bem o que estava acontecendo. Além disso, eles nem se conheciam.

— Sim, *wah*, eles muito bêbados. Um deles, não sei qual, mas um deles — comenta Ma de forma significativa — traz, sabe, álcool, tipo muito ruim. Acho que se chama "abstinência".

— Bem, eu soube que um deles trouxe maconha — acrescenta a Quarta Tia.

— Santo Deus — balbucia o delegado McConnell.

— Pois é — interrompo. — Então ele foi para a suíte do noivo e, quando o grupo de busca entrou lá, ele se apavorou e se escondeu dentro de um cooler. Sabe, um dos coolers da confeiteira desapareceu hoje mais cedo, e acho que Ah Guan estava planejando usá-lo para esconder as joias roubadas. Encontramos o cooler na suíte do noivo. Foi trancado por engano, aí ele sufocou e morreu.

Os olhos do delegado McConnell estão tão arregalados nesse momento que parecem prestes a saltar das órbitas. Mas, por mais que eu me prepare para o inevitável grito de "Que mentira deslavada!", a frase não vem. Em vez disso, o que ele diz é:

— E depois o que aconteceu?

— Depois os padrinhos devem ter encontrado Ah Guan em algum momento, e àquela altura já estavam muito chapados e fora de si. Estavam viajando tanto, mas tanto, que nem perceberam que ele estava morto. Devem ter pensado que era uma brincadeira. Aí tiraram o cara do cooler e o carregaram animados para o altar. O senhor pode interrogar os rapazes; nós fizemos isso, e eles só se lembram de algumas partes. Alguns se lembram de encontrar Ah Guan e de carregá-lo até o altar. Eles pensaram que ele só estivesse desmaiado.

— Eu não... O qu... — O delegado se recosta, parecendo confuso. Não posso culpá-lo. É uma história rocambolesca que criamos. Mas foi o melhor que conseguimos. Prendo o fôlego enquanto ele esfrega a testa. — Como vocês descobriram todos esses detalhes? Vocês não estavam lá, né?

— Não, encaixamos as peças com base nas informações que coletamos das testemunhas — explico, minha voz muito mais confiante do que realmente me sinto. — Converse com os padrinhos, se quiser. Eles estão do lado de fora da sala.

Ele assente em silêncio, ainda parecendo confuso.

Jacqueline corre até a porta e a abre. Como prometido, os padrinhos estão todos esperando do lado de fora, e parecem péssimos. Suas roupas estão sujas, seus cabelos estão despenteados e vários deles têm o que parecem ser manchas de vômito na camisa. O delegado McConnell franze o nariz e faz uma careta. Não posso julgá-lo; o cheiro é tão ruim que praticamente dá para ver a fumaça da sujeira irradiando deles. É um fedor de suor, vômito e outros fluidos corporais nos quais nem quero pensar. Eles cambaleiam para dentro e piscam para nós, sérios.

— Então — diz o delegado McConnell, levantando-se da cadeira de Nathan. — Vocês são os padrinhos.

Eles estreitam os olhos contra a claridade do escritório e dão de ombros.

— Pior trabalho da vida — murmuram alguns.

— Qual de vocês está sóbrio o suficiente para me contar o que diabos aconteceu?

Algumas mãos se levantam hesitantes. O delegado McConnell escolhe uma.

— Você primeiro. Diga seu nome e profissão.

Um cara baixo de aparência amigável dá um passo à frente. Seu cabelo está espetado para todo lado e sua camisa rasgada, mas seus olhos são os menos vermelhos de todos.

— Hum, meu nome é Henry, e eu sou ator.

— E você conhece o noivo... de onde?

— Não conheço. Não de verdade. Eu só tinha visto o noivo uma vez até hoje. Fomos todos contratados para atuar como padrinhos.

— *Millennials* — resmunga o delegado McConnell.

— Tom contratou a maioria separadamente. Não sei esses outros caras, acho que alguns são de agências, mas quase todos são atores independentes.

Jacqueline balança a cabeça com tristeza, e Maureen lhe dá um abraço apertado e um beijo na bochecha. Apesar de tudo, vê-las faz meu coração se aquecer, só um pouco.

— Ele nos pagou por, tipo, a experiência inteira do casamento, então isso incluía a despedida de solteiro, que foi ontem à noite. A gente se empolgou; acho que nenhum de nós queria decepcionar o noivo. Meu Deus, eu me lembro de beber e ver o céu clarear e fiquei, tipo, "Merda, já é dia?". Foi louco, cara. E a manhã foi só um borrão, tipo... sei lá, as pessoas ficavam entrando e mandando a gente se arrumar, uma coisa assim, então a gente se levantou e tentou se vestir, mas estava uma zona. A suíte estava um chiqueiro depois da noite de ontem, as roupas misturadas e, merda, acho que um dos caras perdeu o smoking, outro perdeu a calça, e as pessoas continuavam entrando e saindo do quarto. Foi horrível. Ah, e muitos de nós estavam vomitando por causa da festa. — Henry afunda na cadeira e segura a cabeça. — Minha cabeça está me matando. Isso é tudo o que vocês querem saber?

— Não! — vocifera o delegado McConnell. — Não, seu idiota, quero saber do corpo.

— Ah, certo, sim, claro. Sim... Cara, eu não tenho ideia de como isso aconteceu.

O delegado McConnell parece prestes a explodir. Quando ele fala, sua voz sai devagar e ponderada, como se estivesse conversando com uma criança particularmente desatenta.

— Bem, vamos começar com quando você percebeu que se tratava de uma pessoa morta.

— No altar, quando Joshua... Hum, era Joshua ou Kegan, não faço ideia de quem estava mantendo o corpo em pé.

Quando eles o deixaram cair. Aí eu percebi que o cara estava morto. Não, espere, foi depois disso. Porque eu estava rindo, pensei que o cara só estivesse muito bêbado, mas alguém gritou que ele estava morto, então foi aí que eu soube — diz Henry, anuindo com orgulho como se tivesse resolvido o mistério todo.

Não ouso olhar ninguém nos olhos. Posso cair na gargalhada ou no choro. É surreal ver nosso plano realmente funcionando.

— Antes disso — pressiona o delegado McConnell —, você sabe quem encontrou o corpo? Devia estar na suíte do noivo, certo? E um de vocês deve ter encontrado, senão como ele iria acabar no altar?

— Hum, acho que sim? Não sei quem encontrou. Como eu falei, estava uma zona. Eu nem sei... ah, cara, eu nem sei como *eu* acabei no altar. Foi como se eu tivesse piscado e lá estava eu. Foi louco. Eu estava muito doido mesmo.

— Quem drogou vocês? — indaga o delegado McConnell.

— Olha, não sei. Eu gostaria de saber, porque era coisa boa. Quer dizer, pois é, não foi nada legal, nos drogar daquela maneira — conclui ele, sem convicção. — Você pode esperar até os outros caras ficarem sóbrios e perguntar para eles. Mas eu duvido que algum saiba. A gente estava muuuito doido.

O delegado McConnell se recosta em sua cadeira com um grunhido e brada:

— Saiam daqui. Todos vocês, para fora!

— O senhor não vai soltar Nathan?

Ele me encara, e há tanto ódio e fúria em seus olhos que quase dou um passo para trás. Quase, mas não dou, porque, atrás de mim, Ma coloca uma mão tranquilizadora nas minhas costas e eu fico firme.

— Não vou sair daqui até o senhor soltar Nathan. Olha, não há dúvidas de que foi tudo um acidente infeliz que não teve nada a ver com ele, e o senhor não tem provas contra ele nem contra ninguém. Então encerre o caso. Resolvemos tudo para o senhor. Pode dizer à polícia do continente que descobriu tudo sozinho; podemos confirmar. Eles vão ficar muito impressionados com o seu trabalho. Imagina só os artigos que vão escrever sobre o senhor! Por desvendar uma morte e um roubo envolvendo dois milhões de dólares em presentes!

— *Wah*, o senhor é o melhor policial — elogia Ma.

— O melhor mesmo, número um! — exclama a Grande Tia, com os polegares para cima.

— Ah, sim, vou contar a todos meus amigos de WhatsApp, *wah*, sorte ter policial tão bom — diz a Segunda Tia.

— Que herói forte! — Sorri a Quarta Tia.

Ele está dividido, todos podem ver, entre a falta de plausibilidade da situação e a vontade de acreditar no que estamos falando. Ele quer tanto acreditar. Ele sabe que está num mato sem cachorro, que errou nessa além da conta. Melhor declarar que desvendou tudo antes que os garotões do continente cheguem e assumam o caso.

Então Maureen, contadora extraordinária, avança e fala as palavras que levam o delegado para o nosso lado de uma vez por todas:

— Eu ajudo com a papelada.

Epílogo

Inspiro profundamente e abro as portas vaivém do Top Dim Sum. O barulho se espalha, uma cacofonia de mandarim, cantonês, hokkien e outros dialetos chineses que não consigo identificar. Na mesa, a recepcionista já está cercada por multidões de tios e tias barulhentos perguntando sobre suas mesas.

— Ufa! — suspiro. Não sei se algum dia vou me acostumar com o barulho do dim sum de domingo. Uma mão forte encontra a minha e dá um aperto tranquilizador.

— Estou com fome — diz Nathan, sorrindo para mim. — Mal posso esperar.

— Rá — dou uma risada fraca. Ainda estou meio convencida de que qualquer dia desses ele vai perceber que confusão louca é a minha família e vai decidir que fica melhor sem mim. Mas não. Eu me contenho. Não, ele tem sorte de eu ser dele. E eu tenho sorte de ele ser meu. Fomos feitos um para o outro. Sorrio para ele e, dessa vez, meu sorriso está menos nervoso. — Venha, elas já pegaram uma mesa.

Abrimos caminho entre a multidão agitada, para dentro do salão principal.

— Meddyyyy! — berra alguém em meio ao barulho, e examino o salão, avistando Ma e a Quarta Tia agitando os braços como se fossem um daqueles bonecos de posto de gasolina. — Aquiiii! — gritam elas novamente, embora eu já tenha acenado em reconhecimento e já estejamos visivelmente andando na direção delas. Minha família, francamente.

— Wah, até que enfim vocês chegaram — diz Ma, levantando-se e dando um abraço em Nathan. Ela aperta minha bochecha como se eu tivesse dois anos de idade. Cumprimentamos o resto das minhas tias, e todas sorriem e começam a colocar comida nos nossos pratos.

— Ayo, makan!

— Makan, makan!

Por alguns minutos, ficamos quietos enquanto nos atracamos com pratos fumegantes e deliciosos de siu mai e har gow.

— Você parece saudável, Meddy — comenta a Grande Tia em mandarim.

— Sim, parece mesmo — concorda Nathan. Diferente do meu, o mandarim dele é impecável. Mais uma razão para Ma e minhas tias o adorarem.

— É mesmo? Acho que você parece um pouco cansada, querida — diz Ma, antes de a Quarta Tia obviamente chutá-la por baixo da mesa.

— Lembre-se: você precisa ser acolhedora — sussurra a Quarta Tia, em um volume alto o suficiente para ser ouvido por cima do ruído do restaurante.

Ma assente e volta a olhar para mim.

— Ah, sim, eu estava errada. Você não parece cansada. Você está radiante, muito bem alimentada, tão diferente de quando a vi pela última vez. — Ainda assim, quando ela sorri, é óbvio que está tentando ao máximo esconder a tristeza.

Estendo o braço para pegar a mão dela.

— Ma — digo, com delicadeza. — Eu a vejo todos os dias. A senhora sabe exatamente como eu estou. — O que é verdade. A mulher aparece no meu apartamento logo de manhã com um monte de comida feita em casa, e na maioria das noites eu janto na casa dela. Não é tão ruim; meu apartamento é na Broadway, a um quarteirão de distância do supermercado asiático aonde ela costuma ir, então ela arruma qualquer desculpa para dar uma passada lá. E, por mais que eu odeie admitir, adoro ver minha mãe todos os dias. Isso tornou a mudança muito menos difícil para nós duas.

— *Aiya*, sua mãe apenas sente saudade de você — repreende a Segunda Tia, nada incisiva.

— Eu sei, sinto saudade dela também — digo, apertando a mão de Ma.

— Não gosto dessa coisa moderna em que mulheres jovens moram sozinhas — comenta a Grande Tia.

— Sim, é muito perigoso — assente a Segunda Tia. Elas estão muito mais irritantes agora que passaram a concordar uma com a outra.

— Sim, Nathan, é tudo culpa sua. Meddy saiu da minha casa por sua causa — diz Ma.

— Ei, por que eu? — reclama Nathan, levantando as mãos de um jeito incrivelmente adorável.

— Talvez para fazer muito sexo — resmunga Ma em inglês.

— Ma! — Faço uma careta de desculpas para Nathan, mas ele só balança a cabeça com uma risada silenciosa. Quer dizer, ela não está errada, mas AINDA ASSIM.

— Tudo bem, eu sou muito moderna — continua Ma, voltando para o mandarim.

— Desde quando? — murmura a Quarta Tia.

— Eu sou tão moderna que nem me importo se vocês vão se casar ou não, desde que me deem netos.

— Ma... — resmungo. Mas Nathan nem de longe parece assustado. Ele está rindo fácil, os olhos brilhando enquanto me observa interagindo com a minha família. — A senhora já acabou de me envergonhar? Porque eu tenho uma coisa para mostrar — aviso.

Ma acena para que eu continue. Vasculho minha bolsa e pego uma revista brilhante, que coloco no meio da tábua giratória. Há um momento em que a Grande Tia e Ma procuram os óculos de leitura. Então todas se inclinam para a frente e estreitam os olhos para a revista.

— *Martha Stewart Wedd*... Ah, meu Deus — diz a Quarta Tia. — Não! Sério? Aparecemos aqui?

Abro um sorriso.

— Sim, é sério. Na página vinte. Uma matéria de três páginas com fotos de tudo. O bolo, as flores, a maquiagem maravilhosa.

— O resort — acrescenta Nathan. — Tudo capturado lindamente por Meddy. — Ele sorri para mim, e meu coração se abre. O sorriso de Nathan sempre faz isso com ele.

Minha mãe e minhas tias dão gritinhos e conversam com animação ao folhear as páginas que exibem o casamento de Jacqueline e Maureen.

— *Wah*, o bolo é tão, tão bonito — elogia a Segunda Tia. A Grande Tia sorri para ela e diz:

— E as noivas estão muito lindas.

Ma sorri entre lágrimas.

— Olhe, o nome do nosso negócio está aqui. — E, de fato, embaixo do grande título, está uma lista de fornecedores, exibindo claramente o nome da empresa da família. E, logo embaixo: "Fotografado por MC Fotografia."

Não faço mais parte da empresa da família. Somos parceiras, e sempre as indico para clientes e vice-versa. Às vezes, como no caso do casamento de Jacqueline e Maureen, trabalhamos juntas. Mas, fora isso, quase não faço mais casamentos grandes.

No início, a separação foi difícil para todas nós, mas elas logo se acostumaram com Seb, o que não é nenhuma surpresa, porque ele é incrível, e eu rapidamente encontrei o meu nicho: fotografar as entrelinhas, os breves e emocionantes momentos que ficam no meio dos grandiosos. Faço absolutamente tudo, de noivados e recém-nascidos a famílias que só querem capturar a alegria de suas vidas, e eu adoro. Meu site é recheado de casais se beijando e bebês rindo. Acho que não faz mal eu sugerir com frequência o lindo resort de Nathan como locação para os ensaios. A indicação cruzada tem sido boa para todos nós.

— E a *Martha Stewart Weddings* é só a primeira a publicar nossa história — diz Nathan. — Fechamos com muitas outras publicações on-line de casamentos também. Preparem-se para ficar ocupadas pelos próximos dois anos.

A Grande Tia, que lida com todos os agendamentos, tinha jurado se manter em silêncio. Mas, com isso, ela grita:

— É verdade! Já estamos sem agenda para este ano todo!

As outras mulheres a encaram.

— O quê? Outro dia mesmo você estava falando que estava preocupada porque não tínhamos nenhum cliente — fala Ma.

— *Aiya*, claro que eu só estava inventando. Viu, Meddy? Sou boa em guardar segredos, não é? Meddy tinha muita certeza de que eu não ia conseguir. — Ela sorri com orgulho, enquanto as outras balançam a cabeça, e depois diz: — E adivinhem quem fechou conosco ontem à noite? — Antes que alguém consiga responder, ela exclama: — Os Sutopo!

— O quê? — Todos nós nos alvoroçamos.

— Os Sutopo do... Tom Cruise Sutopo? — pergunto. — Por que diabos eles iam querer contratar vocês de novo depois do que aconteceu da última vez?

— Eles sabem que não é nossa culpa — diz a Grande Tia, abanando as mãos para mim.

— Quer dizer, meio que com certeza foi nossa culpa — murmuro.

— Tudo bem, mas eles não sabem disso. Quando nos viram na *Martha Stewart Weddings*, falaram: "Vocês são as melhores nesta área. Precisamos superar o casamento de Jacqueline e Maureen para salvar nossa reputação! Vamos pagar em dobro; garantam que o casamento seja melhor em todos os aspectos."

— Uau. Um brinde ao Tom, eu acho. Espero que ele tenha encontrado uma mulher mais... adequada para ele. — Alguém com mais chance de aguentar sua babaquice.

Ma suspira alto. Ela espera até que todas as atenções estejam nela antes de falar em inglês:

— Todas essas pessoas se casam... — E então olha de um jeito meio acusador para mim e para Nathan.

— Ma, por favor — resmungo. — A senhora disse que não...

Nathan aperta minha mão de novo e diz:

— Tudo bem. Eu sei, tia, sinto muito por demorarmos tanto. Tivemos que cuidar de muitas coisas, mas a senhora está certa.

— Estou? — pergunta Ma.

A mesa cai em silêncio.

— Nathan — sussurro. — Acho que elas estão entendendo errado.

Como resposta, ele acena para um garçom próximo, que sorri e caminha na nossa direção com uma panelinha de bambu a vapor. *O quê*. Como se estivesse em câmara lenta, eu me viro para encarar Nathan. Ele sorri para mim. Eu olho para o garçom.

— Ah, meu Deus — sussurro.

A panela de bambu é colocada na minha frente, e o garçom a abre com um floreio, revelando uma caixa de veludo azul-marinho lá dentro.

— Nathan. É sério? — Não consigo dizer mais nada. Minha garganta se fecha de emoção. Vagamente, sinto minha família abanando como galinhas decapitadas, e a comoção chama a atenção dos outros clientes, que se viram e assistem à cena com interesse evidente.

Nathan tira a caixa da panela e se ajoelha. Sem tirar os olhos dos meus, ele sorri e pergunta:

— Meddelin Chan, quer se casar comigo?

— SIM!

Olho em volta, surpresa. O "sim" veio da minha mãe. As tias a mandam ficar quieta. Eu me viro de volta para Nathan. O homem que eu amei por toda a minha vida adulta. O que foi embora. O que, contra todas as probabilidades, me encontrou novamente. O homem dos meus sonhos.

Eu o escondi da minha família por tanto tempo. Nada mais justo que eu faça essa declaração na frente delas, aqui e agora, nesse restaurante de dim sum muito silencioso.

— Sim.

O burburinho nos envolve, uma adrenalina arrebatadora de parabéns por todos os lados, e eu sei então, como nunca soube, que Nathan e eu estamos em casa.

Agradecimentos

Disque T para titias é sem dúvida a experiência editorial mais divertida que já tive. Desde a escrita e a apresentação da proposta até o processo de edição, tudo neste livro foi tão maravilhoso e tranquilo que, se por acaso eu assistisse a um programa de TV exibindo a linha do tempo desta publicação, teria debochado e dito que não passava de fantasia.

Muitas, muitas pessoas são responsáveis por tornar essa viagem tão mágica quanto foi. Minha agente, Katelyn Detweiler, foi a maior defensora que o livro poderia ter. Sua animação ao lê-lo era uma delícia de ver, e ela lidou com a apresentação da proposta com imensa maestria, apesar de todo o pânico e aflição de minha parte. Graças a Katelyn, *Disque T para titias* encontrou a melhor editora possível na Berkley.

Cindy Hwang foi minha editora dos sonhos, e trabalhar com ela se mostrou ainda melhor do que eu ousava esperar. Obrigada por ajudar a moldar o livro em seu formato final, e por trabalhar com tanta paciência comigo nas revisões mais desafiadoras. Foi uma enorme alegria abrir o documento e ver que Cindy havia corrigido minha ortografia em mandarim; na verdade, naquele momento eu soube que, sem sombra de dúvida, estava em ótimas mãos.

Para o resto da equipe da Berkley — Angela Kim, sempre pronta com uma resposta mesmo depois da meia-noite; Jin Yu, por sua criatividade interminável; e Erin Galloway e Dache Rogers, pura magia quando se trata de divulgação. Obrigada também à equipe da Jill Grinberg Literary Management: Sophia Seidner, Denise Page e, claro, Sam Farkas, por levar as tias para o mundo todo.

Estou muito animada porque *Disque T para titias* vai virar um filme da Netflix. Isso nunca teria sido possível sem os esforços de Mary Pender e Olivia Fanaro, da United Talent Agency. Elas apresentaram o projeto impecavelmente e encontraram os produtores perfeitos, Nahnatchka Khan, Chloe Yellin, John Davis e Jordan Davis. Estou muito feliz por ver o projeto ser conduzido por Lisa Nishimura, da Netflix, que sem dúvida o transformará em um filme divertido e maravilhoso.

Do lado pessoal, sou extremamente grata a Nicole Lesperance, por insistir para que eu escrevesse essa história maluca; Bethany Hensel, por me orientar em todas as minhas indecisões e me ajudar a visualizar o final certo; Lani Frank, por ser uma parceira crítica tão brilhante e perspicaz; e Elaine Aliment, por seu conhecimento em escrever romances. E, claro, ao resto da minha família de escritores: Toria Hegedus, por ter empatia mesmo quando estou insuportável; SL Huang, que é provavelmente a pessoa mais inteligente que conheço; Tilly Latimer, por todos os choques de realidade; Rob Livermore, pelas risadas; Maddox Hahn, por toda a diversão; Mel Melcer, pela sensatez; Emma Maree, pela fé na humanidade; Grace Shim, pelas horas de conversa franca quando eu precisava; Sajni Patel, por todos os donuts virtuais; Marti Leimbach, por compartilhar toda a sua experiência editorial; Alechia Dow, por sempre querer saber como eu estava; Kate Dylan, por ser tão engraçada; e todas as pessoas na Absolute Write, sem as quais eu teria desistido de escrever há muito tempo.

A meu marido, Mike, que me apoiou durante anos enquanto eu lutava para escrever. Sem sua confiança em mim, eu certamente teria desistido depois do primeiro livro. Na verdade, eu provavelmente nem teria terminado meu primeiro livro. Para minhas garotinhas, Emmeline e Rosalie, que um dia lerão isso quando crescerem (espero, ou vou fazer chantagem emocional até elas lerem!), e tomara que ganhem mais compreensão de suas origens por meio do livro. Ou, pelo menos, algumas risadas.

E, mais importante, à minha mãe e ao meu pai e ao resto das famílias Sutanto e Wijaya. Ao longo da infância e da juventude, nunca experimentei o medo de verdade porque sempre soube que meus pais e a incrível força dos clãs Sutanto e Wijaya me sustentariam se eu caísse. Obrigada por me criarem com essa segurança. Obrigada por abrirem mão de tudo para poderem me dar tudo. Este livro é sobre famílias, para a minha família.

Terima kasih, Mama dan Papa tersayang.

intrinseca.com.br

@intrinseca

editoraintrinseca

@intrinseca

@editoraintrinseca

editoraintrinseca

1ª edição	SETEMBRO DE 2022
impressão	IMPRENSA DA FÉ
papel de miolo	POLEN NATURAL 70G/M²
papel de capa	CARTÃO SUPREMO ALTA ALVURA 250G/M²
tipografia	ARNO PRO